Hitzelberger

KNAUR

Von Gabriella Engelmann sind im Knaur Verlag bereits folgende Titel erschienen:
Inselzauber
Inselsommer
Sommerwind
Eine Villa zum Verlieben
Wolkenspiele
Apfelblütenzauber
Wildrosensommer
Wintersonnenglanz
Sommerfunkeln – Geschichten in Sonnengelb und Meeresblau (Hrsg.)
Strandfliederblüten
Strandkorbträume

Über die Autorin:
Gabriella Engelmann, gebürtige Münchnerin, entdeckte in Hamburg ihre Freude am Schreiben und fühlt sich im Norden pudelwohl. Nach Tätigkeiten als Buchhändlerin und Verlagsleiterin genießt sie die Freiheit des Daseins als Autorin von Romanen, Kinder- und Jugendbüchern. Seit sie zum ersten Mal an der Nordsee war, träumt sie von einem eigenen Häuschen am Deich, mit einem Garten voller Wildrosen und knorrigen Apfelbäumen.

Mehr zur Autorin:
Website: www.gabriella-engelmann.de
Instagram: gabriellaengelmann
Facebook: www.facebook.com/AutorinGabriellaEngelmann

Gabriella Engelmann

Schäfchenwolkenhimmel

Roman

KNAUR

Das Zitat auf S. 82 stammt aus Antoine de Saint-Exupérys »Der kleine Prinz«, © 1950 und 2015 Karl Rauch Verlag, Düsseldorf.

Besuchen Sie uns im Internet:
www.knaur.de

FSC
www.fsc.org
MIX
Papier aus verantwortungsvollen Quellen
FSC® C083411

Originalausgabe April 2019
Knaur Taschenbuch

Ein Imprint der Verlagsgruppe
Droemer Knaur GmbH & Co. KG, München

Redaktion: Birgit Förster
Covergestaltung: ZERO Werbeagentur, München
Coverabbildung: Peter Lehner; Gregor Schwer/EyeEm; FinePic/shutterstock.com
Satz: Daniela Schulz, Rheda-Wiedenbrück
Druck und Bindung: CPI books GmbH, Leck
ISBN 978-3-426-52216-5

2 4 5 3 1

Für alle FÖHRVERLIEBTEN.
Und ganz besonders für Martha und Jimmy

Gul, Ruad, Blä
(Hymne der Friesen)

Gulen gleut a hemel uun injemskiin,
gulen leit a skiin auer't fial,
an gulen as at hier faan min Keike-Eleen,
wat lokelk an rik san wi bial'

Ruad san a ruusen tu somertidj,
ruad san föl bloosen uk,
an ruad san a schuken faan min leew bridj,
det san jo föör leefde an lok.

Blä as at weeder trinjenam Feer,
blä as a locht auer üs,
an blä san dö uugen, diar lewe ik för,
bal haale det foomen ik tüs.

So san a klöören faan üsens lun,
jo leet'f bi huuchhaiden sä,
an föör min hüs skal en flüger stun,
huar a flaag weit: gul, ruad an blä.

Originaltext im Mooringer Friesisch von:
Albrecht Johannsen
Nachdichtung im hier abgedruckten
Föhrer Friesisch von: Reinhard Arfsten
aus dem »Lüitjinbuk för Feer an Oomram«

Golden glüht der Himmel im Abendlicht,
golden liegt der Schein über'm Feld,
und golden ist das Haar von meiner Annekalien,
wie glücklich und reich sind wir beide.

Rot sind die Blumen zur Sommerzeit,
rot sind auch viele Blüten,
und rot sind die Wangen von meiner lieben Braut,
das sind sie vor Liebe und Glück.

Blau ist das Wasser rund um Föhr,
blau ist die Luft über uns,
und blau sind die Augen, dafür lebe ich,
bald hole ich das Mädchen nach Hause.

So sind die Farben von unserem Land,
lass sie bei Familienfeiern sehen,
und vor meinem Haus soll ein Fahnenmast stehen,
wo eine Flagge weht: gold, rot und blau.

Deutsche Fassung von Norma aus
dem Album »Rückenwind«

Prolog

Er trat kräftig in die Pedale, denn heute wehte an der Nordsee wieder mal eine steife Brise.

Während der Fahrt atmete er die frische, salzhaltige Luft ein, die er zum Leben brauchte wie kein Zweiter.

Am Himmel spielten die Wolken mit der Sonne Fangen, Möwen kreischten so laut, als wollten sie das Tosen des Windes übertönen. Sein Blick wanderte nach rechts.

Dort lag den Einheimischen und Urlaubern feiner, heller Sandstrand zu Füßen, die Seglerbrücke streckte ihre hölzerne Nase vorwitzig hinaus aufs offene Meer.

Strandkörbe waren überall verteilt wie bunte Würfel.

Im Hintergrund ragte dezent der Leuchtturm Olhörn auf.

Er trug keine rot-weißen Ringel, doch gerade das machte seinen Charme aus.

Diese Insel war keine protzige Diva, sondern von schlichter, ländlicher Schönheit, und genau deshalb liebte er sie so sehr.

Mittlerweile war er auf dem Deich angekommen und bestaunte mal wieder das Wunder, das da vor ihm lag: saftig grünes Gras, durchsetzt von Gänseblümchen, durchmischt mit dem satten Gelb der Butterblumen.

Neugeborene Lämmchen blinzelten verwundert ins Frühlingslicht und schmiegten sich Schutz suchend an ihre Schafsmamas. Seeschwalben und Austernfischer zeigten den Möwen stolz, dass diese nicht die Alleinherrschaft über die Insel hatten.

Nachdem er das Fahrrad ins Gras gelegt hatte, um nach unten zum Hafen zu gehen, blickte er noch einmal in den Himmel und schmunzelte. Die dicke Wolke über seinem Kopf erinnerte ihn an den Berg Schlagsahne, der zur Friesentorte gehörte wie die in den Boden eingelassenen Schachbretter zum Wyker Sandwall.

Zu seinen Füßen lagen Segelboote vor Anker, ein Schiff der Adler-Flotte machte sich zum Auslaufen Richtung Halligen bereit. Der laue Wind trug das aufgeregte Schnattern der Passagiere, die sich auf den Tagesausflug freuten, zu ihm herüber. Nicht mehr lange, dann begann auch für ihn wieder die Saison.

Von Mai bis Oktober fuhr er mit der stolzen *Ankerherz* hinaus auf sein geliebtes Nordmeer. Mal ging's zu den Seehundsbänken, mal rüber, der Nachbarinsel Amrum »Moin« sagen. Dann wieder schipperte er in Richtung Langeneß. Ganz, wie es seine Kundschaft wünschte und die Wetterverhältnisse es erlaubten.

Aber noch war es nicht so weit, denn es war erst Anfang April. Alles in ihm kribbelte vor Vorfreude, er war zum Aufbruch bereit.

Doch bis dahin ging er, wie jeden Tag, in seine Lieblingskneipe, das *Kehrwieder* unten an der alten Mole. Dort hatte er sich früher mit *ihr* getroffen, aber das war lange her.

Es gab das *Kehrwieder* schon länger als ihn selbst, und es würde die Kneipe immer noch geben, wenn er zu seiner allerletzten Fahrt aufbrach. Und das war auch gut so.

Tove Paulsen mochte es, wenn die Dinge ihre Ordnung hatten, und das hatten sie auf Föhr – da gab es kein Vertun, auch wenn einige anderes munkelten und die Welt um sie herum sich Sandkorn für Sandkorn veränderte …

1.

»Die anderen Inseln haben wir schon durch. Also: Was wissen wir über Föhr?«

Mehrere Augenpaare heften sich gespannt auf meine Chefin Evangeline Schmidt. Platinblond-schön sitzt sie da und mustert uns mit stahlblauem Blick. In unserer Bamberger Redaktion von Travel TV gilt sie als harter Hund. Und das ist sie wirklich, wie ich aus eigener Erfahrung weiß.

»Föhr ist doch diese Insel mit der berühmten Milchbar. Wo man die tollen Sonnenuntergänge gucken kann.« Laura, neu in der Redaktion, schaut Evangeline Lob heischend an.

Doch die rollt nur die Augen und klopft mit dem Montblanc-Füller auf die Tischplatte. »Die Milchbar befindet sich auf Norderney und steht hier überhaupt nicht zur Debatte. Irgendwelche intelligenteren Wortmeldungen?«, zischt sie, während ich darauf warte, Material für das Protokoll unseres Jour fixe, das tägliche Redaktionsmeeting, zu sammeln.

In diesem Punkt ist meine Chefin allerdings falsch informiert: Auch auf Föhr gibt's eine Milchbar mit Kultstatus.

»Föhr ist eine ostfriesische Insel, in der man super Fahrrad fahren und sich erholen kann«, versucht als Nächstes Jan sein Glück. Unser Volontär hat zwar das Work-and-Travel-Jahr in Australien verbracht, kennt aber offenbar seine eigene Heimat nicht. Was will so jemand eigentlich in der Redaktion eines TV-Reisemagazins?

»Erstens heißt das *auf* einer Insel, und zweitens empfehle ich dir dringend, mal die Deutschlandkarte zu studieren oder Google Maps. Oder irgendeine App, die klüger ist, als du es jemals sein wirst.« Das Zischen kippt um in ein Blaffen.

»Meine Güte! Ist denn hier keiner, der weiß, wie es auf Föhr zugeht?« Evangelines Hand nähert sich mit dramatischer Geste der knitterfreien Stirn.

Tief Luft holen und einmal durch meine krause, rote Mähne fahren, bevor alle mich anschauen – denn dies ist *mein* Moment. Schließlich habe ich all meine Kindheitssommer dort verbracht. »Föhr ist eine nordfriesische Insel im Wattenmeer«, werfe ich mich beherzt ins Getümmel.

Ich muss die Situation unbedingt retten, sonst sitzen wir noch bis heute Abend hier. Doch das geht auf gar keinen Fall, denn ich habe nachher eine Verabredung mit Cordt.

Eine Aussprache nach seinem Heiratsantrag vor drei Wochen. »Auf Föhr wohnen über achttausend Menschen, verteilt auf das Hafenstädtchen Wyk und insgesamt elf Dörfer. Die Insel lebt von Tourismus, Ackerbau und Viehzucht.« An dieser Stelle verschleiert sich Evangelines Blick, wie immer, wenn sie sich langweilt, doch da muss sie jetzt durch. »Es wird Wein angebaut, in Oldsum haben viele Künstler ihre Ateliers. Die schönsten Sonnenuntergänge sieht man in Utersum, es ist ruhig, entspannt, bodenständig – aber leider droht Föhr allmählich zu versylten.«

»Sylt?!« Nun ist Evangeline wieder ganz Ohr. »Erzähl mir mehr davon.«

Ich bin zehn Minuten vor der Verabredung mit Cordt bei unserem Lieblingsitaliener, denn ich muss mich mental und emotional auf unser Gespräch vorbereiten. Wie sagt man jemandem, den man eigentlich sehr gern hat, dass man ihn nicht heiraten will?

Cordt ist fünfundvierzig Jahre alt, also zwölf Jahre älter als ich. Deshalb bin ich auch nicht gleich vor Begeisterung umgefallen, als er mich vor gut fünf Monaten in einem urigen Kellerrestaurant ansprach, wo ich einen lustigen Mädelsabend mit meiner Freundin Alva verbracht hatte. Doch Cordt war so charmant hartnäckig und sympathisch, dass ich ihm zu guter Letzt meine Handynummer gab. Kurze Zeit später wurden wir ein Paar, doch er hatte von Anfang an mehr Gefühle für mich als ich für ihn. Deshalb habe ich jetzt auch ein schlechtes Gewissen und ein bisschen Bammel vor dem, was ich ihm gleich sagen muss.

Aber kann man wirklich etwas dafür, wenn man den anderen nicht in dem Maße liebt, wie derjenige es sich wünscht? Liebe kommt doch nicht einfach auf Knopfdruck wie Kaffee aus dem Automaten. Und es ist ja auch nicht so, dass ich nicht ernsthaft versucht hätte, mich in Cordt zu verlieben. Nur hat es nicht wirklich ZOOM! gemacht, wie es sollte, um sich in ein großes Abenteuer namens *Der Bund fürs Leben* zu stürzen.

So ein Leben kann nämlich ganz schön lang sein.

»Hallo, mein Schatz.« Cordt beugt sich zu mir herab, gibt mir einen Kuss auf die Wange und setzt sich dann mir gegenüber. Ich brauche nicht auf mein Handy zu schauen, um zu wissen: Es ist Punkt achtzehn Uhr. Cordt ist einer der zuverlässigsten Männer, die ich kenne. Keiner, der denkt: »Ich will doch nur spielen«, sondern einer, der es ernst meint.

Mit ihm an meiner Seite habe ich mich sicher gefühlt und gut aufgehoben. Doch das reicht mir nicht, um zu heiraten. »Und? Was wollen wir essen?« Der unbeschwerte, leichte Tonfall seiner Stimme ist gespielt. Fünf Monate sind zwar keine ewig lange Zeit, aber lange genug, um sich einigermaßen zu kennen. Schade, denn ich mochte ihn sehr: sein Lachen, seine manchmal etwas schrägen Witze, seine Kochkünste, seine Beständigkeit. Oje, wir haben noch nicht einmal bestellt, und schon denke ich an ihn in der Vergangenheitsform, obwohl ich gar nicht möchte, dass wir uns trennen.

»Ich nehme die mit Spinat und Ricotta gefüllten Gnocchi von der Tageskarte. Und vorweg einen kleinen Salat.«

Cordt sieht mich erstaunt an. »Nicht die Bruschetta und die Linguine mit Scampi wie sonst?« Über sein Gesicht huscht ein Schatten. Ahnt er, was kommt?

Minerva Hübner, genannt Minnie, schert heute mal aus – und das nicht nur bei der Wahl des Essens.

»Nein, mir ist heute mehr nach Abwechslung.« Ich straffe meine Schultern und spanne die nicht vorhandenen Bauchmuskeln an. »Und was möchtest du?«

»Ein ›Ja‹ als Antwort auf meinen Antrag.«

Oha! Ich weiß schon, wieso ich diese Aussprache nicht beim Italiener führen wollte.

»Wollen wir nicht erst mal in Ruhe essen? Mit vollem Bauch …«

»Also willst du mich nicht heiraten?! Und für diese Entscheidung hast du ganze drei Wochen gebraucht?«

Cordt sieht aus, als wolle er mich gleich erdolchen.

Mein Gesicht ist kochend heiß wie Minestrone.

Ich will nicht, dass das hier eskaliert.

Und ich möchte ihn nicht verlieren.

Trotzdem muss ich ehrlich sein.

»Ich kann dich nicht heiraten, weil ich finde, dass es noch zu früh dafür ist«, versuche ich, meine Entscheidung zu verteidigen. »Wir haben es bisher nicht gerade langsam angehen lassen. Vielleicht sollten wir an diesem Punkt lieber mal etwas vom Gas gehen. Eine Eheschließung ist etwas Besonderes … etwas, wenn du so willst, Heiliges … dafür muss man sich doch ganz sicher sein.« Meine Gedanken fliegen kurz zu meinen Eltern, die zwar eine gute Ehe führen, aber keine, wie ich sie mir für mich wünsche. Zu wenig Herzlichkeit. Zu viel Abgeklärtheit.

»Aber ich bin mir sicher!« Cordt mustert mich mit einer Mischung aus Trauer und Trotz. »Worauf willst du denn warten, Minnie? Du bist dreiunddreißig, also im besten Alter, um eine Familie zu gründen. Ich bin fünfundvierzig und möchte meine Kinder nicht erst im Arm halten, wenn ich nicht mehr die Nerven dafür habe. Wir beide verstehen uns, haben ähnliche Interessen, können gemeinsam lachen. Ich höre mir geduldig dein Gejammer über deine nervige Chefin an … der du dann im Übrigen den Job vor die Füße werfen könntest. Wie du weißt, verdiene ich gut genug für uns beide.«

Himmel, hilf, bin ich eigentlich irre?

Gefühlt eine Million Frauen würden jetzt sofort weiche Knie bekommen, aber mich packt der Fluchtinstinkt. Denn in meinem Kopf läuft bereits der Film *Minnie Hübner, ein Leben in wohlgeordneten Verhältnissen* ab.

Ich mag aber keine Filme, deren Ende ich bereits beim Vorspann vorhersagen kann.

Für mich muss Liebe sein wie in dem Roman *Gut gegen Nordwind*.

Es muss knistern, es muss lodern, da müssen Magie und Musik drin sein!

Es braucht auch mal das Ungewisse, das Geheimnisvolle, das Fremde. Ein bisschen Bangen und Fiebern.

Kurz: ein leidenschaftliches Feuerwerk.

»Das ist sehr lieb von dir, aber nicht nötig«, beeile ich mich zu versichern, dass ich sehr wohl allein auf meinen kurzen, eher stämmigen Beinen stehen kann. »Auch wenn Evangeline manchmal die Pest ist, mag ich Travel TV und würde dort langfristig gern mehr machen als lediglich Assistenz.«

»Dann arbeitest du eben weiter. Ganz wie du möchtest, mein Liebling.« Cordts Miene wird milder, seine Stimme weicher. Die Kellnerin nähert sich unserem Tisch, doch ich schüttle den Kopf. Sie dreht wieder ab.

»Es geht hier doch gar nicht darum, ob ich arbeite oder nicht«, versuche ich den Faden wieder aufzunehmen. »Sondern schlicht um die Frage, ob wir als Paar auch ohne Trauschein glücklich sein können. Wir wohnen ja noch nicht mal zusammen, wer sagt uns denn, dass das klappt?«

»Warum sollte es denn nicht? Wir verbringen oft mehrere Tage am Stück miteinander, und wir waren drei Wochen gemeinsam im Urlaub. Oder sind das jetzt alles nur Ausflüchte, weil du mich im Grunde nicht wirklich liebst?« Cordts Augen verengen sich zu Schlitzen, der Zug um seinen Mund wird hart. »Wenn das der Fall sein sollte, Minerva, beenden wir an dieser Stelle das Gespräch. Und unseren Kontakt.«

Das Blut saust in meinen Ohren, und ich nippe an meinem Wasser. Was sage ich denn jetzt bloß?

Wenn ich ehrlich antworte, war's das.

Cordt ist kein Mann für faule Kompromisse.

Cordt ist *ganz oder gar nicht*.

Aber da muss ich jetzt durch!

Um halb neun Uhr abends habe ich ein Notfalltreffen mit Alva. Sie ist diejenige meiner Freundinnen, die emotional verzwickte Situationen im Handumdrehen löst, nicht nur, weil sie ein paar Jahre älter ist als ich, sondern auch, weil sie erschreckend pragmatisch und ehrlich ist. Das tut zwar manchmal weh, ist aber unterm Strich hilfreich.

»Toll, dass du so spontan Zeit hast.« Dankbar falle ich ihr um den Hals. Dann drücke ich Alva zwei Flaschen Rotwein, die ich von daheim mitgebracht habe, in die Hand.

»War's so schlimm mit Cordt?«, fragt sie und schiebt mich ins Wohnzimmer. Alva liebt es stylish und cool, doch ich würde hier auf Dauer meine Kuscheldecke und die vielen bunten Kissen vermissen, zu denen Jahr für Jahr neue hinzukommen.

Sollte ich mal bei Travel TV scheitern, könnte ich problemlos einen Kissenladen eröffnen.

»Ja und nein«, antworte ich und lasse mich stöhnend auf den neu bezogenen Thonet-Sessel fallen, den Alva gerade vom Bonus ihres letzten *Deals* gekauft hat. Gemütlich ist irgendwie anders, denke ich, dabei ist mein Popo ziemlich gut gepolstert. »Die schlechte Nachricht ist, dass Cordt und ich uns getrennt haben.«

»Also hast du ihm endlich gesagt, dass du ihn nicht heiraten willst?!«

Ich nicke. »Und nun leidet er ganz furchtbar …«

»… und du gleich mit«, ergänzt Alva, während sie die Weinflasche öffnet. »Wie oft habe ich dir schon gepredigt, dass du dir die Gefühle und Probleme anderer nicht immer so zu Herzen nehmen darfst, weil das gar nicht gut für dich ist. Du liebst ihn eben nicht genug, was wir beide von Anfang an wussten, und damit basta. Also, wie hat er reagiert?«

Blutrot glänzt der Wein in zwei schicken, geschliffenen Gläsern, die nur per Hand gespült werden dürfen, was allerdings Alvas Putzfrau erledigt.

»Er hat gesagt, dass er mich nicht mehr wiedersehen möchte, weil ihn meine Abfuhr so fertigmacht.«

»Oha«, sagt Alva. »Und nun?«

»Nun müssen wir das beide erst mal alles sacken lassen und vielleicht in ein paar Wochen schauen, ob wir eine Basis für so etwas wie Freundschaft finden.« Noch während ich so vor mich hin plappere, merke ich, dass das Unsinn ist.

Als Cordt aus dem Restaurant gestürmt war, hatte ich neben Wehmut und Traurigkeit vor allem eines empfunden: Erleichterung.

Alva schüttelt den Kopf. »Was für ein Quatsch, vorbei ist vorbei.«

»Ich habe aber auch eine gute Nachricht.« Trotz der Trauer darüber, nun wieder allein zu sein, macht sich kribbelnde Vorfreude in meinem ganzen Körper breit. Wie kurz vor Weihnachten, wenn man vor all den hübsch verpackten Geschenken steht, die unter dem Tannenbaum liegen. »Evangeline schickt mich zu Recherchen für einen Beitrag nach Föhr. Übermorgen geht's los, ich bleibe insgesamt sieben Tage. Die ersten beiden sind privat beziehungsweise für Vorbereitungen, die fünf anderen für Travel TV. Da kann ich mir den Kopf freipusten lassen und versuchen, die Sache mit Cordt zu verarbeiten. Ist das nicht großartig?«

Alva lächelt breit. »Nach Föhr?! In unsere alte Heimat? Wie lange ist es her, dass du zum letzten Mal dort warst?«

»Dreizehn Jahre. Nach dem Tod von Oma Rieke habe ich es irgendwie nicht mehr geschafft hinzufahren.«

»Bamberg ist ja auch nicht gerade um die Ecke«, murmelt Alva, in Gedanken offensichtlich ebenfalls auf Föhr. Sie ist dort geboren, aber wegen ihres BWL-Studiums weggegangen und später nach Stationen als Unternehmensberaterin erst nach München, dann nach Frankfurt und vor sieben Jahren nach Bamberg gezogen. Ich kenne sie, weil sie kurze Zeit meine

Nachbarin war, ehe sie sich diese Eigentumswohnung gekauft hat. Seit dem Tag, an dem sie sich mir vorgestellt und mich auf einen Cocktail in die Bar unten im Haus eingeladen hat, sind wir befreundet. Dass wir beide eine Verbindung zu Föhr haben, ist das Basilikum in unserem Gin Basil Smash.

»Hm, vielleicht sollte ich mitkommen?« Schon scrollt Alva durch den Terminkalender ihres Smartphones, und ich denke an Cordt. Wie er sich jetzt wohl fühlt? Er hat so traurig und verzweifelt ausgesehen wie ich vor neun Jahren, als meine Jugendliebe Andreas mich verlassen hatte, weil er Berlin spannender fand als mich und Bamberg.

Liebeskummer ist eines der grausamsten Gefühle überhaupt. Ich möchte nicht, dass Cordt leidet, und schon gar nicht meinetwegen. Oh, nein, ich muss diesen Gedanken ganz schnell von mir schieben, bevor ich aus Mitleid und schlechtem Gewissen zum Hörer greife und meine Entscheidung rückgängig mache.

Doch zum Glück lenkt Alva mich ab. »Ach, schade, das klappt leider doch nicht, ich muss zu einer Schulung nach Frankfurt«, sagt sie und zieht einen enttäuschten Flunsch. Wer jetzt denkt, Alva müsse geschult werden, liegt vollkommen falsch. Sie ist diejenige, die andere coacht, diejenige, die am Drücker sitzt – am Schalthebel der Macht, wenn man so will. Denn Alva ist ein Ass in ihrem Job, eine Business- und Karrierefrau wie aus dem Lehrbuch.

Und Single. Wie ich jetzt auch.

»Wo wirst du wohnen? Und wie kommt's, dass du diesmal selbst an den Drehort fährst, anstatt wie sonst vom Schreibtisch aus zu arbeiten?« Typisch Alva, dass sie gern bei den sachlichen Themen andockt: Wo übernachtest du? Wie kommst du dorthin? Wie viel verdienst du?

»In der Pension Haus Ogge in Nieblum«, antworte ich in Gedanken an die schnuckelige Unterkunft, die ich natürlich sofort gegoogelt habe. »Die Vermieterin quartiert häufig Leute aus der Film- und TV-Branche bei sich ein. Und was deine zweite Frage betrifft: Evangeline träumt von einer Stelle als CEO und hat zurzeit vermutlich Wichtigeres zu tun, als sich mit so etwas Banalem wie Recherche auf einer Insel zu beschäftigen, die sie kein Stück interessiert.«

Alva grinst und kräuselt dabei die Nase, total putzig. Sie hat dann so kleine, zarte Rillen auf dem Nasenrücken, die bestimmt dableiben, wenn sie das öfter macht. Sie ist neununddreißig und seit mindestens zehn Jahren schwer beschäftigt mit Anti-Aging-Prävention, für die mir das Geld viel zu schade wäre, selbst wenn ich es hätte. Habe ich aber nicht, denn Travel TV muss *sparen*, wie Evangeline immer wieder gerne betont.

»Ogge, Ogge …« Das Nasenkräuseln hört gar nicht mehr auf, Alva überlegt fieberhaft. »Ha! Jetzt weiß ich's wieder! Muss echt sehr charming sein da. Ich schicke meiner Freundin Leevke in Nieblum, von der ich dir schon erzählt habe, gleich eine WhatsApp, damit sie dir auf Föhr unter die Arme greifen kann, falls du dort Hilfe brauchst. Der Sender wünscht sich doch bestimmt etwas, das nicht in tausend anderen Reportagen schon abgenudelt wurde, oder?«, fragt sie, voll im Orga-Fieber, und ich nicke erfreut. Da ich gern ein bisschen mehr Verantwortung bei Travel TV übernehmen würde, kommt diese Chance wie gerufen. »Leevke kennt sehr viele Leute auf der Insel«, murmelt Alva und tippt weiter auf ihrem Handy herum. »Sie kann dir ganz bestimmt Kontakte zu dieser – wie nanntest du die gleich noch mal? – Fighters-for-Föhr-Initiative vermitteln. Und dann zeigst du denen bei Travel TV mal, wer für 'ne Beförderung fällig ist!«

Diese *Fighters for Föhr* heißen nicht wirklich so, das habe ich mir nur ausgedacht, als ich nach der Redaktionssitzung auf Artikel im Netz stieß, die darüber berichteten, dass einige auf Föhr sich mit allen Mitteln gegen die drohende »Versyltung« wehren, ohne dass man weiß, wer diese Leute sind. Sie agieren im Geheimen, und ihre Protestaktionen stoßen nicht nur auf Unmut beim Tourismusverband, sondern auch bei zahlreichen Insulanern.

Leevke ist genauso fix wie Alva, denn wenige Sekunden später kommt ein »Daumen hoch« aus Nieblum, und zack! – folgen auch schon ihre Kontaktdaten.

Als ich eine Stunde später leicht beduselt im Bett liege und überlege, was ich vor meiner Abreise noch alles erledigen muss, wird mir schmerzlich klar, dass Cordt ab sofort unwiderruflich keine Rolle mehr in meinem Leben spielen wird.

Das Fehlen der allabendlichen Nachricht »Schlaf gut, Süße, ich träume von dir« hinterlässt bei mir ein schales Gefühl von Einsamkeit und Leere. Ich schlucke die Tränen hinunter, die aus meinen Augen purzeln wollen, denn das wäre Cordt gegenüber nicht gerecht. Schließlich wollte *ich* ihn nicht heiraten.

Und mit einem Mal überkommt mich Katzenjammer: Werde ich, Minnie Hübner, gehandicapt durch eine geradezu manische Tinder-Phobie, jemals die wahre Liebe finden?

2.

Bin ich müde.

Erst die ewig lange Fahrt mit dem Zug von Bamberg nach Hamburg, dann nach Niebüll und zuletzt Umsteigen in die *neg* Richtung Fähranleger Dagebüll.

Ganz schön anstrengend, vor allem mit so viel Gepäck.

Doch zum Glück kann man die Koffer jetzt über eine Gangway auf die Fähre rollen, das gab's vor dreizehn Jahren noch nicht. Damals gab's auch noch keine Scanner für die Fährtickets. Sie wurden vom Bordpersonal höchstpersönlich abgeknipst, und man wurde mit einem freundlichen »Moin« begrüßt.

Oje, klinge ich jetzt wie eine alte Dame, die über den schnellen technischen Fortschritt jammert, der ihr das Leben von Tag zu Tag ein kleines bisschen schwerer macht? Hoffentlich nicht.

Oma Rieke hätte die Gangway sicher auch toll gefunden, weil das eben einfach bequem ist. Allerdings hat sie Föhr schon lange bevor sie in ihrem Haus in Süderende eines Abends sanft für immer einschlief, nicht mehr verlassen, um in Richtung *Festland* zu fahren. Den Höhepunkt ihrer Mobilität im Alter bildete das Treffen mit einer guten Freundin auf Amrum, die sie zweimal im Jahr besuchte.

Rieke war eine treue Seele und auch ihrer Insel in unverbrüchlicher Liebe zugetan.

»Fahren Sie nach Föhr oder Amrum?«, fragt mich ein älterer

Herr, der sich zu mir an einen der langen Tische am Fenster des Bordrestaurants setzt und sich gleich die Speisekarte schnappt.

»Nach Föhr«, erwidere ich, während der Name der Insel in mir nachklingt wie eine ganz besonders betörende Melodie: Feer, wie Föhr auf Friesisch heißt.

Vier winzige Buchstaben, ein großes Universum, das in den vergangenen Jahren für mich immer mehr in den Hintergrund gerückt ist, weil es ein bisschen wehtut, an diese Insel zu denken. Föhr, das ist von Oma Riekes Apfelmus naschen, nachdem wir die Äpfel von ihren Bäumen geerntet, gewaschen und geschnippelt haben. Gemeinsame Fahrten mit dem Rad zur *Milchtankstelle* des Alkersumer Hofladens, weil Oma keine andere Milch mochte. Die sonntäglichen Gottesdienste in der Dorfkirche St. Laurentii in Süderende, auf deren Friedhof sie neben Opa begraben ist. Lange Spaziergänge von Nieblum nach Wyk, malerische Sonnenuntergänge in Utersum, Dorffeste und Trachtentänze in Oevenum und Oldsum. Mit Oma durch die Marsch spazieren, den unendlich weiten Himmel über uns. Heimlich Strandfliederblüten in den Salzwiesen pflücken, selbst gesammelte Muscheln auf Bilder kleben.

»Föhr also.« Der alte Herr schüttelt den Kopf, als hätte ich gerade etwas besonders Dummes gesagt. »Vergessen Sie doch dieses öde Eiland, Amrum ist tausendmal schöner. Was wollen Sie denn auf Föhr? Da stinkt's nach Kuhmist, es gibt keine schönen Strände und keinen Kniepsand.« Mein Gegenüber schaut mich mit blitzenden Augen an, und mir ist nicht ganz klar: Will er mich auf den Arm nehmen, oder meint er das ernst? »Wyk ist hässlich, da stehen viel zu viele hohe Häuser, außerdem drehen die Insulaner allmählich durch und halten sich für Sylter.« Okay, der meint tatsächlich, was er sagt.

Als der Kellner unsere Bestellung aufnehmen will, beschließe ich spontan einen Kurswechsel: Ich habe keine Lust zu reden, und schon gar nicht auf ein unsinniges Kräftemessen *Team Amrum* gegen *Team Föhr*. Was mich mit dieser Insel verbindet, geht nur mich etwas an. Also murmele ich: »Gute Fahrt«, und flüchte nach oben an Deck, wo sich um diese Jahreszeit die meisten Passagiere aufhalten. Denn jetzt ist es endlich warm genug, um von dort aus aufs Meer, die Seehundsbänke und die Halligen zu schauen, deren Warften wirken wie kleine Hügel, die auf dem grün schimmernden Wasser schwimmen.

Wieso habe ich das nicht gleich gemacht?, frage ich mich, als sie mir tief in die Nase, die Lungen und ins Herz dringt: die wunderbarste, tollste, würzigste und intensivste Luft überhaupt – die der Nordsee.

Kurz darauf folgt die Antwort. Möwen mit silbergrauen Schwingen begleiten unsere Fahrt, ziemlich dicht über unseren Köpfen. Viel zu dicht für meinen Geschmack. Als eine von ihnen auf mich zuschießt, ducke ich mich hinter einer Bank, als gälte es, einen feindlichen Luftangriff abzuwehren.

»Ist alles in Ordnung mit Ihnen?«, fragt eine Stimme, die zu einem Mann gehören muss, wenn es nach den Boots geht, in denen die Füße stecken, die ich nun direkt vor meiner Nase habe. Und nach der Stimmfarbe natürlich. »Sind Sie seekrank?«

»Äh, nein, alles okay«, stammle ich und tauche widerwillig auf. »Ich … ich habe nur …« Dummerweise bin ich außerstande, den Satz zu beenden, denn über den derben Boots entdecke ich eine coole Jeans (lange Beine), einen offenbar durchtrainierten Körper und ein markantes Gesicht, das zugleich interessant und freundlich wirkt und mich sofort umhaut. »Meine Kontaktlinse ist rausgefallen, und …« Ich muss diesem unfassbar attraktiven Kerl ja nicht verraten, dass ich panische Angst vor Vögeln habe.

Auch nicht, dass ich gar keine Linsen trage.

»Aber Sie haben sie wiedergefunden, ja?« Der Mann, den ich auf der Stelle heiraten würde, wenn er mich fragen würde, sieht besorgt aus. Wie nett!

»Ja, na klar«, antworte ich und könnte mich ohrfeigen.

Warum verfalle ich immer in eine Art Schockstarre, wenn ich einem Mann begegne, der mir gefällt? Das kommt zwar nicht häufig vor, aber alle Jubeljahre geschieht so ein Wunder. »Alles wieder bestens, ich kann perfekt sehen.«

»Das freut mich«, sagt mein Gegenüber. »Dann wünsche ich Ihnen noch eine gute Fahrt.« Spricht's und macht auf dem Absatz kehrt. Mist! Wieso bin ich keine Flirtkanone wie Alva? Die würde sich so einen sympathischen Typen auf gar keinen Fall durch die Lappen gehen lassen. Statt ihn zum Kaffee einzuladen, weil er so besorgt um mich war, schaue ich ihm hinterher und behalte gleichzeitig den Himmel im Blick.

Ja, es ist peinlich, und ja, es ist kindisch: Aber ich habe Angst vor Vögeln. Nicht von Anfang an, aber seit ich mit etwa acht Jahren heimlich mitgeschaut habe, als Oma Rieke sich den Hitchcock-Film *Die Vögel* angesehen hat. Nachdem ich zehn Minuten im kalten Flur gekauert hatte, war ich bereits so in Panik, dass ich wochenlang Albträume hatte. Natürlich habe ich nie jemandem den Grund für meine Schlafstörungen verraten, die Oma und meinen Eltern Anlass zu Besorgnis und für wilde Spekulationen gaben:

a) Wächst das Kind zu schnell?
b) Hat es Probleme in der Schule?
c) Womöglich Streit mit den Freundinnen?
d) Isst es zu wenig?

A) und d) gehörten in die Kategorie »vollkommen absurd«, denn ich war immer schon sehr klein. Und ich habe immer schon sehr gern gegessen.

In Kindheitserinnerungen versunken, hätte ich beinahe den schönsten Moment der Fahrt verpasst: die Ankunft. Der ältere Herr von vorhin hat schon ein bisschen recht – die Skyline von Wyk spiegelt nicht den Charme Föhrs wider. Doch die hohen Bauten der Hotels und der Nordseeklinik gehören genauso zur Insel wie die stillen Ecken an der Godel, die weite Marsch und die Salzwiesen des Oldsumer Vorlands.

Die Worte *Willkommen auf Föhr* prangen auf der Anzeigetafel des Wyker Fährterminals, und mein Herz beginnt so heftig zu pochen, als hätte ich gleich ein Rendezvous. In gewisser Weise stimmt das natürlich auch, das wird mir ganz deutlich bewusst, als ich meinen Koffer die Gangway hinunterrolle, den Blick fest auf den hellen Sandstrand gerichtet.

Ich habe eine Verabredung, wenn auch kein Blind Date.

Es ist eher so, als würde man eine Liebe wiedertreffen, die längst verflossen scheint. Die man im hintersten Winkel seines Herzens versteckt hat, weil die Erinnerung an sie bittersüß ist und damit auch ein wenig schmerzhaft.

Föhr, meine Familie und ich – das ist eine Geschichte, in deren Kapitel mir nicht vollständig Einblick gewährt wurde. Seit Evangeline mir diesen Auftrag erteilt hat, überlege ich: Wieso gerade jetzt?!

»Minnie Hübner?«

Warme, braune Augen sind auf mich gerichtet, in der Hand hält die Dame, zu der diese schönen Augen gehören, ein Pappschild mit der Aufschrift *Pension Haus Ogge*.

Ich nicke und erwidere den festen Händedruck von Dörte Nielsen, während der attraktive Typ vom Deck an mir vorbeigeht, mir und Dörte kurz zulächelt (Sie lächelt zurück, also kennt sie ihn vielleicht?!) und dann zwischen all den Menschen verschwindet, die ihre Lieben von der Fähre abholen oder dorthin bringen, weil sie Föhr wieder verlassen.

»Na, dann kommen Sie mal mit«, sagt Dörte Nielsen und lotst mich zu ihrem Minivan, der an der Hafenmauer parkt. »Hartelk welkimen auf Föhr! Sie kennen die Insel ja ziemlich gut, wie ich von Leevke weiß.«

»Sie kennen Leevke?«, frage ich verdutzt.

Ob ich die Pensionswirtin mal fragen sollte, ob sie auch weiß, wer der nette Herr vom Oberdeck ist?

Doch diese Überlegung erübrigt sich, da ebendieser Mann wieder in meinem Blickfeld auftaucht und von einer jungen, hübschen Blondine begrüßt wird, die ihm stürmisch um den Hals fällt.

»Natürlich weiß ich, wer Leevke ist«, erwidert Dörte Nielsen und steuert das Auto in Richtung Nieblum.

Schon bald liegt die *Stadt*, wie die Föhrer Wyk nennen, hinter uns, und wir fahren Richtung *Föhr-Land*. Pferde grasen friedlich auf den Weiden mit dem zartgrünen Frühlingsgras, durchsetzt von Löwenzahnblüten, die die Wiesen in einen gelb-grünen Farbteppich verwandeln. Links und rechts erheben sich immer wieder kleine Hügel, von denen es auf Föhr sehr viele gibt, wie zum Beispiel der Ringwall Lembecksburg nahe Borgsum, den Oma Rieke so sehr liebte.

Aus zehn Metern Höhe hat sie von dort früher gern auf die Nachbarinseln Amrum und Sylt geschaut und ab und zu dort auch gemalt. Zart und winzig saß sie vor ihrer Staffelei, eins mit sich, ihren Gedanken und ihrer unermesslich großen Liebe zu den nordfriesischen Inseln.

Im Moment ist es mir ganz recht, dass die Friesen keine

Quasselstrippen sind, so kann ich ungestört die Landschaft bestaunen und meinen Erinnerungen nachhängen.

Mich behutsam einer Welt nähern, die schon so lange nicht mehr für mich ist als ein Duft, ein Gefühl, ein im Nebel verborgenes Etwas, das ich weder scharf sehen noch greifen kann.

Schneller als erwartet kommt das Ortsschild von Nieblum in Sicht, und keine zwei Minuten später parkt meine Vermieterin vor der Pension. Und schon bin ich verliebt: in den malerischen Garten und den kleinen Teich vor dem friesischen Haus, in dessen Wasser sich bunte Frühlingsblumen spiegeln. In das rustikale Wagenrad, das an der weiß getünchten Mauer lehnt, den Strandkorb mit hellgrau-weiß gestreiftem Innenfutter vor dem Eingang der Pension, die schnuckelige *Stuuv* – und das noch schnuckeligere Zimmer unter Reet, in dem ich sieben Tage wohnen werde. Mittlerweile ist es fast halb sieben Uhr abends, Zeit, meinen Eltern Bescheid zu geben, dass ich gut angekommen bin.

Meine Mutter ist so schnell am Apparat, als hätte sie auf den Anruf gelauert. »Wie geht's dir, mein Schatz? War die Reise nicht viel zu anstrengend? Wie gefällt dir die Pension und dein Zimmer? Was hast du heute Abend noch vor? Wie ist das Wetter auf Föhr?«

»Nun lass Minnie doch mal zu Wort kommen, Greta«, ruft Papa aus dem Hintergrund, bestimmt schüttelt er gerade missbilligend den Kopf. Ich atme tief durch, weil ich den Grund für das Frage-Feuerwerk erahne: Mama vermisst Oma Rieke und Föhr, will das aber nicht zugeben, und übertüncht ihre Sehnsucht mit einem Redeschwall.

Meine Mutter hat seit ihrer Kur vor ungefähr zwanzig Jahren keinen Fuß mehr auf die Insel gesetzt und nur noch das Nötigste mit Oma Rieke gesprochen, bis zu deren Tod.

Ihr Haus ließ sie durch einen Makler verkaufen, obwohl ich geweint habe, weil wir – oder vielmehr ich – dieses Kleinod für immer verloren haben. Sie war weder bei Omas Beerdigung noch an ihrem Grab. Woran das liegt, wissen wahrscheinlich nur Mama und Rieke. Ich habe irgendwann aufgegeben, sie mit Fragen danach zu löchern.

Während des Telefonats öffne ich das Fenster, ich brauche dringend frische Luft. Doch oje! – Was ist das? Friedliche Stille liegt über Nieblum, aber ich höre etwas, das wie *quiéwiehp* klingt, und dann ein Flattern. »Kann ich dich gleich zurückrufen?«, frage ich und drücke den Aus-Knopf meines Handys, ohne die Antwort meiner Mutter abzuwarten.

Dann lehne ich mich aus dem Fenster und halte nach der Ursache für die Geräusche Ausschau. Und siehe da, in einer kleinen, flachen Ausbuchtung im Dach nisten Austernfischer. Seltsam, die sind eigentlich Bodenbrüter, soweit ich weiß. Diese Vögel scheinen nie zu schlafen und trillern auch nachts.

»Alles gut da oben?«, fragt Dörte Nielsen, die in diesem Moment zu mir nach oben blickt. Sie hat derbe Schuhe an den Füßen, eine große Gießkanne aus Zink in der rechten Hand, in der linken eine Harke.

Die hält mich glatt für verrückt, wenn ich jetzt sage, dass ich Angst vor Vögeln habe. Zu allem Überfluss entdecke ich auch noch eine dicke schwarze Spinne an der Wand. Igitt!

Genauso war es auch bei Oma Rieke. Diese Reetdächer ziehen dummerweise allerlei Getier an wie Motten das Licht.

Vielleicht sollte ich Dörte Nielsen um ein anderes Zimmer bitten. Dann fällt mir ein, dass die Pension ausgebucht ist.

»Ja, doch, alles gut«, erwidere ich und fixiere das Spinnentier.

Als Kind ist mir bei Oma Rieke im Halbschlaf eine Spinne übers Gesicht gelaufen. Ich schwöre, so laut hat noch nie jemand auf Föhr gebrüllt! Und was hat Oma getan? Das Tier des Grauens mit einem Marmeladenglas gefangen und ihm Mut zugesprochen. (Wohlgemerkt, der Spinne! Nicht mir!)

Danach habe ich wochenlang keine Marmelade mehr gegessen.

Und zwei Tage kein Wort mit Oma Rieke gesprochen.

3.

Um sechs Uhr morgens am nächsten Tag fühle ich mich so gerädert, als hätte ich mit Alva eine Flasche Friesengeist auf ex geleert.

Doch der Grund für meine Katerstimmung ist nicht Alkohol, sondern Mangel an Sauerstoff. Aus Panik davor, einer der Austernfischer könne sich aus Versehen in mein Zimmer verirren, hatte ich das Fenster nicht geöffnet, obwohl ich nachts dringend Frischluft brauche.

Ich setze mich auf und schalte das Licht an. Was soll ich jetzt machen?

Es ist viel zu spät, um zu versuchen, weiterzuschlafen, aber noch zu früh, um nach unten zu gehen.

Frühstück gibt es nämlich erst um halb acht. Aber egal!

Energisch schleudere ich die Bettdecke von mir, meine Schleimhäute sind trocken, die Nase verstopft.

Ungeschminkt, ungeduscht und in Joggingsachen schleiche ich mich die Holztreppe hinunter, um die anderen Pensionsgäste nicht zu wecken.

»Moin, so früh schon auf?!« Ich zucke zusammen, als Dörte Nielsen aus der Küche kommt und mich erstaunt anschaut. »Haben Sie schlecht geschlafen?«

»Wenn ich ehrlich bin, ja«, antworte ich und entdecke blankes Entsetzen in ihrem Gesicht. Für die Pensionswirtin steht ihre Ehre auf dem Spiel.

Doch jetzt ist die Stunde der Wahrheit. Entweder gestehe ich den Grund für meine Schlaflosigkeit, oder ich habe weitere schlimme Nächte vor mir. Was auf gar keinen Fall passieren darf, schließlich habe ich bald sehr viel Arbeit auf Föhr zu erledigen, und das schaffe ich nur, wenn ich fit und ausgeruht bin.

»Um ehrlich zu sein, stören mich die Austernfischer in der Nähe meines Fensters … sie sind zwar hübsch, aber … nun ja, ich bin da vielleicht ein wenig speziell …« Verschämt halte ich inne, damit ich mich nicht um Kopf und Kragen rede.

Um Dörte Nielsens Mundwinkel zuckt es verdächtig. Kleine, zarte Längsfalten über der Oberlippe zeugen davon, dass sie ein bisschen älter sein muss, als sie aussieht.

Vielleicht Anfang, Mitte fünfzig?! »Das ist ja schade, denn die meisten Menschen lieben Austernfischer, und ich kann die brütenden Tiere auf gar keinen Fall umsiedeln. Es ist eh schon ein Zeichen dafür, dass die Natur ein wenig aus dem Gleichgewicht geraten ist, dass sie hier auf dem Dach Unterschlupf gesucht haben. Haben Sie Ohrstöpsel?«

Ich stammle: »Nein, aber ich kann mir welche besorgen«, wohl wissend, dass es mit den Ohrstöpseln allein nicht getan ist.

»In Wyk gibt's drei Apotheken«, erwidert die Pensionswirtin. »Kommen Sie da heute noch vorbei, oder soll ich Ihnen nachher welche mitbringen? Ich muss sowieso zum Sandwall.«

Es bleibt mir nichts anderes übrig, ich muss ihr nettes Angebot annehmen. Nachdem das geklärt ist, marschiere ich los, denn neben frischer Luft brauche ich auch dringend Bewegung und bin neugierig auf die Insel meiner Kindheit. Gestern Abend habe ich zwar zur Einstimmung eine kleine Runde durch Nieblum gedreht, doch da begann es bereits zu dämmern. Mein heutiger Weg führt mich zum Dorfteich *de Meere*, der um diese Uhrzeit wohltuend still und friedlich daliegt.

Die Strandkörbe mit dem bunt gestreiften Innenfutter sind noch leer, keiner füttert die zahllosen Enten, die bedächtig ihre Kreise auf dem grüngrauen Wasser ziehen.

Ich denke an Bamberg und daran, wie wuselig es dort immer ist, weil das malerische Städtchen viele Touristen anzieht. Man hat kaum die Möglichkeit, irgendwo allein zu flanieren, weil überall und andauernd fotografiert oder für Selfies posiert wird.

Es ist ein traumhaftes Gefühl, wenn ich mir vorstelle, dass Föhr in diesem Moment ganz allein mir gehört und dass die Uhren – zumindest kurzfristig – ein wenig langsamer ticken als in meinem hektischen Redaktionsalltag.

Wieso war ich eigentlich seit Oma Riekes Tod nicht mehr hier? Nur weil ich Angst hatte, dass Föhr ohne sie nicht mehr Föhr ist? Momentan weiß ich keine rechte Antwort und konzentriere mich daher lieber darauf, mit allen Sinnen den Ort zu genießen, an dem ich gerade bin. Neben dem kleinen Holzpavillon, in dem in den Sommermonaten Veranstaltungen stattfinden, wiegt sich eine Zierkirsche im sanften Frühlingswind, nach und nach fallen die zarten Blütenblätter zu Boden, kreiselnd, wie kleine Propeller.

Im Kirschbaum summt und brummt es, die Blüten ziehen Bienen und Schmetterlinge an, ein traumschönes Bild.

Wann hatte ich zuletzt die Muße, mir so ein Schauspiel in Ruhe anzusehen?

Nachdem ich weiter durchs Dorf spaziert bin, vorbei an den schönsten Friesenhäusern und Gärten der Insel, ist es Zeit fürs Frühstück und danach für das Treffen mit Leevke Hennings, das ich für heute vereinbart habe.

Alvas Freundin hat nur eine halbe Stunde Zeit, was hoffentlich genügt, um von ihr die Infos zu bekommen, die ich für die Reportage brauche.

Ihr Laden *Träum weiter!* liegt direkt an der Jens-Jacob-Eschel-Straße, neben dem Alten Friesischen Theehaus, wo Oma Rieke früher ihren Tee, aber auch Kaffee gekauft hat, wenn meine Eltern zu Besuch kamen. Eine Mitarbeiterin räumt gerade die Ständer mit all dem Schnickschnack auf den Bürgersteig, der den verwinkelten, ziemlich dunklen Laden zu einer wahren Fundgrube für seine Besucher macht: Stofftiere, Schmuck, Souvenirs, Dekoartikel und vieles mehr verlocken genauso zum Shoppen wie selbst gemachter Föhrer Manhattan, der dort in bauchigen Flaschen mit Zapfhahn angeboten wird. Hier muss ich unbedingt mal stöbern, wenn ich Zeit dafür habe.

Leevkes Laden verströmt durch die geöffnete Tür einen ganz besonderen Duft. Eine Mischung aus Aromaölen, Räucherstäbchen und frisch gebrühtem Kaffee weckt in mir sofort die Lust, das eine oder andere davon zu kaufen. Als ich eintrete, ertönt ein sanftes Bimmeln, das mich entfernt an die Glocke erinnert, die Oma immer geläutet hat, wenn es an Weihnachten Zeit für die Bescherung war.

»Moin, du bist bestimmt Minnie, nicht wahr?«, fragt eine wunderhübsche Blondine mit hüftlangen blonden Haaren. Sie sieht aus wie eine Fee oder Elfe aus dem Märchenbuch.

»Ja, die bin ich. Toll, dass du heute Zeit für mich hast«, antworte ich und gebe ihr die Hand. Auch unsere Hände könnten nicht unterschiedlicher sein. Leevkes sind zartgliedrig und federleicht, ihre Nägel schimmernde Ovale, ähnlich dem Perlmutt von Muscheln. Meine hingegen kurz geschnitten und eher breit. Nagellack benutze ich so gut wie nie. »Ich hoffe, ich störe dich nicht allzu sehr bei deiner Arbeit.«

»Ach was«, winkt Leevke ab und knotet ihre Haarpracht zusammen. Erst jetzt bemerke ich die hohen Wangenknochen und das warme Braun ihrer Augen. »So früh morgens ist hier noch nichts los. Die Urlauber decken sich mit Brötchen und der Zeitung ein und überlegen, wie sie ihren Tag gestalten wollen. Außerdem ist diese Verabredung wichtig, denn ihr wollt doch eine Reportage drehen, die dem Wohl der Insel dient, wenn ich Alva richtig verstanden habe. Magst du einen Kaffee oder lieber Tee?«

Ich antworte: »Gern Kaffee«, und sehe zu, wie Leevke im hinteren Teil des Ladens verschwindet. Er ist lediglich durch einen Vorhang aus Perlenschnüren abgetrennt, durch die eine Katze neugierig ihr Köpfchen steckt. Sie ist ebenso zartgliedrig wie Leevke, hat silbergraues Fell und eine weiße, herzförmige Stelle am Hals. Als sie sich mir schnurrend nähert, halte ich intuitiv die Luft an.

Katzen sind wunderhübsche, elegante und intelligente Tiere, keine Frage. Aber sie sind genau wie meine Chefin Evangeline: launisch und unberechenbar. Auf schmusiges Schnurren kann binnen Sekunden ein Angriff mit scharfen Krallen folgen, ohne dass man weiß, wieso.

»Ich hoffe, du bist nicht allergisch gegen Katzen. Sie heißt Patchouli«, sagt Leevke, als die Katze zum Sprung auf meinen Schoß ansetzt.

Weil ich Leevke nicht verstimmen will, schüttle ich den Kopf, halte still und lasse Patchouli gewähren. Ihr Schnurren klingt in meinen Ohren wie das Knattern eines Rasenmähers, aber trotzdem ganz gemütlich.

»Also, Leevke, was ich wirklich gern wissen würde, ist, wie ich an Informationen über die Leute komme, die zu dieser Gruppe – ich nenne sie jetzt mal *Rettet-Föhr-Initiative* – gehören. Im Netz finde ich nichts darüber, außer dass es immer mal wieder Fälle von Vandalismus oder andere Störfeuer gibt, um bestimmte touristische oder sonstige kommerzielle Vorhaben auf Föhr zu torpedieren. Weißt du irgendetwas darüber, das mir weiterhelfen könnte? Ich finde diesen Ansatz nämlich tausendmal spannender für eine Reportage, als einfach nur die üblichen tollen Stellen der Insel zu filmen. Schließlich zeigen diese Aktionen, dass es hier Menschen gibt, die genau diese Schönheit bewahren wollen.«

In Leevkes Augen schimmert und glänzt es, doch ich kann ihren Gesichtsausdruck nicht wirklich deuten.

»Liebst du Föhr, oder findest du die Insel nur schön?«

»Ich … ich …« Himmel, hilf, was sage ich denn jetzt? »Natürlich liebe ich Föhr, aber ich war das letzte Mal vor dreizehn Jahren hier. Die Insel, die ich kenne, ist das Föhr unbeschwerter Kindheitssommer und späterer Urlaube als Teenie bei meiner Oma in Süderende.«

»Seit dieser Zeit hat sich einiges verändert, und das nicht nur zum Guten«, erwidert Leevke ernst. »Darüber solltest du in deiner Reportage berichten, wenn du uns ein bisschen unterstützen willst.« Das kleine Wort *uns* lässt mich aufhorchen. »Alles andere führt eher dazu, dass sich hier noch mehr Investoren und Urlauber breitmachen, die auf Sylt besser aufgehoben wären. Zwischen den Jahren oder an Ostern weiß ich manchmal gar nicht, ob ich in Nieblum wohne oder in Keitum. Hast du eine Ahnung, wie viele Porsches und SUVs hier mittlerweile über die Landstraßen brettern, als gäb's kein Morgen mehr?«

»Nein, aber ich kann es mir vorstellen. Und auch, was das für Konsequenzen hat. Ich denke an spielende Kinder oder an die Trüppchen von Hühnern, die zu Omas Zeiten in aller Seelenruhe über die Straßen spaziert sind.«

Leevke lächelt. »Du liebst Föhr also doch.«

»Also, wie viele Leute gehören zu dieser Initiative, wie lange läuft das Ganze schon, und was genau wollen die Mitglieder mit ihren Aktionen erreichen, die, juristisch betrachtet, echte Sachbeschädigung sind?« Das wiederholte Übermalen und Übersprayen des Slogans *Föhr – friesische Karibik* am Fährterminal sowie an anderen Stellen auf der Insel gilt bis heute als ungeklärter Fall, ein *cold case*, wie er auf Föhr wohl eher selten vorkommt. Voller Hoffnung, Leevkes Vertrauen gewonnen zu haben, zücke ich mein Notizbuch und den Kugelschreiber, von Aufnahmen mit dem Diktiergerät meines Smartphones halte ich nichts. Technik kann versagen, Handys kann man verlieren. (Okay, Notizbücher auch …)

»Ganz schön viele Fragen«, sagt Leevke, auf ihrem hübschen Gesicht breitet sich ein amüsiertes Lächeln aus. »Also, ich beschließe jetzt einfach, dir zu vertrauen, weil du eine enge Freundin von Alva bist und mein Bauchgefühl mir sagt, dass du zu den Guten gehörst. Ich beginne mal mit den Mitgliedern, wie du es nennst, weil du ja Termine mit ihnen machen musst. Am aktivsten ist Momme Ohlsen, ein Musiklehrer, der im Kurpark von Wyk lebt.«

Flugs notiere ich *Kurpark* und wundere mich über die Formulierung *im*. Müsste es nicht eher *am* heißen?! »Die Zweite im Bunde ist Dörte Nielsen, aber die kennst du ja schon.«

»Dörte … Nielsen?!«

Leevke nickt. »Dann sind da noch unser Schäfer, Jörg Rolffs, Hark Bendix, der Förster, und ich. Aber wir sind nicht verantwortlich für diese Geschichten, die in der Presse stehen, denn wir halten nichts von illegalen Aktionen.«

Ich lasse Leevkes Worte auf mich wirken. Ein Förster und ein Schäfer, das leuchtet ein. Beide haben aufgrund ihres Berufs eine Verbindung zur Natur und großes Interesse daran, diese so gut wie möglich vor touristischen Bauvorhaben zu schützen, die unter ökologischen Gesichtspunkten unverantwortlich sind. Aber ein Musiklehrer, eine Pensionswirtin und … Leevke?!

»Wie bist du denn zu dieser Truppe gestoßen, beziehungsweise wie habt ihr euch zusammengefunden?«, frage ich, verzückt darüber, dass eine aus der Gruppe, die ich interviewen möchte, bereits vor mir sitzt.

»Erstens engagiere ich mich seit Jahren für die Belange auf der Insel, und das auch in anderen Initiativen, und zweitens kenne ich hier natürlich so gut wie jeden. Sosehr wir auf Föhr den Fortschritt begrüßen – dazu gehört natürlich auch der Tourismus –, so sehr müssen wir darauf achten, dass sich auf unserer Insel nicht die Fehler wiederholen, die auf Sylt gemacht wurden. Das Ganze ist aber ein hochsensibles, komplexes Thema, weil man schnell denjenigen auf die Füße tritt, die eine konträre Einstellung oder andere Bedürfnisse haben. Doch das darf uns nicht davon abhalten, alles dafür zu tun, dass Föhr seine Ursprünglichkeit bewahrt.«

»Seid ihr denn in irgendeiner Form politisch verankert, und hat eure Organisation einen Namen? So was wie *We save the island* vielleicht?«

Ich frage das, weil Evangeline unserem Team in zahllosen Sitzungen eingeschärft hat, dass jedes Kind beziehungsweise jeder Beitrag einen Namen braucht.

Wegen des Identifikationspotenzials.

»Das ist schon mal ein ganz falscher Ansatz«, korrigiert Leevke mich. »Wenn wir auf Föhr eines nicht besonders mögen, dann ist es, englische Ausdrücke zu benutzen. Die Insulaner sprechen in Wyk Hochdeutsch, auf den Dörfern Platt und Fering. Wobei sich das Föhrer Friesisch zwischen Toftum und Oldsum ebenso unterscheidet wie …«

Auch wenn ich das, was Leevke mir erzählt, äußerst interessant finde, driften meine Gedanken, ohne dass ich es möchte, unaufhaltsam zu Oma Rieke ab. Ich sehe sie plötzlich in ihrem geliebten Schaukelstuhl sitzen, Fäustlinge und Schals für mich strickend und dabei *Gul, Ruad, Blä* – ein altes Friesenlied – singend. Als Kind konnte ich Fering.

Doch je älter ich wurde, desto cooler fand ich es, ausschließlich Hochdeutsch zu reden, was dazu führte, dass Oma mit mir auf Fering sprach, ich jedoch auf Hochdeutsch antwortete. Jetzt finde ich es schade, dass ich kaum noch Friesisch kann.

Mittlerweile wird Patchouli, deren Anwesenheit ich völlig vergessen hatte, unruhig und streckt sich, als ich sie streichle.

»Hörst du mir eigentlich zu?« Leevke sieht mich streng und zugleich durchdringend an.

»Sorry, ich war gerade in Gedanken bei meiner Oma Rieke, die in Süderende gelebt hat. Seit ich weiß, dass ich ein paar Tage auf Föhr verbringen werde, werde ich geradezu von Erinnerungen überflutet. Aber erzähl weiter, und verrat mir bitte die Handynummern des Schäfers, des Försters und vor allem von Momme Ohlsen.«

»Momme hat kein Telefon«, erwidert Leevke und schickt mir gleichzeitig zwei Kontaktdaten per WhatsApp. »Du musst ihn besuchen. Entweder er ist zu Hause oder nicht. Viel Glück, und vielleicht bit maaren. Luke ens weler iin.«

Als ich mich von Leevke verabschiede, erinnere ich mich wieder daran, was ihre Abschiedsworte bedeuten: Bis morgen. Schau mal wieder rein. »Ja, Leevke, das mache ich sehr gern. Oder hast du vielleicht schon heute Abend Zeit? Ich würde dich gern zum Essen in ein nettes Restaurant einladen, als Dankeschön für deine Hilfe, aber auch, weil ich gerne noch mehr über dich und deine Rolle in dieser Föhr-Gruppe wissen würde.«

»Zu Essenseinladungen sage ich nur selten Nein«, erwidert Leevke und lässt ihre hellen Zähne blitzen. »Aber ich würde diese Dinge gern unter vier Augen besprechen, also komm doch einfach vorbei, und ich koche uns etwas Leckeres. Sagen wir um sieben?«

»Sehr gern, dann besorge ich den Wein.«

4.

Kurzfristig einen Termin beim Förster oder Schäfer zu bekommen, ist ähnlich schwer wie das Erringen einer Olympia-Goldmedaille oder die Besteigung des Mount Everest. Daher heißt es Ruhe bewahren, obwohl mir das nicht leichtfällt, weil ich es gewohnt bin, dass mir stets eine ungeduldige Chefin im Nacken sitzt.

»Ich versuche meinen Mann zu erwischen, aber Jörg ist gerade bei der Herde, denn es ist Lamm-Zeit«, sagt Frau Rolffs, als ich sie telefonisch erreiche, und verspricht mir, sich zu melden, sobald sie Näheres über die Termine ihres Mannes in Erfahrung gebracht hat.

In der Forsthütte läuft nur der Anrufbeantworter, auf den ich spreche und um baldigen Rückruf bitte. Wie gut, dass ich einen kleinen zeitlichen Puffer habe, bevor es losgeht.

»Na, wie war dein Tag?«

Punkt sieben Uhr öffnet Leevke mir die Ladentür, die schnurrende Patchouli auf dem Arm, die langen Haare zum Turban aufgetürmt. Ihre Wangen sind leicht gerötet, es duftet verführerisch nach Essen.

Ich antworte: »Wunderschön«, und folge Leevke die Wendeltreppe hinauf in ihre Wohnung. »Aber vor allem, weil ich ehrlich gesagt nicht viel mehr gemacht habe als im Strandkorb der Pension zu chillen beziehungsweise zu dösen. Die Luft hier haut mich einfach jedes Mal um.«

Dass ich auch deshalb so viel geschlummert habe, weil ich erst mal damit klarkommen muss, nach so langer Zeit wieder hier zu sein, behalte ich für mich.

Schlafen hilft nämlich in solchen Situationen.

Man muss nicht denken und nicht fühlen.

»Tja, das geht allen so, die nicht von hier stammen«, erwidert Leevke schmunzelnd und setzt ihre Katze auf dem Boden ab. »Sich zu entspannen ist super und gesund, das sollte man viel öfter machen. Hast du Hunger?«

Ich antworte: »Und wie«, denn außer einem Fischbrötchen von *Käpt'n Nolte* habe ich heute noch nichts gegessen. Anschließend habe ich alles in einem Memo für Evangeline notiert, was ich bislang an Infos über die Insel gesammelt habe: dass die Immobilienpreise auf Föhr in den letzten sechs Jahren um mehr als 46 Prozent gestiegen sind; dass das renommierte Restaurant *Nordseebrise* in Utersum verpachtet werden soll, weil der Umsatz nicht stimmt; welche Probleme der Bau des großen Hotelkomplexes am Südstrand mit sich bringt. Fehlende Mietwohnungen für Insulaner, die Schließung des Kreißsaals trotz massiver Proteste sind nur wenige von vielen Punkten, die in meinem Kopf umherschwirren und in mir das traurige Gefühl auslösen, Föhr sei ein bedrohtes Paradies.

Ein Paradies, das sich vor allem die Einheimischen auf lange Sicht nur schwer werden leisten können, genau wie ihre Nachbarn auf Sylt.

Wenn Oma Rieke das wüsste, ihr Kummer wäre grenzenlos.

»Ich hoffe, du magst Pasta Frutti di Mare«, sagt Leevke und öffnet den gläsernen Deckel einer gusseisernen Pfanne, in der Muscheln, Tintenfischringe und Garnelen in einem Sud aus Gemüse, Knoblauch, Zwiebeln und Weißwein köcheln. »Dazu gibt's Weißbrot zum Tunken und Salat. Leider noch nicht aus dem eigenen Garten, aber es dauert sicher nicht mehr lange, bis ich welchen ernten kann.«

Leevke rührt die Soße um, probiert zwischendrin eine Nudel und nippt nebenbei an einem Glas Weißwein. »Wenn du magst, kannst du dich hier umschauen, bis ich fertig bin. Die Pasta braucht noch ungefähr drei Minuten.«

»Kann ich dir nicht helfen?« Ich komme mir komisch dabei vor, Leevkes Reich auf eigene Faust zu erkunden. *Reich* scheint es ganz gut zu treffen, denn die Wohnung ist riesig.

»Nein, nein, mach ruhig. Ich bin beim Kochen ganz gerne allein.« Neugierig inspiziere ich zunächst den geräumigen Flur, der in zwei ineinander übergehende, große Räume mündet, immer wieder unterbrochen von schweren Dachbalken. Im ersten steht ein großer Esstisch mit sechs Stühlen, im zweiten eine gemütliche Sofalandschaft mit vielen bunten Kissen, wie ich sie auch liebe. Auf dem dunklen Opiumtisch liegt ein Buch mit dem Titel *Kraftorte Deutschlands – im seelischen Einklang mit unserem inneren Ich.* Autorin: Leevke Hennings.

Verwundert greife ich nach dem etwa dreihundert Seiten starken Werk mit zahlreichen Fotos und blättere darin herum. Die Beschreibungen beginnen auf Föhr, von dort aus geht es über Amrum, Sylt, Schleswig und den Ochsenweg bis weit in den Süden Deutschlands.

»Möchtest du lieber Weißwein oder den Rosé, den du mitgebracht hast?«, ruft Leevke aus der Küche.

Rasch schnappe ich mir das Buch und gehe zu ihr. »Lieber Rosé. Sag mal, hast du das hier geschrieben? Oder war das eine Namensvetterin von dir?«

Leevke entkorkt die erste von zwei Flaschen, die ich zuvor in den Kühlschrank der Pensions-Teeküche gestellt hatte.

»Nein, das war ich. Nimm bitte die Flasche, die beiden Gläser und geh schon mal vor. Ich komme gleich mit dem Essen nach. Dann erzähle ich dir, wie ich Autorin geworden bin.«

Nachdem sie Kerzen angezündet hat und leise Flöten- und Klaviermusik den Raum erfüllt, beginnen wir zu tafeln. Leevke scheint ein Multitalent zu sein, denn sowohl die Pasta Frutti di Mare als auch der Salat schmecken himmlisch.

»Hat Alva dir erzählt, dass meine Mutter vor drei Jahren gestorben ist und mein Vater daraufhin die Pension in Utersum verkauft hat?«

Ich verneine und schenke uns beiden Wasser aus einer türkisfarbenen, bauchigen Karaffe nach.

»Papa ist zu meiner Oma Beeke gezogen, und ich habe einen Teil meines Erbes darin investiert, ein Jahr lang durch Deutschland zu reisen, auf der Suche nach Kraftorten, spirituellen Geistern und ein bisschen nach mir selbst.«

»Wow, das klingt ja spannend. Wer hat sich denn während dieser Zeit um deinen Laden gekümmert? Oder hast du ihn so lange dichtgemacht?«

Leevke schüttelt den Kopf, dabei löst sich eine Haarsträhne und fällt ihr in das hübsche Gesicht. »Das hat eine Heilpraktikerin übernommen, die gerade nach Föhr gezogen war und sich nebenbei nach und nach ihren Kundenstamm aufgebaut hat. Und meine Freundin Felicitas ist auch ab und zu eingesprungen, wenn es nötig war und sie nicht gerade wegen irgendeines Films durch die Weltgeschichte gereist ist. Sie ist Hamburgerin und lebt seit einiger Zeit auf Föhr, nachdem sie sich Hals über Kopf in einen Wachsbildhauer verknallt hat. Felicitas ist Regieassistentin beim Film, und ich habe sie hier im Laden kennengelernt, als sie nach Föhr kam, um ein TV-Movie zu drehen. Ich würde dich gern mit ihr bekannt machen, aber sie ist gerade für sechs Wochen mit ihrem Liebsten in New York, wo Frederick früher eine Weile gelebt und immer noch Verwandtschaft hat. Wie du sicher weißt, gibt es eine Föhr-Community in den Staaten, die gar nicht mal so klein ist. Viele Föhrer sind in die USA ausgewandert, einige von ihnen jedoch wieder zurückgekehrt.«

Ich denke spontan: Für einen Mann nach Föhr ziehen?

So schön ich die Insel auch finde, man muss das schon wollen. Die Winter sind lang, dunkel und kalt.

Jobs gibt's auch nicht wie Sand am Meer.

Manchmal fallen sogar die Fähren aus, und dann sitzt man dort fest wie in Beton zementiert.

Wenn man mit jemandem Zoff hat, kann man einander ziemlich schlecht aus dem Weg gehen, denn die Insel ist nur 12,5 Kilometer breit und 8,5 Kilometer lang.

»Aber wie hast du einen Verlag für das Buch gefunden? Das ist doch bestimmt nicht so einfach, zumal das Thema ja etwas …« Ich suche händeringend nach den richtigen Worten, um Leevke nicht zu verletzen. Ich persönlich konnte mir unter Kraftorten nie etwas vorstellen, auch wenn Oma Rieke ab und zu diesen Begriff benutzt hat. Überhaupt bin ich eher skeptisch, was Esoterik oder Spiritualität angeht, ich glaube an das, was ich sehen, greifen und fühlen kann.

»… speziell ist?« Leevkes Augen funkeln. »Ich weiß, aber es gibt weit mehr Menschen, die an Feen, Elfen und sogar Geister glauben, als du denkst. Zuerst habe ich das Buch im Self-Publishing als E-Book ins Netz gestellt, aber dann lief es so gut, dass ein Verlag darauf aufmerksam wurde, der auf spirituelle Themen spezialisiert ist. Seitdem gibt es die gedruckte Ausgabe, was mich nicht nur freut, sondern auch mit Stolz erfüllt. Ab und zu mache ich sogar Lesungen damit, die meistens ziemlich gut besucht sind. Demnächst verfasse ich ein Buch speziell über die Kraftorte auf Föhr, weil die Nachfrage danach groß ist. Und ich veranstalte auch Führungen zu diesen Orten, wie zum Beispiel der Lembecksburg. Du kannst ja mal eine mitmachen, wenn du magst.«

»Das ist ja toll«, erwidere ich, wirklich beeindruckt. Weniger wegen des Buchinhalts oder der Führungen, sondern davon, wie zielstrebig Leevke ihren Weg geht. So etwas imponiert mir immer sehr, weil ich selbst zurzeit nicht hundertprozentig glücklich mit meinem Beruf bin – dieser Assistentinnenjob ist auf Dauer nicht erfüllend. »Hilft dir diese Themenwelt, um dich besser für Föhr engagieren zu können? Oder andersherum gefragt: Findest du die Insel deshalb so schützenswert, weil sie so viele Kraftorte hat? Ich bin erstaunt, dass es hier eine derart große Anzahl Grabhügel und Orte geben soll, von denen angeblich Magie ausgeht.« Das *angeblich* kann ich mir nicht verkneifen, so leid es mir auch tut.

Doch anstatt beleidigt zu sein, lächelt Leevke wie ein Engel. Das Strahlen auf ihrem Gesicht wirkt im Schein der Kerzen beinahe überirdisch. In diesem Moment hat sie eine solche Ausstrahlung, dass ich mich frage, ob gewisse Menschen nicht doch eine Aura haben, was ich sonst vehement abgestritten hätte. »Ganz Föhr ist ein einziger Kraftort, Minnie«, sagt Leevke. »Deshalb lieben so viele Menschen die Insel und kommen immer wieder. Ich kenne viele, die als Kind gemeinsam mit ihren Eltern hier Ferien gemacht haben, Föhr als Teenager uncool fanden, aber schon ein paar Jahre später allein hierhergereist sind, weil der Spirit sie nie losgelassen hat. Heute kommen sie mit ihren eigenen Kindern, ist das nicht wunderschön? Das ist es, was wir mit unserer Initiative bewahren und schützen wollen. Wir wollen vermeiden, dass zu viele Autos auf der Insel fahren, dass sich Müll ansammelt und Dönerbuden überhandnehmen. Wir wünschen uns die Aufrechterhaltung von Traditionen wie den Trachtentanzgruppen und dem Ringreiten. Wir setzen uns dafür ein, dass weiter Fering gesprochen und in den Schulen unterrichtet wird. Und wir wünschen uns, dass Kinder hier Kinder sein dürfen und lernen, mit der Natur zu leben, sie zu lieben und zu respektieren.«

Ich habe den Eindruck, dass Leevke den ganzen Abend über dieses Thema reden könnte. Aber anders kann man wahrscheinlich nichts erreichen, man muss für eine Sache brennen.

Wofür brenne ich eigentlich?

»Was heißt das denn konkret? Nimm zum Beispiel Dörte Nielsen. Als Pensionswirtin müsste ihr größtes Interesse doch darin bestehen, während der Saison alle Zimmer zu vermieten, und dazu braucht sie nun mal Touristen auf Föhr.«

Nun lächelt Leevke beinahe sphinxhaft und streichelt Patchouli, die immer wieder ihr Gesichtchen an Leevkes Wange reibt, ein zauberhafter Anblick. »Dörte setzt sich regelmäßig mit den anderen Vermietern aus Nieblum zusammen und bespricht mit ihnen die Höhe der Zimmer- und Ferienwohnungspreise. Sie kümmert sich darum, dass hier möglichst keiner übertreibt und die Preise in die eine oder andere Richtung kaputt macht. Unser Anliegen ist es, dass Föhr gerade für Feriengäste mit Kindern bezahlbar bleibt, weil wir Kinder lieben und sie unsere Zukunft sind. Dörte ist es auch zu verdanken, wenn hier Restaurants zur Zeit des Biikebrennens geöffnet haben, obwohl es sich eigentlich kaum lohnt, den Betrieb in der Nebensaison nur für ein paar Tage aufzunehmen. Aber die Gäste müssen in dieser Zeit die Möglichkeit haben, einzukaufen und essen zu gehen, sonst bleiben sie weg.« Leevke gerät immer mehr in Fahrt, und ich komme kaum mehr mit meinen Notizen hinterher. »Hast du denn Termine mit Hark und Jörg machen können, oder soll ich dir dabei behilflich sein?«

»Vielleicht beim Förster, das wäre toll«, antworte ich, da dieser sich nicht zurückgemeldet hat. »Bei Jörg Rolffs kann ich übermorgen Abend kurz vorbeischauen. Mit Dörte spreche ich auch noch, sie ist zeitlich flexibel.«

Leevke greift nach ihrem Handy. »Alles klar, ich schicke Hark eine Nachricht und schreibe, dass es wichtig ist. Das bringt vielleicht mehr, als wenn du bei ihm anrufst. Die meisten Friesen muss man ein bisschen schubsen und überzeugen. Aber wenn man einmal ihr Herz gewonnen hat, ist es zum Glück für immer. Wie sieht's aus, Minnie? Wollen wir noch ein bisschen in den Garten gehen? Ich muss noch meine beiden Kaninchen füttern.«

»Du hast nicht nur eine Katze, sondern auch noch zwei Kaninchen?«, frage ich erstaunt.

Leevke schmunzelt. »Ja, habe ich, und am liebsten hätte ich auch noch einen Hund. Sei froh, dass du nicht vor zwei Jahren hier warst, als Kup Sin hier seinen Schabernack getrieben hat, auch wenn er natürlich kein Tier ist«, erwidert sie. »Frag mal Felicitas, wie sehr ihr der kleine Kobold manchmal auf die Nerven gegangen ist, als sie bei mir gewohnt hat. Ach Quatsch, du kennst sie ja gar nicht«, korrigiert sie sich, und ich folge ihr die Treppe ins Erdgeschoss hinunter, nachdem Leevke aus der Küche Salatblätter, Kohlrabi und Möhren geholt hat.

»Kup Sin? Kobold? Schabernack?«, frage ich verwirrt. »Tut mir leid, aber ich habe gerade komplett den Faden verloren.«

»Hat dir deine Oma nie etwas von Nis Puk erzählt?«, fragt Leevke und dirigiert mich durch die Hintertür in den Garten, der im Dämmerlicht liegt, lediglich illuminiert von bunten Lampions. »Nis Puk ist ein nordfriesisches, mythologisches

Zauberwesen in verschiedenen Erscheinungsformen. Es gibt verschiedene Puke unterschiedlichen Naturells. Die Oterbaankin in Utersum sind zum Beispiel manchmal etwas finstere Gesellen, wohingegen Kup Sin …« Doch, jetzt dämmert es mir wieder. Oma liebte Geschichten über Puke. Und ich auch. Wie konnte ich das nur vergessen?

»… total süß war, vor allem, wenn …« Plötzlich hält Leevke mitten im Satz inne und kniet vor dem Kaninchengehege. Sie ruft: »Oh, nein«, und fängt bitterlich an zu weinen.

Es dauert einen Moment, bis ich verstehe, was passiert ist. Auf dem mit Stroh ausgelegten Boden liegt, vollkommen reglos, ein Häschen.

»Motte, meine kleine Motte ist tot«, schluchzt Leevke, steht wieder auf und öffnet das Gatter. Neben Motte sitzt ein zweites, wunderhübsches Kaninchen mit pechschwarzem Fell und schaut uns an. Leevke nimmt es vorsichtig heraus und presst es an ihre Brust, während Tränen wie Sturzbäche aus ihren schönen braunen Augen rinnen. In diesem Moment erinnere ich mich schmerzlich an Mamas Anruf im November vor dreizehn Jahren. »Minnie, ich muss dir etwas Trauriges sagen. Deine Oma ist gestern Nacht friedlich eingeschlafen. Die Nachbarin hat sie morgens gefunden, als sie ihr Brötchen bringen wollte.«

Manche Dinge geschehen ohne Vorwarnung.

Und manchmal ist das auch gut so.

5.

Am Samstagmorgen erwache ich äußerst beschwingt und gut gelaunt und schreibe als Erstes eine Nachricht an Alva.

> Leevke ist supernett und wunderhübsch. Wir haben gestern Abend lecker zusammen gegessen und über Föhr, Esoterik und alles Mögliche geplaudert. Kaum zu glauben, dass ihr befreundet seid – unterschiedlicher als ihr beiden kann man kaum sein. Und was machst du so? Work-out im Fitnessstudio?
> Ich lümmle gerade im Bett und trinke schon den zweiten Becher Kaffee. Himmlisch ruhig hier!

Alvas Antwort kommt sofort.

> Schätzchen, das freut mich. Ja, erst Studio, dann Friseur, dann Nägel. Tja, die Leevke. Ein bisschen durchgeknallt war sie ja schon im Kindergarten, aber waren wir das nicht alle? Trink nicht so viel Kaffee, ist nicht gut für den Teint.
> Ciao bella.

Ich rekle mich weiter genüsslich im Bett mit der hübschen Bettwäsche, die nach Rosen duftet.

Es ist ewig her, seit ich einfach so liegen geblieben bin. Cordt war ebenso sportbegeistert wie Alva und hat mich am Wochenende immer schon morgens zu Ausflügen oder zumindest zu Spaziergängen gescheucht. Wie ich ihn kenne, ist er gerade joggen oder mit einem Freund zum Golfspielen verabredet. Davor war er schon auf dem Markt, und er ist durch das Abo der Tageszeitung via Tablet seit dem Aufwachen auf dem neuesten Stand, was die Nachrichten des Tages betrifft.

Ob er mich vermisst?

Schon seltsam. Hier auf Föhr, Hunderte Kilometer entfernt von daheim, kommt es mir auf einmal so vor, als sei die Minnie in Bamberg anders als die Minnie auf Föhr. Obwohl gerade ein Haufen Arbeit auf mich wartet und Evangeline mir schon um sechs Uhr morgens zwei Nachrichten geschickt hat, fühle ich mich nicht so gehetzt und gestresst wie sonst.

Liegt das an der guten Luft, am ruhigen Gemüt der Friesen, oder kommt auf einmal die Minnie aus Kindertagen in mir zum Vorschein, die stundenlang in Oma Riekes Hängematte liegen und in den tiefblauen Himmel gucken konnte, ohne dass ihr auch nur eine Sekunde langweilig war?!

Hm, mal schauen. Was mache ich denn heute?

Soll ich nach Süderende fahren und in Erfahrung bringen, wer jetzt in Oma Riekes Haus wohnt?

Doch beim bloßen Gedanken daran, dass dies unter Umständen eine schmerzliche Angelegenheit sein könnte, verwerfe ich die Idee wieder. Auch der Besuch von Omas Grab muss warten. Heute möchte ich ein wenig Leichtigkeit, mich so viel wie möglich treiben lassen, entschleunigen. Verrückte Vorstellung, dass es in einer durchgetakteten Welt, in der die Kommunikation via WhatsApp, SMS, Mail, Sprachnachrichten, Facebook-Messenger etc. läuft, einen Mann wie Momme Ohlsen gibt, der sich alldem schlichtweg verweigert. Dass jemand heutzutage kein Handy hat, ist ja schon ungewöhnlich. Aber auch kein Festnetztelefon? Und das als Lehrer?!

Mit einem Mal überfällt mich große Neugier, und ich beschließe, dem Inselkauz einen Besuch abzustatten.

Am Samstag wird er ja wohl nicht unterrichten, also stehen die Chancen gut, ihn anzutreffen. Ich werfe einen Blick auf den Fahrplan, den Dörte Nielsen mir gegeben hat. Bald fährt ein Bus in Richtung Wyk.

Für alle weiteren Touren hat sie mir eines der Räder für die Pensionsgäste zur Verfügung gestellt.

Als ich eine Stunde später aus dem Fenster des Busses schaue, der die Dörfer Alkersum, Midlum und Oevenum passiert und schließlich über Wrixum bis zur Haltestelle Gmelinstraße/Südstrand fährt, gewinne ich einen vagen Eindruck davon, wie Föhr dreizehn Jahre nach meinem letzten Besuch aussieht.

Im Grunde hat sich auf den ersten Blick nicht viel verändert – bis auf eine Sache, die nicht nur mich traurig macht, sondern auch die Gemüter vieler Insulaner, Urlauber und Musikliebhaber nach wie vor zum Kochen bringt: die Umwandlung der Boldixumer Traditions-Musikkneipe *Erdbeerparadies*, kurz EP genannt, in eine Gärtnerei.

Auch ich habe im EP getanzt, begeistert Live-Bands gelauscht und nach dem Biikebrennen dort gefeiert, sobald ich alt genug dafür war.

Melancholisch geworden, schlucke ich einen Anflug von Wehmut hinunter. Ich bin einmal mit Andreas im *EP* gewesen, zum Tanz in den Mai. Wir hatten schwer verliebt geknutscht und uns geschworen, künftig jedes Jahr dort den Beginn des Frühlings zu feiern. Doch dann trennten sich unsere Wege, und heute weiß ich nicht mal mehr, ob Andreas immer noch in Berlin lebt und was er macht.

Ich spaziere den Weg von der belebten Gmelinstraße, vorbei am *Pfannkuchenhaus*, in Richtung Nordseekurpark entlang und stehe schon bald inmitten eines Wäldchens vor der *Villa Konrad*, wo das Team der Schutzstation Wattenmeer untergebracht ist. Wie ist es möglich, dass eben noch das Leben um mich herum tobte und ich nun das Gefühl habe, auf einem ganz anderen Planeten zu sein? Es ist still, keine Menschenseele zu sehen, und es liegt eine Art Zauber über allem, den ich mir nicht erklären, aber fühlen kann.

Von hier aus noch einige Meter nach rechts in Richtung Meer, dort finde ich laut Leevke die Holzhütte von Momme Ohlsen. Trotz meines schlechten Orientierungssinns gelingt mein Vorhaben, und ich entdecke schon bald das dunkelgrün gestrichene Holzhäuschen mit den weißen Fensterläden und einem kleinen Vorgarten. In Mommes Gärtchen wiegen sich eine bunte Hängematte sowie eine Kette aus tibetischen Gebetsfahnen sanft im Wind. Eine Buddha-Statue schmückt den Treppenabsatz am Eingang, in den zu einer Kuhle geformten Händen liegen frisch gepflückte Gänseblümchen. Alles wirkt ein wenig wie aus der Zeit gefallen, aber äußerst liebevoll arrangiert und gepflegt, genau wie die Beete voller Kräuter und Gemüse, um die sich der Musiklehrer laut Leevke selbst kümmert.

Da ich weder ein Namensschild noch eine Klingel entdecken kann, klopfe ich. Erst zaghaft, dann ein bisschen energischer.

»Ich bin nicht zu Hause«, ruft jemand hinter mir, und ich drehe mich um. »Wollen Sie wirklich zu mir, oder haben Sie sich verirrt?«, fragt ein älterer Mann, geschätzt siebzig Jahre alt, und schenkt mir ein Lächeln aus tiefblauen Augen.

Es klingt vielleicht seltsam, aber es stimmt: Seine Lippen bewegen sich gerade kein bisschen, aber aus diesen Augen spricht eine derartige Wärme und so viel … Liebe …, die ich geradezu körperlich spüren kann wie eine wärmende Flauschdecke.

»Sind Sie Momme Ohlsen?«, frage ich und kann nicht anders, als diesen Mann anzustarren wie das achte Weltwunder. »Ich komme auf Empfehlung von Leevke Hennings und würde gern mit Ihnen über die aktuelle Situation auf Föhr sprechen … über die vielen Veränderungen, die diese Insel gerade erfährt.«

»Leevke schickt Sie?« Der alte Herr schaut mich an, jedoch nicht so, wie Unbekannte einen häufig mustern: abschätzend, wertend, mit einem Hauch von Misstrauen oder gar arroganter Gleichgültigkeit. In seinem Blick liegt eine freundliche, beinahe kindliche Neugier und so etwas wie Güte. »Na, dann kommen Sie mal rein, Frau …«

»Hübner. Minerva Hübner, aber alle nennen mich Minnie«, erwidere ich.

»Minerva, die Göttin der Weisheit. Was für ein schöner Name«, sagt Momme Ohlsen, und nun lächelt auch sein Mund. »Ich finde, er passt gut zu Ihnen. Sie sind zwar klein, aber ich wette, Sie können zur Hochform auflaufen, wenn Sie erst mal über den Schatten springen, den Ihre Beine und ziemlich großen Füße manchmal werfen. Möchten Sie drinnen sitzen oder lieber hier draußen, um den Vögeln des Waldes zu lauschen?«

Erst jetzt nehme ich wahr, dass sich in das Summen der Bienen auch das Gezwitscher von Vögeln mischt, die anders klingen als die auf Föhr beheimateten Küstenseeschwalben, Uferschnepfen oder Goldregenpfeifer.

Ich schaue misstrauisch in die Baumwipfel, doch es herrscht keine unmittelbare Gefahr. Die Möwen tummeln sich am Südstrand, der Wald ist nicht ihr Revier. »Ich würde gern draußen sitzen, auch wenn es ein bisschen kühl ist«, erwidere ich, was mir erneut ein Lächeln einbringt.

Momme Ohlsen deutet auf zwei Korbsessel, die an einem kleinen runden Tisch stehen, der bunt bemalt und mit Spiegelscherben und Muscheln beklebt ist. Auf den Stühlen liegen blaue Kissen mit einem goldenen, kreisförmigen Motiv, das ich heute auch auf Postkarten in Leevkes Laden gesehen habe, und je eine warme Decke mit orientalischen Mustern.

Ich setze mich, schlinge das Plaid um mich und atme tief ein. Ich liebe Nordseeluft über alles, doch diese ganz spezielle Mischung aus Salzluft und dem leicht modrigen Duft des Waldes ist schier unbeschreiblich. Am liebsten würde ich sie in Flaschen füllen und später mit nach Bamberg nehmen.

Momme Ohlsen verschwindet rasch im Haus und kommt kurz darauf mit zwei dickwandigen, handgetöpferten Bechern in der Hand zurück, deren Inhalt nach Kräutern duftet.

»Meine ganz persönliche Teemischung«, sagt er und setzt sich neben mich.

»Was ist da drin?«, frage ich und versuche gleichzeitig das Rätsel selbst zu lösen. »Ich würde sagen Rosmarin, Minze, und …« Momme nickt und streckt dann wohlig seufzend seine Beine aus. Die sind – genau wie meine – nicht besonders lang und stecken in einer Art Haremshose. Dazu trägt mein Gastgeber ein weißes Hemd mit Rüschenärmeln, das ein kleines bisschen an Karneval erinnert oder an Piraten. Dieser Mann mit den längeren grauen Haaren ist eindeutig ein Spät-Hippie, wie er im Buche steht, eine seltene Spezies, sympathisch und interessant.

»Also, dann erzählen Sie mal, weshalb Sie mich sprechen wollen und was Sie mit Leevke zu tun haben.«

Ich erkläre kurz den Hintergrund der Reportage und meine

Verbindung zu Leevke beziehungsweise Alva, die ihm allerdings kein Begriff ist. Aber wo sollten sich auch die Wege einer Karrierefrau und eines Einsiedlerkrebses wie ihm kreuzen?

»Und Leevke hat Ihnen gesagt, dass ich der – wie nannten Sie es? – Kopf dieser Organisation bin?!« Ich nicke. »Na, dann muss sie von Alva ja Gutes über Sie gehört haben. Um zu verstehen, wie ich ticke, sollten Sie aber unbedingt eines wissen: Ich bin niemals *gegen* etwas, sondern *für*. Ich bin kein weltfremder Nostalgiker, der sich gegen Fortschritt und Tourismus wehrt, ich möchte nur, dass die Dinge in der Balance sind. Doch das können sie nur, wenn wir alle an einem Strang ziehen und gemeinsam kluge, weitsichtige Entscheidungen fällen, die nicht nur auf schneller Umsetzung oder Profitgier basieren.«

Während Momme Ohlsen dies sagt, sehe ich, dass seine Hände leicht zittern.

»Wieso gibt es eigentlich so viele Diskussionen um den Werbeslogan der Insel? Er ist doch ganz charmant«, sage ich und wage mich damit auf ein Terrain vor, das mir insgeheim keine Ruhe lässt.

Ich kann mir nicht vorstellen, dass meine Pensionswirtin, Leevke, ein Schäfer oder ein Förster nachts loszieht, um Werbeflächen zu besprühen oder zu übermalen.

Das klingt eher nach einem jugendlichen Heißsporn.

Oder nach jemandem, der am Rande der Gesellschaft lebt.

»Finden Sie?« Momme Ohlsen trinkt seine Teetasse in einem Zug leer und schaut dann gedankenverloren in die Ferne.

Doch er beantwortet meine Frage nicht.

»Föhr hat ja in der Tat ein etwas milderes, gemäßigteres Klima als die Nachbarinseln, weil die Insel zwischen Amrum und Sylt eingebettet ist. Außerdem muss man die Leute doch mit irgendetwas locken, wenn man vom Tourismus leben möchte.«

»Aber muss man deshalb Vergleiche ziehen? Früher warb man mit *Föhr – die grüne Insel*, ist das nicht viel passender?«

In Gedanken spaziere ich über dieses wunderschöne Fleckchen Erde: das Oldsumer Vorland mit den saftigen Salzwiesen, das satte Grün der Weiden, die blühenden Rapsfelder, die Mais-Labyrinthe, die begrünten Deiche, Koppeln und Kuhweiden. Die weite Marsch, die vielen Bäume, Sträucher, üppig bepflanzte Friesenwälle, blühende Heckenrosen und Bauerngärten. Über allem weht – je nach Windrichtung – manchmal ein Hauch von Kuhdung, was besonders am Strand ein wenig seltsam anmutet.

Ja, die Farbe Föhrs ist Grün, und genau dafür liebe ich diesen Ort.

»Ich nenne Föhr insgeheim meine Trauminsel im Wattenmeer«, murmele ich nachdenklich und mag den aktuellen Slogan mit einem Mal auch nicht mehr. Momme hat recht, Föhr muss sich nicht vergleichen oder verstecken. Föhr kann selbstbewusst das Kinn recken und sagen: Ich bin einzigartig.

Ich bin mehr als die Summe aus Stränden, Mühlen, Cafés, Häusern und Radwegen – ich bin ein Gefühl.

Die Menschen verlieben sich in Föhr, wenn sie dieses Eiland zum ersten Mal betreten. Daher kommt auch der Begriff Föhrliebt. Sie kommen immer wieder, denn seine große Liebe möchte man so oft wie möglich sehen.

»Erzählen Sie mal, was genau haben Sie für diese Reportage geplant, und wie kann ich Ihnen dabei helfen? Wie Sie sehen, lebe ich hier ein wenig abseits, aber im Einklang mit der Natur. Ich zeige Ihnen gern die Stellen, die meinem Traum von Föhr entsprechen, zum Glück sind es zurzeit noch sehr viele. Kennen Sie zum Beispiel den Naturkindergarten, versteckt hinter dem Strandabschnitt zwischen Nieblum und Goting? Für Kinder ist diese Insel ein Paradies, und das soll auch so bleiben. Hier aufwachsen zu dürfen ist ein großes Geschenk.«

Eine Stunde später verabschiede ich mich von Momme Ohlsen und kann mich nur schwer von ihm lösen. Hier, in seinem kleinen Garten inmitten des Kurparks, habe ich das Gefühl, dass die Welt mit all ihrem Irrsinn und Wahnsinnstempo einen Moment die Luft anhält, stillsteht und durchatmet.

Das sollte auch ich viel öfter machen, denke ich, als ich das Waldstück verlasse und den Weg in Richtung Sandwall einschlage. Einfach mal innehalten, die Dinge auf mich wirken lassen, fühlen … und bei mir selbst sein.

6.

Ohrstöpsel sind wirklich ein Geschenk des Himmels!

Aber vielleicht liegt es auch an der guten Föhrer Luft und an den schönen Begegnungen mit Leevke und Momme Ohlsen, dass ich heute Morgen topfit, ausgeruht, voller Tatendrang und Vorfreude auf das Interview mit der Pensionswirtin bin.

Nach diesem Gespräch steht der Besuch des Naturkindergartens auf meinem Plan, er scheint mir wichtig für den Beitrag, denn Kinder sind nun mal die Zukunft der Insel.

Mal schauen, ob Evangeline das auch so sieht.

»Moin, na, alles gut an der Vogelfront?«, fragt mich Dörte Nielsen grinsend, als ich die Treppe herunterkomme. Ich bin so dermaßen in Schwung, dass ich beinahe mit ihr kollidiere, während sie ein voll beladenes Frühstückstablett balanciert.

Ich murmele: »'tschuldigung«, und fange gerade noch rechtzeitig eine kleine Vase auf, bevor diese auf den Boden fällt.

»Ach was, man steht nie im Weg, sondern höchstens 'n büschen ungünstig«, lautet ihre lapidare Antwort.

Ob Dörte damit mich oder sich selbst meint, ist mir nicht ganz klar. Sie ist eine Philosophin des Alltags und eine leidenschaftliche Gastgeberin, wie sich beim Frühstück mal wieder zeigt.

»Ein popofrisches Ei für Sie?« Dörte Nielsen ist selbst frisch wie der Morgentau und die Entspanntheit in Person, auch wenn insgesamt zehn Gäste darauf warten, dass sie Heißgetränke serviert, Eierspeisen oder frisch gepresste Säfte.

Ob ich einen Relax-Kurs bei ihr belegen kann?

Ich antworte: »Nein danke, leider keine Zeit«, und widme mich meinen Notizen, genauer gesagt meiner Planung für die kommenden Tage.

»Das gibt aber Kraft«, erwidert die Pensionswirtin und schaut mich herausfordernd an. »Außerdem sind Eier gut fürs Gehirn. An Ihrer Stelle würde ich jetzt die Unterlagen beiseitelegen, das Frühstück genießen und nach unserem Gespräch an den Strand gehen. Dann fließt alles von ganz allein. Glauben Sie mir, ich weiß, wovon ich spreche.«

Dörte hat recht. Auf die zehn Minuten mehr oder weniger kommt es jetzt auch nicht mehr an. Also nicke ich und werde mit einem gut gelaunten »Na siehste, geht doch. Mögen Sie auch noch ein Apfel-Kräuter-Gelee?« belohnt.

Ich nicke begeistert, denn dieses Gelee ist köstlich.

Vor meiner Abreise werde ich sie fragen, ob ich ein paar Gläser davon kaufen kann.

Den Kopf randvoll mit den Infos der Pensionswirtin, verlasse ich zwei Stunden nach unserem Gespräch den Ortskern von Nieblum und biege auf den Weg in Richtung Strand ein.

Wenn ich ehrlich bin, würde ich das am liebsten jeden Tag machen, egal bei welchem Wetter.

So ungern ich sonst spazieren gehe, an der Nordsee ist irgendwie alles anders. Die Strecke zum Meer führt vorbei an schnuckeligen Friesenhäusern, alten Baumbeständen, hübsch bepflanzten Vorgärten und schließlich über einen Inlandsdeich, auf dem Schafe weiden.

Sie lassen sich weder durch mich noch durch die Radfahrer

aus der Ruhe bringen. Aus dem Augenwinkel nehme ich die Surfschule wahr, an der ich als Kind einen Ferienkurs belegt habe. Dann ist es endlich so weit: Vor meinen Augen reckt der Strandhafer sich in Richtung Aprilsonne, links und rechts verströmen frisch erblühte Heckenrosen ihren betörenden Duft. Versonnen halte ich inne und betrachte den Strandabschnitt, den der Weg zwischen der Düne für meinen Blick freigibt. Atemberaubend schön.

Ich weiß nicht genau, wieso, aber hier fühle ich mich am wohlsten. Natürlich sind auch die Strände in Utersum und am Greveling in Wyk toll, doch das hier ist irgendwie *meiner*. Am liebsten gehe ich von hier aus nach rechts in Richtung Goting, vorbei am Kliff-Café, immer weiter, bis der Sandstrand schmaler wird und große Steine und Findlinge die Wasserkante umsäumen. Am Himmel segeln weiche Wattewolken vorbei, die den Sand immer wieder verdunkeln. Wenn die Sonne hervorblitzt, ist das Licht so gleißend hell, dass man eine Sonnenbrille braucht. Doch meine Zeit ist heute begrenzt, das eigentliche Ziel meines Spaziergangs liegt nahe dem ersten von vielen ehemaligen Grabhügeln, dem ebenfalls eine magische Wirkung nachgesagt wird, wie ich Leevkes Buch, das sie mir geschenkt hat, entnehmen konnte.

Während ich in Richtung Naturkindergarten gehe, sehe ich auf der Wiese neben dem Weg eine Schafherde grasen und halte nach Jörg Rolffs Ausschau. Doch es ist weit und breit weder ein Schäfer noch ein Hütehund in Sicht.

Über meinem Kopf zieht ein Raubvogel seine Kreise (Hilfe! Bitte flieg weiter!), und für einen Moment befürchte ich, er habe es auf mich abgesehen, denn seine Kreise werden enger und enger, die Flugbahn niedriger.

Dann geht auf einmal alles ganz schnell: Er kommt näher und näher und stößt unweit von mir in Richtung Boden.

Mein Herz trommelt wie wild, dann höre ich plötzlich etwas, das wie der klägliche Schrei einer Katze oder eines Babys klingt. Am liebsten würde ich mich jetzt in Luft auflösen, denn der Mäusebussard flattert ganz in meiner Nähe umher, ein helles, wimmerndes Fellbündel zwischen den Krallen.

Oh, nein, ist das etwa ein Lämmchen?

In diesem Augenblick schere ich mich nicht mehr darum, dass ich vor Angst weiche Knie habe, ich muss handeln, und zwar sofort! Ich hechte in Richtung Vogel, der große Mühe zu haben scheint, seine schwere Beute in die Luft zu hieven, stolpere über eine Baumwurzel, falle auf die Knie, rapple mich aber wieder auf. Das Wimmern weckt ungeahnte Kräfte in mir. Schließlich gelingt es mir, ein Stück weiches Fell zu fassen, doch dafür werde ich sofort bestraft. Der Bussard hackt mit seinem messerscharfen Schnabel auf meine Hand ein. Gerade als ich loslassen will, weil ich Schmerzen habe und ein bisschen Blut von meinem Handrücken tropft, blicke ich in die verkrusteten Knopfaugen des kleinen Schafs, das noch viel mehr Angst zu haben scheint als ich. In diesem Moment erwacht die Löwin in mir: Ich schlage, so fest ich kann, mit meiner Handtasche in Richtung Vogel und nutze den Schockmoment, um mir das kleine Lamm zu schnappen.

Der Bussard löst die Krallen, schüttelt sich, wirft mir einen bösen Blick zu und steigt dann – danke, danke! – in Richtung Himmel hinauf, wo er gefälligst bleiben soll.

Doch als er, anstatt sich geschlagen zu geben und für immer das Weite zu suchen, wieder Kurs auf mich und das Schäflein nimmt, sprinte ich zum Bauwagen des Naturkindergartens.

In diesem Moment glaube ich tatsächlich kurz an Magie, denn die mit Sonnenblumen bemalte Tür ist angelehnt, unsere Rettung.

Ich haste in das Innere und lasse mich keuchend an der Wand entlang in Richtung Boden rutschen. Erst jetzt erkenne ich, dass das Lamm schwer verletzt ist, es blutet stark. Voller Panik wühle ich in der Tasche nach meinem Handy sowie nach irgendetwas, um die Wunde zu verbinden, und streichle dabei das Lämmchen. »Keine Sorge, Kleines, es wird alles wieder gut«, murmele ich, scrolle im Smartphone nach der Nummer des Schäfers, erreiche jedoch nur die Mailbox. Dasselbe bei Leevke und Dörte Nielsen. Momme hat kein Telefon – bleibt also nur noch der Förster. »Minnie Hübner«, rufe ich atemlos, als Hark Bendix sich tatsächlich meldet. »Ich sitze hier mit einem schwer verletzten Lamm im Bauwagen des Naturkindergartens zwischen Goting und Nieblum. Können Sie einen Tierarzt verständigen, damit er uns abholt?«

Weil der Förster nicht gleich versteht, was los ist (Kein Wunder, bei dem Gestammel!), erkläre ich ihm kurz, was geschehen ist. »Und könnten Sie bitte auch etwas Verbandszeug und Desinfektionsmittel mitbringen? Danke.«

Ich warte und warte. Mein Pulsschlag hat sich etwas beruhigt, das Lämmchen scheint ohnmächtig geworden zu sein, doch zum Glück atmet es noch, während ich versuche, mithilfe von Tempotaschentüchern und meinem Halstuch notdürftig seine Wunde zu verbinden und so die Blutung zu stoppen.

Wo bleibt denn der Veterinär so lange? Hat man mich etwa vergessen?

»Der Nieblumer Tierarzt ist übers Wochenende auf dem Festland, aber vielleicht kann ich ja weiterhelfen«, reißt mich eine Stimme aus einer Art Delirium. Um mich dreht sich alles, mir ist schwindelig und auch ein bisschen übel.

Ich muss hohes Fieber haben oder heftige Halluzinationen,

denn vor mir steht der Mann von der Fähre – ein Ding der Unmöglichkeit.

»Wir beide kennen uns doch«, sagt er zu meiner Überraschung und lächelt. »Von der Fähre, nicht wahr?« Erst dann scheint er zu begreifen, dass es jetzt um Wichtigeres geht, denn ein schwer verletztes Tier braucht seine Hilfe. »Oje, das sieht aber gar nicht gut aus«, murmelt er. »Jörg Rolffs könnte entscheiden, ob es besser wäre, das Schäfchen von seinen Qualen zu erlösen.«

»Von seinen Qualen erlösen?« Mit einem Schlag bin ich wieder voll da. »Auf gar keinen Fall! Ich riskiere doch nicht Leib und Leben, damit das Ganze dann so endet. Gibt es denn keinen zweiten Tierarzt auf Föhr? Oder wenigstens einen Arzt, der sich um das Schäfchen kümmern kann, auch wenn heute Sonntag ist? Es muss doch wieder gesund werden.«

»Vergessen Sie nicht, dass ich Förster bin und solch eine Situation schon häufiger erlebt habe«, erwidert Hark Bendix.

»Mit Schafen?«, frage ich verwirrt.

Hark schmunzelt. »Nein, in der Regel eher mit Rehen. Aber die Sachlage ist die gleiche: Wir Menschen müssen entscheiden, was das Beste für das Tier ist, damit es nicht unnötig lange leidet. Aber keine Sorge, es gibt auf der Insel noch weitere Tierärzte. Einer von ihnen wird sicher Zeit haben, ich telefoniere gleich mal herum. Aber vorher möchte ich gern noch einen Blick auf Ihren Handrücken werfen, wenn ich darf.« In dem Moment, als er meine Hand in seine nimmt, durchfährt mich eine Art Stromschlag. »Zum Glück sind das nur kleine Kratzer, das müsste schnell und problemlos verheilen«, sagt Hark, während ich versuche, meinen Puls unter Kontrolle zu bekommen. »Ich sprühe jetzt als Vorsichtsmaßnahme ein Desinfektionsmittel darauf, und dann kommt ein Pflaster drauf. Achtung, das könnte ein wenig brennen.«

Während er mich verarztet, hält der Förster das kleine Schaf auf dem Arm, das gerade zu sich kommt und jammervolle Laute von sich gibt. Bestimmt hat es nicht nur schreckliche Schmerzen, sondern vermisst auch seine Mama.

»So, jetzt habe ich jemanden erreicht«, sagt Hark nach einer Weile, in der er herumtelefoniert hat. »Allerdings muss ich das Kleine zu ihm in die Praxis nahe Süderende bringen. Wollen Sie mitkommen?«

»Ja, gern«, antworte ich. »Ich wollte Sie ja sowieso noch wegen des TV-Beitrags interviewen. Außerdem wüsste ich gern, wie es mit dem kleinen Patienten weitergeht. Ich verstehe immer noch nicht, wie das alles passieren konnte. Dass Bussarde Jagd auf Feldmäuse machen, wusste ich. Aber auf Lämmer?«

»Das kommt in der Tat nicht häufig vor, passiert aber leider immer mal wieder. Ich könnte mir vorstellen, dass die Mama eine Zwillingsgeburt hatte. Das gab dem Vogel die Gelegenheit, sich das ungeschützte Neugeborene zu schnappen, während die Schafsmutter mit dem Gebären des zweiten beschäftigt war. Doch so leid es mir auch tut, das ist der Kreislauf der Natur, besser, man gewöhnt sich daran.«

»An solche Grausamkeiten will und werde ich mich niemals gewöhnen«, erwidere ich und nehme das Lämmchen auf den Arm. Ich habe es vor dem brutalen Mistvieh gerettet und werde jetzt höchstpersönlich dafür sorgen, dass es gesund wird und zu seiner Mama zurückkehren kann, die ihr Kleines bestimmt schon sucht. »Also dann, auf nach Süderende.«

Ich folge dem Förster zu seinem Geländewagen, der mit Warnblinkanlage am Wegesrand parkt. Im offenen Anhänger sitzt ein riesengroßer, schwarz-weiß gefleckter Hund, der uns fröhlich bellend begrüßt, woraufhin das Lämmchen unruhig strampelt. »Schsch … das ist nur ein Hund, keine Sorge«, spreche ich dem Lämmchen Mut zu. »Der will nur Moin sagen und nichts Böses.«

»Darf ich bekannt machen? Das ist mein treuer Begleiter, Aiko vom Wattenmeer. Aiko, das ist Minnie Hübner, eine Freundin von Leevke.«

Der Hund bellt erneut und wedelt gleichzeitig mit dem Schwanz, als wolle er sagen: Ich mag Leevke.

»Was ist das für eine Rasse?«, frage ich und setze mich dann neben Hark auf den Beifahrersitz, das winzig kleine Schäfchen auf dem Schoß. Es ist wieder eingeschlafen, was sicher gut so ist, weil es dann keine Schmerzen spürt.

»Wenn es von Jörgs Herde stammt, sollten Sie ihn am besten fragen«, sagt Hark und startet den Motor. »Ich bin kein Experte.«

»Ich meinte eigentlich Ihren Hund«, erwidere ich schmunzelnd. Das Lämmchen sieht ein bisschen wie mein Plüschschaf Trixie aus, das ich als Kind heiß und innig geliebt, aber im Urlaub dummerweise verloren habe. Als meine Eltern mir ein neues kaufen wollten, habe ich mich strikt geweigert. Entweder Trixie oder gar kein Schaf, sagte ich.

»Ach so«, entgegnet Hark und weicht einem Traktor aus. »Aiko ist ein sogenannter Großer Münsterländer, eine Rasse, die auf die Jagd von Federwild spezialisiert ist. Ich habe ihn jetzt vier Jahre, er ist wirklich toll.«

»Schade, dass Aiko nicht früher zur Stelle war, er hätte den Bussard garantiert schneller in die Flucht geschlagen als ich.«

Hark Bendix lacht. Es ist ein angenehmes, warmes Lachen. Ich würde es gern öfter hören. Doch wie stelle ich das an?

Hark trägt keinen Ehering, aber das heißt nichts. Ich muss wieder an das hübsche Mädchen denken, das ihn von der Fähre abgeholt hat. Während ich überlege, wie ich die Gunst der

Stunde nutzen könnte, öffnet das Lämmchen seine verkrusteten Augen und schaut mich an.

Dieser Blick ist wirklich herzzerreißend, am liebsten würde ich seine Äuglein mit einem warmen Waschlappen reinigen, damit es besser in die Welt blicken kann, die noch ganz neu für das Schäflein ist. Doch ich sollte die Versorgung dem Tierarzt überlassen, damit auch alles seine Richtigkeit hat.

Ich hoffe wirklich sehr, dass er dem Kleinen helfen kann.

Und dass es bald wieder zurück zu seiner Mama darf.

7.

»Haben Sie noch Zeit für einen Kaffee?«, frage ich Hark, nachdem der Tierarzt sich des kleinen Patienten angenommen und versprochen hat, alles Weitere zu regeln.

»So gern ich auch Ja sagen würde, es passt leider nicht«, erwidert der Förster. »Im Wald wartet noch ein Haufen Arbeit auf mich. Am Montag holen einige Eigentümer Holz ab, dafür muss ich noch einiges vorbereiten.«

Enttäuschung macht sich in mir breit und auch ein bisschen Sorge. Schließlich habe ich nur noch wenige Tage Zeit für meine Recherche auf Föhr.

»Aber ich könnte vielleicht morgen Vormittag, bevor die Meute sich über das Holz hermacht.«

Schlagartig steigt meine Laune.

»Rufen Sie mich um zehn Uhr an, dann weiß ich mehr. Soll ich Sie mitnehmen, oder wollen Sie noch ein bisschen in Süderende bleiben?«

Am liebsten würde ich mitfahren, doch ich entscheide mich stattdessen dafür, Oma Riekes Grab zu besuchen, jetzt, wo ich schon mal hier bin. Also schüttle ich den Kopf, bedanke mich tausendfach für seine Hilfe und schaue zu, wie Hark Bendix wieder in den Pick-up steigt, einen fröhlich schwanzwedelnden Münsterländer auf dem Anhänger. Ich blicke den beiden noch eine ganze Weile hinterher und beschließe dann spontan, noch einmal zum Tierarzt zu gehen und dem Lämmchen *Tschüss* zu sagen. Immerhin haben wir beide heute gemeinsam ein großes Abenteuer bestanden.

»Ich hoffe, ich störe nicht«, sage ich zu der Sprechstundenhilfe, die gerade dabei ist, Daten in den Computer einzugeben. »Aber ich würde gern noch mal nach dem verletzten Lamm sehen.«

Maike, wie ich dem Namensschild an ihrem Kittel entnehme, unterbricht ihre Arbeit, lächelt freundlich und sagt dann: »Man mag sich gar nicht von den armen, kranken Dingern trennen, nicht wahr? Sie wachsen einem ans Herz wie eigene Kinder. Kommen Sie mit, ich bringe Sie hin.«

Ich folge der jungen Blondine den langen Flur hinunter, in einen Raum, wo Kaninchen, Hamster, ein kleiner Hund und mehrere Vögel in Käfigen untergebracht sind. Für mich ist das ein ungewohnter Anblick, denn ich bin heute zum ersten Mal in einer Tierarztpraxis.

Das kleine Lamm liegt mit angewinkelten Beinchen auf einem Strohbett, beschienen von einer Wärmelampe, und öffnet verschlafen die Augen, als ich meine Hand durch die Gitterstäbe strecke, um es zu streicheln. Das helle Fell ist nun vom Blut gesäubert, um das Bäuchlein trägt das Schaf eine breite Binde. Es gibt ein klägliches »Mäh« von sich, versucht, sich aufzurappeln, kippt aber dann erschöpft zur Seite.

»Das Kleine mag Sie«, sagt Maike, und mir wird ein bisschen warm ums Herz. »Dr. Stein hat gesagt, dass es ihm bald besser gehen wird, also müssen Sie sich keine Sorgen machen. In ein paar Tagen kann es wieder zurück zu seiner Herde. Hoffen wir, dass seine Mama es dann auch annimmt.«

»Wie … Was soll das heißen? … Annimmt?!«

»Schafe sind da ein bisschen eigen«, erwidert Maike. »Sie kommen nur schlecht mit einer Trennung zurecht. Es kann durchaus sein, dass die Mama sich nicht mehr an ihr Kleines erinnert, insbesondere, wenn es ein paar Tage weg war, und das auch noch so kurz nach der Geburt. Wenn man ein Lamm mit der Flasche aufzieht, macht es die Sache leider auch nicht einfacher. Aber hoffen wir das Beste, vielleicht geht ja alles gut.«

Maikes Worte dringen nach und nach in mein Bewusstsein.

Das klingt ja total traurig!

Erst wird das kleine Lamm Opfer eines brutalen Angriffs, und dann kann es auch noch sein, dass seine Mama es gar nicht mehr als ihr Kind annimmt?! Ja, die Natur kann grausam sein, nichts für schwache Nerven.

»Aber was passiert denn in so einem Fall?« Meine Stimme zittert, ich kann nichts dagegen tun.

»Das entscheidet der Schäfer«, sagt Maike, vermeidet es aber, mir in die Augen zu schauen. »Machen Sie sich jetzt erst mal keine Gedanken, es wird schon alles gut. Leider muss ich jetzt mit meiner Arbeit weitermachen, ist das in Ordnung für Sie?«

Ich murmele: »Aber klar«, und werfe einen letzten Blick auf das schlafende Lämmchen, bevor Maike die Tür schließt.

Dann verabschiede ich mich und schlage den Weg in Richtung St.-Laurentii-Kirche ein. Das ist meine Lieblingskirche auf Föhr, ich will zuerst in die Kirche, dann zum Grab. Viele bevorzugen den Friesendom in Nieblum, aber mich verbindet mit der Kirche von Süderende weit mehr als die wundervolle Architektur, bewegende Predigten und klangvolle Orgelkonzerte. Dieses Gotteshaus war das meiner Oma Rieke. Dorthin ging sie, wenn sie Trost und Kraft brauchte, wenn sie sich für etwas bedanken wollte, Opa Oke oder ihre Freunde zu Grabe trug oder verzückt den Chorproben lauschte, die dort regelmäßig stattfanden.

Schade, dass ich Opa nicht kennengelernt habe, er starb bereits fünf Jahre vor meiner Geburt.

Ich öffne die schwere Holztür und betrete den hell getünchten, romanischen Bau mit den weißen Holzbänken, deren Seitenwände in zartem Taubenblau eingefasst sind.

Mit einem Mal habe ich das Gefühl, in einer Zeitschleife gelandet zu sein: Ich bin noch ein kleines Mädchen, trage weiße Kniestrümpfe, die störrischen roten Haare zu zwei Zöpfen geflochten, Plüschschaf Trixie an die Brust gepresst. Ich bewundere die stolz wirkenden Konfirmanden, die gerade Gottes Segen erhalten und nach dieser Zeremonie – zumindest aus Sicht der Kirche – erwachsen sind. Oma Rieke hält meine Hand, und ich habe das Gefühl, dass mir nichts passieren kann, wenn sie an meiner Seite ist.

Nach dem Gottesdienst, den wir oft gemeinsam besucht haben, zündeten wir stets Kerzen für die Menschen an, die wir liebten, die gerade Fürsprache brauchten, oder einfach nur aus Freude über einen schönen Sommertag, eine üppige Kirschernte oder ein erfrischendes Bad in der Nordsee.

Heute entzünde ich ebenfalls eine Kerze oder, besser gesagt, zwei: eine für Oma Rieke und eine für das schwer verletzte Lämmchen. Ich wünsche mir so sehr, dass es den Angriff gut übersteht und sich bald in seine Herde eingliedern kann.

Ich sitze noch eine ganze Weile auf der Holzbank, mit Blick auf den Altar, und versinke in Erinnerungen an meine Kindheit. Doch die werden abrupt durch das Vibrieren meines Smartphones unterbrochen.

Für gewöhnlich schalte ich das Handy in der Kirche aus, aber ich muss tagsüber, auch sonntags, erreichbar für Evangeline sein, die keinerlei Aufschub duldet, wenn sie meine Hilfe braucht. Und tatsächlich: Der Anruf kommt von meiner Chefin.

Ich verlasse die Kirche und sage: »Hallo, was kann ich für dich tun?« In unserer Branche ist es üblich, sich zu duzen, weil das angeblich den Teamgeist fördert, *Teambuilding*, ganz nach amerikanischem Vorbild.

»Wie weit bist du mit deinen Recherchen?«, fragt Evangeline mit ungewohnt rauer und kratziger Stimme, ohne auch nur »Hallo« zu sagen oder zu fragen, wie es mir geht. Entweder hat sie meine Mail mit dem Update des Memos nicht bekommen, oder sie war zu bequem, sie zu lesen. Also gebe ich ihr eine kurze Zusammenfassung meiner bisherigen Erkenntnisse.

Dass meine Arbeit durch den Angriff des Mäusebussards unterbrochen wurde, verschweige ich wohlweislich.

Evangeline sagt: »Aha, aha, soso«, und trommelt dabei ungeduldig mit ihrem Füller auf die Schreibtischplatte. Vielleicht sind es aber auch ihre ultralangen Gel-Nägel. »Meinst du, wir könnten ab Donnerstag drehen? Die Wetter-App meldet Sonnenschein, das sollten wir nutzen.«

Ab Donnerstag?!

Mir wird mulmig, wenn ich daran denke, dass auf Föhr nicht immer alles so schnell und nach Plan läuft, wie man es manchmal gern hätte. Aber das interessiert Evangeline nicht. Wenn sie sich etwas in den Kopf gesetzt hat, muss sie, komme, was wolle, ihren Willen kriegen. Andernfalls wird sie ungemütlich.

»Donnerstag klingt gut«, antworte ich mit fester Stimme, während es in meinem Magen grummelt. »Ich hoffe, dass ich bis dahin alle Drehgenehmigungen beisammen habe … aber …« Evangeline gibt mir keine Chance zu sagen, dass ich bisher gerade mal mit drei Leuten über das Thema *Drohende Versyltung* sprechen konnte.

»Na, dann ist ja alles bestens«, erwidert meine Chefin. Dann ist die Leitung tot, und ich stehe da wie ein begossener Pudel.

Ruhig bleiben, nicht durchdrehen, Minnie.

Du hast gerade ein Lamm aus den Krallen eines Mäusebussards befreit und ihn erfolgreich in die Flucht geschlagen, also schaffst du auch das!

Ich wage gar nicht daran zu denken, wie sehr Evangeline ausflippen würde, wenn ihr Terminplan sich auch nur um einen halben Tag verschieben würde. Sie hat ihre letzte Assistentin gefeuert, weil sie ihr bei einem Meeting aus Versehen einen Kaffee mit Sojamilch statt Mandelmilch serviert hatte.

Ich beschließe spontan, den Besuch des Grabs meiner Großeltern zu verschieben, jetzt gilt es erst mal, einen Schlachtplan für die nächsten Tage zu entwerfen.

In Situationen wie dieser hilft kaum etwas besser, als eine Liste zu schreiben und ein Telefonat mit der bestens strukturierten Alva zu führen. Zum Glück hat sie gerade Zeit, sodass ich ihr alles brühwarm erzählen kann, was seit meiner Ankunft auf Föhr passiert ist.

»Du hast einen Mäusebussard gekillt und dich in einen Förster verknallt? Wow, dich kann man ja keine Sekunde aus den Augen lassen«, sagt Alva und klingt ausgesprochen begeistert.

»Nicht gekillt, nur seiner Beute beraubt«, korrigiere ich. Oje, hoffentlich habe ich den Vogel nicht allzu schwer verletzt. Darüber hatte ich in all dem Wirrwarr um das Lämmchen gar nicht nachgedacht. »Auch das mit dem Förster stimmt nicht ganz. Ich bin nicht verknallt, sondern … interessiert …«

»Ich dachte immer, Förster seien ältere Typen mit einem gezwirbelten Schnauzbart, einem Federhut und so spießigem grünem Lodenzeugs. Tragen die nicht auch diese hässlichen Knickerbocker?«

»Du hast eindeutig zu viel *Forsthaus Falkenau* oder ähnlichen Quatsch geguckt«, erwidere ich amüsiert. »Hark Bendix ist ungefähr in meinem Alter, durchtrainiert, sportlich gekleidet, weizenblond. Das einzig Grüne an ihm sind seine Augen. Kein Mensch käme bei seinem Anblick auf die Idee, dass er Förster ist. Außer vielleicht, weil er einen großen Hund namens Aiko vom Wattenmeer im Schlepptau hat und einen Pick-up fährt.«

»Das klingt gut. Bis auf die Sache mit dem Hund natürlich, die haaren immer so schrecklich«, sagt Alva, und ich könnte schwören, dass sie sich gerade genüsslich über die Lippen leckt. Sie mochte Cordt zwar, war aber von Anfang an der Meinung, dass wir nicht zusammenpassen. »Und nun zu der anderen Geschichte: Keep cool und schreib eine Liste. Notier all die Orte, die auf alle Fälle im Beitrag vorkommen müssen. Solange das Team nicht in Cafés, Restaurants oder Läden dreht, brauchst du doch gar keine Genehmigung, oder? Niemand wird etwas dagegen haben, wenn du Föhr von seiner schönsten Seite zeigst. Wenn du damit fertig bist, überlegst du dir, wie du den Förster knackst. Bring ihn dazu, mit dir am Strand spazieren zu gehen, lad ihn zu einem Candle-Light-Dinner ein, zu einem Strandpicknick. Ach, was weiß denn ich, womit man so einen Naturburschen locken kann? Gib einfach Gas, denn du hast nur ein paar Tage Zeit dafür.«

»Aber ich will den Förster gar nicht knacken. Der Mann lebt auf einer Insel mitten im Wattenmeer, und ich wohne in Bamberg, schon vergessen? Außerdem scheint er eine Freundin zu haben, und eine hübsche noch dazu.«

»Ach, Süße, das könnte doch seine Schwester sein, seine Forst-Assistentin, seine … Was weiß denn ich? Frag ihn einfach, dann weißt du Bescheid. So, jetzt aber Schluss, ich muss zu einem Geburtstagskaffeetrinken. Dazu habe ich zwar gar keine Lust, weil ich dann wieder Zöliakie vortäuschen muss, um nicht zum Tortenessen gezwungen zu werden, aber was soll's?

Wat mutt, dat mutt. Grüß mir die Insel, und tu nichts, was ich nicht auch tun würde.«

Das Wort *Torte* löst schlagartig große Gelüste bei mir aus.

Wieso sollte ich diesem Bedürfnis nicht nachgeben?

Mit einem amüsierten Lächeln über Alvas Marotten spaziere ich in Richtung eines Cafés, in dem ich noch nicht war, seit die Tochter der Besitzerin aus einem alten Stall ein Kleinod gezaubert hat, wie ich von Dörte Nielsen weiß.

Im *Uun't Waanjhüs* soll es fantastischen Kuchen geben, und genau den gedenke ich jetzt zu essen.

Vielleicht sogar zwei Stücke, auch wenn die Waage mir dafür morgen schadenfroh die Zunge rausstrecken wird.

Denn manchmal muss es Süßes mit einem Berg Schlagsahne sein, sonst kann ich nicht klar denken. Und zu bedenken gibt es jetzt jede Menge, wenn ich meinen Job gut machen und ein Rendezvous mit Hark Bendix haben möchte …

8.

Strände
Mühlen
Der Bohlenweg von Nieblum nach Wyk
Die Salzwiesen vor Oldsum
Der Leuchtturm
Die Bucht bei Hedehusum
Das Friesental in Oevenum

Alva hat recht. Um an diesen Orten zu drehen, braucht Travel TV keine Genehmigung.

Wenn im Beitrag allerdings Interviews mit Momme und/oder den anderen gezeigt werden sollen, muss ich das mit ihnen absprechen. Aber ist das auch wirklich TV-gerecht?

Ich trinke die Tasse Friesentee leer, die es zur Friesentorte (und, hüstel, dem Eierlikörpuffer) gab, und denke nach. Sind ein Spät-Hippie, eine Esoterikerin und eine Pensionswirtin wirklich für eine Sendung dieser Art geeignet? Schließlich lädt Travel TV zum Träumen ein, zum Schwelgen in schönen Bildern von noch schöneren Regionen … schwierige Themen dürfen da nur am Rande gestreift werden.

In der Regel werden in solchen Reportagen Krabbenfischer auf ihrem urigen Kutter gezeigt, rotwangige Landwirte, Bäckerinnen in adretter Schürze oder junge Mädchen, die sich mit viel Liebe und Hingabe in einer Robben-Aufzuchtstation süßen

Heulern mit schwarzen Kulleraugen widmen. Jörg Rolffs hat schon durchblicken lassen, dass er auf gar keinen Fall vor die Kamera will, keine Ahnung, wie Hark Bendix dazu steht. *Situation auf Föhr durch eine Sprecherstimme im Off kommentieren*, notiere ich.

Und dabei betonen, dass es wichtig ist, sich für die Belange der Insel zu engagieren, damit Föhrs Charme erhalten bleibt.

Da ich nicht die Regisseurin des Beitrags bin, ist das natürlich nicht mehr als ein Vorschlag.

»Nicht zu fassen, dass da eingebrochen wurde«, höre ich eine ältere Dame zwei Tische weiter empört schnauben, während ich eifrig mit meiner Liste beschäftigt bin. »Wer macht denn so was und warum?«

Ich spitze neugierig die Ohren, als Dame Nummer zwei antwortet. »Ich kann mir schon denken, wer das war, natürlich dieser …«, sagt sie im verschwörerischen Flüsterton. Leider konnte ich den Namen des Verdächtigen nicht verstehen. Und dann wieder lauter: »Immerhin wurde nichts gestohlen, sondern lediglich das alte Fliesenbild freigelegt, das sich hinter den Holzpaneelen an der Stirnseitenwand der *Nordseebrise* befand.«

»Ach so?! Na, das ist doch gut. Ich fand es furchtbar schade, dass dieses Stück Föhr einfach so verschwunden ist, nachdem die neuen Besitzer das Restaurant übernommen haben. Wer auch immer das war, das hat er gut gemacht.«

Ich schiele so doll zu den beiden hinüber, dass mir beinahe die Augen ausfallen. Den Kopf will ich nicht drehen, das ist viel zu auffällig. Dabei bleibt mein Blick an einem Schild mit der Aufschrift *Kein Kuchen ist auch keine Lösung* hängen.

»Findest du, Trine? Also ich weiß nicht. Man kann doch nicht einfach nachts eine Tür aufbrechen und dann so einen Schaden anrichten. Wer soll das denn bezahlen? Fein ist das ganz bestimmt nicht. Aber du hast recht, ich freue mich auch, dass das Bild wieder zu sehen ist.«

Ich gluckse, als ich den Namen Trine und das Wörtchen »fein« höre. Fehlt nur noch so was wie »flott«.

»Dann sind wir uns ja einig. Aber wann hättest du denn die Tür aufgeknackt, Röschen, tagsüber?«, lautet Trines lapidarer Kommentar, und ich falle beinahe vom Stuhl vor Lachen. Trine und Röschen. Die beiden alten Damen erinnern mich an Waldorf und Statler, die grumpy old men aus der Muppet Show.

Röschen kichert neckisch, und nun ist mir alles egal: Ich muss mir die Ladys genauer anschauen. Sie gehen beide auf die neunzig zu, wenn ich mich nicht täusche, tragen Hüte und sind auch sonst adrett gekleidet: Rock, Seidenbluse und Nylons, das volle Programm. Das Bild ist perfekt – bis auf die Füße. Denn die stecken doch tatsächlich in Gummistiefeln.

Röschen trägt welche mit Rosenmotiv (Was sonst?), Trines sind blau-weiß gestreift, also ganz maritim.

Ich würde am liebsten ein Foto machen und es Alva mit den Worten »Wir in ungefähr sechzig Jahren« schicken, doch das geht natürlich nicht. Aber kann ich diese Story über die *Nordseebrise* nicht irgendwie für den Beitrag verwenden?

Immerhin will da jemand sozusagen auf Biegen und Brechen Föhrer Kulturgut bewahren, und Trine scheint zu wissen, wer hinter dem Ganzen steckt. Bevor ich diesen Gedanken zu Ende gebracht habe, höre ich mich auch schon »Bitte entschuldigen Sie, ich habe da eine Frage« sagen.

Trine und Röschen blicken mit großen Augen von ihren Kuchenstücken auf. Röschen lächelt, Trine sieht aus, als hätte ihr jemand die Sahne von der Torte geklaut. Doch davon lasse ich mich nicht abhalten. »Sie haben eben über einen Einbruch in der *Nordseebrise* gesprochen. Was ist denn auf diesem Fliesenbild zu sehen?«

Natürlich kenne ich die Antwort, denn ich war früher öfter mit Rieke in der Gaststätte direkt am Strand von Utersum, die damals noch *Strandkieker* hieß.

Mich interessiert, wen die Ladys als Täter im Verdacht haben, doch das kann ich ja schlecht einfach so fragen.

»Wollen Sie sich nicht erst einmal vorstellen und sagen, wieso Sie das wissen möchten?« Trine schaut mich so streng an wie früher meine Biolehrerin, als ich bei der Theorie der Mendel'schen Vererbungslehre Erbsen und Bohnen verwechselt hatte. Oder waren es doch Linsen?

»Bitte entschuldigen Sie, ich war unhöflich«, beeile ich mich zu versichern. »Mein Name ist Minnie Hübner, ich komme aus Bamberg und recherchiere hier für einen TV-Beitrag. Es ist mir ein Anliegen zu zeigen, wie sehr sich viele Insulaner dafür engagieren, dass der Charme und die Ursprünglichkeit Föhrs bewahrt werden.«

Trine und Röschen wechseln bedeutungsvolle Blicke.

Trine nickt, offenbar das Signal für Röschen, meine Frage zu beantworten. »Ach, das war so wunderschön«, beginnt sie zu schwärmen und schaut über meinen Kopf hinweg in die Luft, als hinge dort das besagte Fliesenbild, das Rolf Stelly, der verstorbene Eigentümer des Oldsumer Töpfercafés *Stellys Hüüs*, angefertigt hatte. »Die Fliesen waren allesamt handbemalt und zeigten die Vogel- und Pflanzenwelt Föhrs. Die Silhouetten von Amrum und Sylt waren liebevoll mit der Hand beschriftet, und alles war eingebettet in unseren unendlich weiten Himmel und die Nordsee.«

»Wir haben nie verstanden, wieso man dieses Kleinod hinter einer weiß bemalten Holzpaneele verschwinden ließ, anstatt es in Ehren zu halten«, mischt sich nun auch Trine ein. »Man kann doch nicht alles wegsperren, was in die Jahre gekommen ist. Da müssten wir beide ja schon längst im Altersknast sitzen.« Der letzte Teil ihres Satzes wird begleitet von einem Kichern, erst jetzt sehe ich, dass vor beiden je eine Piccoloflasche Sekt steht.

Um drei Uhr nachmittags.

Vielleicht kann ich mir ja den angeheiterten Zustand der Ladys zunutze machen und sie noch ein bisschen ausquetschen. Ich bin kurz versucht, weiteren Sekt für sie zu bestellen, rufe mich dann aber zur Ordnung.

Der Zweck heiligt nicht immer die Mittel.

»Diese Aktion erinnert mich ein wenig an die Übermalungen des Slogans *Föhr – friesische Karibik*«, starte ich einen Versuch, mich als Detektivin zu betätigen. »Finden Sie nicht?« Röschen wiegt den Kopf hin und her, Trine rührt hektisch in ihrer Tasse Kaffee herum. Also bohre ich weiter: »Glauben Sie, dass das Jugendliche von der Insel getan haben, denen langweilig war? Viele machen in einem gewissen Alter unüberlegte Dinge, ohne sich der Konsequenzen bewusst zu sein.«

»Wir mögen den Slogan auch nicht«, findet Trine als Erstes zur Sprache zurück. »Aber das ist noch lange kein Grund, Dinge zu beschädigen, die viel Geld gekostet haben. Das habe ich auch diesem Dickschädel von …«

»Halt! Du hast da was im Gesicht!«, ruft Röschen aus, springt vom Stuhl und wischt Trine mit der Serviette hektisch über die Wangen. Alles klar, aus den beiden bekomme ich nichts heraus, zumindest nicht auf diesem Weg. Also wechsle ich zu einem unverfänglicheren Thema über, dem Wetter, und habe den Eindruck, dass beide äußerst dankbar darüber sind. »Sind Sie denn öfter hier im Café?«, frage ich, nachdem wir eine Weile über den launischen April im Allgemeinen und im Besonderen geplaudert haben.

»Jeden Tag, außer an den Ruhetagen«, antworten die Ladys synchron. »Wir sehen solche Sendungen übrigens furchtbar gern. Am liebsten mögen wir Heike Götz von der *Landpartie*. Sie ist so natürlich und bodenständig und hat so viel Freude an dem, was sie tut. Kennen Sie die vielleicht persönlich?«

Ich antworte: »Leider nein«, verabschiede mich nach dem Zahlen und überlege im Hinausgehen, ob die Moderatorin des NDR-Reisemagazins hinter der charmanten Fassade womöglich auch so eine Zicke wie Evangeline ist. Aber ich kann es mir nicht vorstellen, denn ich mag Heike Götz ebenfalls.

Zum Glück erwische ich gerade noch den Bus nach Nieblum, wo ich einen kleinen Stopover in der Pension einlege, ziemlich erschöpft von den Ereignissen des Tages.

Ich mag gar nicht daran denken, dass ich heute Abend noch nach Wrixum zum Interview mit dem Schäfer muss. Ob ich ein kleines bisschen schlummere? Schließlich braucht der Mensch auch mal Pausen.

Als ich wieder aufwache, ist es bereits dunkel, und ich taste verwirrt nach meinem Handy. Mehrere verpasste Anrufe, darunter drei von Evangeline, zwei von Jörg Rolffs, einer von Leevke und einer von Alva. Mist, es ist kurz nach neun – abends! –, und ich habe meinen Interviewtermin mit dem Schäfer verschlafen, weil ich wegen der Austernfischer meine Ohrstöpsel benutzt habe.

Minnie Hübner, wie blöd kann man eigentlich sein?

Mein Herz trommelt, als ich die Nachrichten meiner Chefin abhöre, die mir mitteilt, dass es dem Kamerateam besser am Mittwoch passen würde, weil ein paar Tage später ein Dreh in

Husum und auf Nordstrand ansteht, der direkt im Anschluss erfolgen soll. Sie klingt immer noch heiser, so, als hätte sie exzessiv geraucht und getrunken.

Mir bleiben also nur noch Montag und Dienstag für das Konzept und die Vorbereitung. Jetzt heißt es hoffen und beten, dass Jörg Rolffs noch Zeit für mich findet und dass ich morgen mit Hark Bendix sprechen kann. Andernfalls kann ich schon mal die Stellenanzeigen bei *StepStone* und im *Fränkischen Tag* checken. Mit zitternden Händen versuche ich Evangeline zurückzurufen, bereit, mir eine Standpauke zum Thema Erreichbarkeit abzuholen. Doch ihr Telefon ist ausgeschaltet (Huch? Was ist da denn auf einmal los?), und ich spreche ihr so gut gelaunt wie möglich auf die Mailbox, dass alles nach Plan läuft und einem Dreh am Mittwoch ganz sicher nichts im Wege steht.

Der Nächste, bei dem ich Abbitte tun muss, ist der Schäfer. Jörg Rolffs ist tatsächlich sofort am Apparat, und ich entschuldige mich wortreich. »Die gute Nordseeluft und die Aufregung wegen des Lämmchens haben mich irgendwie aus den Schuhen gehauen«, sage ich betreten und bete inständig, dass er morgen oder spätestens am Dienstag Zeit hat.

»Wegen des Schafs habe ich auch versucht, Sie zu erreichen«, erwidert Jörg Rolffs, ohne weiter auf meine Entschuldigung einzugehen. »Der Tierarzt ist besorgt, weil das Lämmchen sich weigert zu trinken. Die Sprechstundenhilfe schlägt vor, dass Sie noch mal in die Praxis kommen und versuchen, dem Lamm die Flasche zu geben, weil Sie momentan quasi die Bezugsperson des Schafs sind. Mit ein bisschen Glück klappt es, und wir müssen es nicht weiter via Infusion zwangsernähren.«

Ehe ich michs versehe, stehe ich – noch ein wenig schlaftrunken – an der Tankstelle, wo Jörg Rolffs mich aufgabelt, um mit mir nach Süderende zu fahren. Nieblum liegt auf seinem

Weg von Wrixum zur Tierarztpraxis, sodass ich nicht mit dem Rad fahren muss. »Moin, immer rein da«, sagt Jörg Rolffs, als er direkt neben mir hält. Die Fensterscheibe ist heruntergekurbelt, heraus schaut ein freundlicher Mann mit dunkelblonden Locken, einer runden Brille und Sommersprossen auf der Nase. Klein und eher mollig, erinnert er mich entfernt an den Sänger Ed Sheeran. Es würde mich nicht wundern, wenn er gleich *The Destination of Smaug* anstimmen würde. Ich umrunde das Auto und setze mich auf den Beifahrersitz, froh darüber, dass die Heizung im Auto an ist. Aprilabende sind zumeist frisch, erst recht auf einer Insel inmitten der Nordsee. »Dann wollen wir mal schauen, ob das Experiment gelingt«, sagt Jörg, gibt Gas, und schon bald sind wir in Süderende. Auf der Fahrt wechseln wir kaum ein Wort, der Schäfer ist genauso wortkarg, wie es sein Beruf vermuten lässt. Auch ich hänge meinen Gedanken nach und versuche die kommenden beiden Tage durchzuplanen.

Was ganz sicher nicht auf meinem Terminplan steht, ist die regelmäßige Fütterung eines Lämmchens, das sich in sein Lockenköpfchen gesetzt hat, mich als Elternersatz zu wählen.

»Wie lange bleiben Sie noch mal auf Föhr?«, fragt mich Jörg Rolffs, als er kurze Zeit später dabei zusieht, wie das Lämmchen begeistert die Milch aus der Flasche saugt, nachdem ich es auf den Arm genommen habe. Sein Fell fühlt sich warm und irgendwie wächsern an, als sei es imprägniert. Das Schäfchen macht während des Trinkens lustige Schmatzgeräusche und ist ganz schön zappelig, sodass ich Mühe habe, es zu halten. Unfassbar, wie viel Kraft in diesem zarten, kleinen Wesen steckt.

Hilfe, ich bin eine Schafsmama wider Willen! Was mache ich denn jetzt?

9.

Am Montagmorgen sitze ich um Punkt halb acht beim Frühstück, denn ich habe jede Menge zu tun. Als Erstes muss ich ein grobes Konzept für den Drehablauf schreiben, damit der Kameramann weiß, in welcher Reihenfolge er wohin fahren soll.

Eine Kollegin aus der Redaktion hat die Unterbringung und Verpflegung des gesamten Teams organisiert.

Wenn Evangeline einen Beitrag dreht, beschäftigt sie, neben mir, eine persönliche Stylistin und den Mitarbeiter des Modelabels, das die Kleidung sponsert. Auch deren Booking wurde von Bamberg aus erledigt.

Bei mir geht's deutlich bodenständiger zu, denn ich muss an ein Tierbaby denken statt an Haare und Klamotten.

Ich notiere in meinem elektronischen Kalender: »Lamm füttern«, damit ich die Uhrzeiten nicht verschussele.

Tag 2–3: Alle 2 Stunden, Tag 4–5: alle 3 Stunden, Tag 6–10: alle 4 Stunden …

Hilfe!

Wie soll ich das denn bloß machen?

Allein die Fahrt von Nieblum nach Süderende kostet Zeit. Solange Evangeline noch nicht auf Föhr ist, könnte das noch mit Ach und Krach funktionieren, aber was mache ich ab Mittwoch? Bis dahin muss das Lämmchen unbedingt zurück zu seiner Mama oder sich mit jemand anderem anfreunden.

Ich bin eine hart arbeitende Frau und habe keine Zeit, den Schafssitter zu geben, so süß und rührend ich die Kleine auch finde.

Dass das Lamm ein Mädchen ist, weiß ich von Jörg Rolffs, der das Tier als zu seiner Herde gehörig gekennzeichnet und einwandfrei identifiziert hat.

Der Schafsmama geht es bestens, auch dem Geschwisterchen, das vom Bussardangriff verschont geblieben ist – immerhin etwas. Doch die ganze Verantwortung für das verletzte Schäfchen kann auf gar keinen Fall allein auf meinen Schultern lasten, nur weil die *Aue* (so heißt die Schafsmama im Fachjargon) unter mütterlicher Amnesie leidet.

Obwohl ich nach Kräften versuche, mich dagegen zu wehren, geistert andauernd das Zitat »Du bist zeitlebens für das verantwortlich, das du dir vertraut gemacht hast« aus dem Buch *Der kleine Prinz* in meinem Kopf herum.

Doch so gern ich das auch möchte, ich kann nicht.

Je mehr sich das Schäflein an mich gewöhnt, so meine Befürchtung, desto schwerer wird es ihm fallen, sich von mir zu trennen, wenn ich wieder zurück nach Bamberg muss.

Fazit: Ich darf es heute auf gar keinen Fall füttern!

Da es gestern die Flasche mit der sogenannten Biestmilch weder von Maike noch von Dr. Stein oder von Jörg Rolffs akzeptiert hat, muss unbedingt jemand anders her.

Jemand, der warmherzig ist, auf der Insel lebt und Tiere liebt. Dafür kommt eigentlich nur eine einzige Person infrage. Flugs tippe ich die Nachricht »Meldest du dich bitte, sobald du das hier gelesen hast? Es gibt einen Notfall mit einem Schaf« in mein Handy.

Keine halbe Stunde später ruft Leevke zurück, und ich erzähle ihr, was passiert ist.

»Ein Lämmchen, oh, wie süß!«, ruft sie sofort begeistert. »Na klar komme ich mit, dann muss der Laden halt mal zubleiben. Wann fahren wir los?«

Mir fällt siedend heiß ein, dass ich mich um zehn Uhr bei Hark Bendix wegen des Interviewtermins melden soll.

Jetzt ist es halb neun. Vielleicht habe ich Glück und kann beides in einem Aufwasch erledigen.

»Wie unfassbar niedlich«, schwärmt Leevke, als sie das Lämmchen erblickt. »Sieht es nicht aus wie ein Stofftier? Total knuffig.« Ich versuche jegliche Erinnerung an mein Plüschschaf Trixie beiseitezuschieben, sonst bin ich rettungslos verloren. Aber das darf auf gar keinen Fall passieren. Ich brauche einen kühlen Kopf, gesunde Distanz – und vor allem genug Zeit, um meinen Job auf Föhr anständig zu erledigen. Deshalb murmele ich: »Ja schon«, und erkenne mit Sorge, dass mein Plan nicht zu funktionieren scheint. Das Lämmchen guckt Leevke erst mit großen Knopfaugen an und dreht dann das Köpfchen zur Seite. Offenbar denkt es nicht im Traum daran, sich von ihr die Flasche geben zu lassen; wie ein bockiges Kleinkind, das keinen Spinat mag.

»Schade, das klappt wohl nicht«, sagt Dr. Stein und runzelt die Stirn. »Wollen Sie es nicht noch einmal versuchen, Frau Hübner?«

Mist, das ist genau das, was ich vermeiden wollte.

»Äh, ja, nein … gibt es denn gar keine andere Möglichkeit? Ich fürchte, ich habe nur heute und morgen noch Zeit, hierherzukommen, danach muss ich …« Bevor ich den Satz beenden kann, blökt das Lämmchen so kläglich, dass es mir schier das Herz zerreißt. Es ist, als wolle es sagen: »Menno, ich hab's schon schwer genug, nun hilf mir doch bitte.«

»Das ist in der Tat eine knifflige Situation und ein wenig bedrohlich für das Lamm, wenn ich ehrlich sein soll«, erwidert der Tierarzt seufzend. Auch Leevke guckt ganz bedröppelt aus der Wäsche.

»Okay, okay, aber nur noch heute«, sage ich mit zusammengebissenen Zähnen. Das darf doch alles nicht wahr sein. Das ist pure Erpressung!

Widerstrebend nehme ich das Kleine auf den Arm, spüre sein Herzchen pochen, und mir steigt der wollig-erdige Duft seines Fells in die Nase. Ein bisschen so wie der Duft von Vanille, den Babys verströmen, um die Mütter an sich zu binden. Ein äußerst wirkungsvoller Trick der Natur, der bei mir ähnlich funktioniert. Kurz – ich bin machtlos.

Das Schäflein ahnt nichts von den Qualen, die ich gerade durchleide, guckt ganz fröhlich aus seinem Plüschfell und trinkt gierig.

»Na, na, nicht so schnell, sonst kriegst du Bauchweh«, sage ich mahnend, weil ich das von mir selbst kenne.

Doch das Lamm interessiert mein Ratschlag nicht. Ganz genau wie bei mir, wenn ich Kuchen esse. Oder Chips.

»Ich schätze, du musst die Kleine mit nach Bamberg nehmen«, giggelt Leevke und macht gefühlt eine Million Fotos mit dem Handy. »Hach, ich schmelze dahin, so schnuffelig ist das. Guck mal, diese rosa Nase und die zartgrauen Ringe um die Äuglein, als würde es eine Brille tragen. Vielleicht kann es ja später auf Kontaktlinsen umsteigen?«

»Haha, lustig«, brummle ich, als die Flasche leer ist und das Schäflein einen Laut von sich gibt, der verdächtig nach Rülpser klingt. »Ich sehe es schon vor mir: Das Lamm verbringt den ganzen Tag in einem Laufstall für Kleinkinder, während ich in der Redaktion sitze und mir Sorgen mache, ob es sich vielleicht zu einsam fühlt oder langweilt. Am besten kümmere ich mich jetzt schon um ein Au-pair.« Dr. Stein schmunzelt, und Leevke lacht ihr wunderhübsches, perlendes Lachen. »Aber jetzt mal im Ernst: Wann können wir das Kleine, pardon, wann können *Sie* das Kleine zurück zu seiner Mama bringen? Womöglich klappt alles besser als gedacht, und das Problem erledigt sich von selbst.«

Der Tierarzt zuckt mit den Schultern. »Ich will ehrlich sein, Frau Hübner. Je länger das Lamm in unserer Praxis ist, desto geringer ist die Wahrscheinlichkeit, dass seine Mutter es annimmt. Die beiden kennen sich im Grunde ja kaum beziehungsweise streng genommen gar nicht. Und ich schätze, dass wir die Kleine noch mindestens zwei Tage hierbehalten müssen, bis die Wunde vollkommen verheilt ist und wir eine Entzündung oder sonstige Komplikationen ausschließen können. Doch selbst wenn das alles glattgeht, haben wir es immer noch mit einem traumatisierten Tier und einem sogenannten Flaschenkind zu tun, das sich nicht so einfach in eine Herde wird eingliedern lassen.«

Oh, oh! Das klingt alles andere als ermutigend.

»Aber es braucht auf alle Fälle so etwas wie einen … Kumpel, nicht wahr?«, fragt Leevke mit blitzenden Augen. »Könnte das auch ein Kaninchen sein?«

Zuerst verstehe ich nicht, worauf Leevke hinauswill, und halte den Atem an. Vielleicht hat sie ja eine rettende Idee. »Meine kleine Motte ist vor zwei Tagen gestorben, und nun fühlt Moritz sich einsam. Ich wollte morgen ein neues kaufen, weil Kaninchen immer zu zweit sein sollten, aber vielleicht können wir beide Probleme auf einen Schlag lösen und das Lamm und meinen Moritz zu einer WG zusammenführen.«

Dr. Stein braucht eine halbe Ewigkeit für seine Antwort.

Mein Herz schlägt etliche Takte schneller, weil das womöglich wirklich eine Lösung ist.

Leevke wohnt um die Ecke von der Pension, ich bin noch bis zum Ende der Woche auf Föhr. So lange könnte ich das Schäflein auf alle Fälle füttern.

Und ihm einen Namen geben, denn *Lämmchen, Schäflein* und *die Kleine* sind auf Dauer nichts.

»Das könnte mit ein bisschen Glück funktionieren«, spricht der Tierarzt endlich die erlösenden Worte aus. »Ich kenne zwar bislang keine Kombination von Schaf und Kaninchen außer im Streichelgehege von Zoos, aber beide Tierarten sind im Grunde recht verträglich und mögen es nicht, allein zu sein. Wir können das gern mal versuchen, denn da stehen die Chancen auf alle Fälle tausendmal besser als sonst. Ich muss das natürlich mit Jörg Rolffs besprechen. Aber wie ich ihn kenne, wünscht er sich die beste Lösung für unsere süße Patientin.«

Als wüsste die Kleine, dass sich gerade drei Erwachsene Gedanken um ihr Wohlergehen machen, gibt sie einen Laut von sich, der wie ein Seufzer klingt, und kippt dann zur Seite.

»Oh, mein Gott, ist alles in Ordnung?«, rufe ich erschrocken, doch Dr. Stein winkt grinsend ab. »Alles bestens, machen Sie sich keine Gedanken. Das ist nur die übliche Müdigkeit nach dem Essen. Lassen wir sie ihr Verdauungsschläfchen machen, das wird ihr guttun. Ich schlage vor, wir warten diesen Tag und diese Nacht ab und versuchen die Umsiedlung morgen, vorausgesetzt, es geht …«

»Emmi«, rufe ich dazwischen, »ich werde sie Emmi nennen.«

»… vorausgesetzt, es geht Emmi bis dahin so gut, dass wir diesen Versuch wagen können«, fährt der Tierarzt fort.

»Dann sehen wir uns also in zwei Stunden wieder hier?«

»Wie kommst du denn auf den Namen Emmi?«, fragt Leevke, als wir ein paar Minuten später im Auto sitzen. Sie muss zurück in ihren Laden und ich dringend mit Hark Bendix telefonieren. Es wird verdammt schwer werden, eine Verabredung mit ihm zwischen den *Stillzeiten* einzuschieben, wie ich die Fütterung des Lämmchens insgeheim nenne. Ich hoffe, ich muss es nicht auch noch windeln. Bäuerchen macht es zum Glück ja schon von allein.

»Ist mir so spontan in den Sinn gekommen«, erwidere ich, während wir am Friedhof vorbeifahren. »Ich dachte zuerst an Mimi, aber dann fiel mir dieser Name ein. Die Heldin meines Lieblingsromans *Gut gegen Nordwind* heißt so.«

»Und die ist ein Schaf?«, fragt Leevke stirnrunzelnd, den Blick fest auf die Straße gerichtet.

»In Sachen Liebe ein bisschen«, antworte ich. »Emmi Rothner ist nicht doof, nicht, dass du das falsch verstehst. Aber sie verwickelt sich per Zufall in einen Flirt-Chat mit einem Unbekannten und reagiert manchmal nicht so souverän und klug, wie sie gern möchte.«

»Wer tut das schon, wenn es um die Liebe geht?«, erwidert Leevke seufzend. »Bist du eigentlich verheiratet oder hast einen Freund?«

»Weder … noch. Oder vielmehr: Ich habe kurz vor meiner Reise nach Föhr einen Antrag abgelehnt und bin nun wieder solo. Und du?«

»Oha, das klingt ja erst mal ziemlich traurig. Ich bin Dauer-Single mit gelegentlichen Affären«, bekennt Leevke freimütig. »Nicht viele können mit meinem Lebensstil und meinem Faible für Spiritualität etwas anfangen und auch nicht mit meinem Freiheitsdrang. Natürlich gibt es auch Männer, die sich für diese Themen interessieren oder sogar beruflich etwas in der Richtung machen. Aber die sind in der Regel furchtbar gestört oder ziehen einfach nur eine Show ab, weil sie wissen, wie viel Geld sich mit Esoterik verdienen lässt, wenn man es geschickt anstellt. Außerdem gibt es auf Föhr nicht so rasend viele interessante Männer, die noch zu haben sind. Felicitas hat sich mit Frederick einen der wenigen geschnappt, die noch frei herumliefen, wenngleich der gar nicht mein Typ ist.«

In mir brodelt es, und ich kann einfach nicht anders. Ich muss Leevke fragen, ob sie Näheres über das Privatleben von Hark Bendix weiß. »Dieser Förster … ist der …? Also ich meine …« Oh, nee, Minnie! Frag doch einfach, was du fragen möchtest.

»Du stehst auf Hark?«, stellt Leevke fest, und ich weiß nicht, ob ihr Tonfall belustigt ist oder verwundert.

»Ich stehe nicht auf ihn, denn ich kenne ihn ja kaum, und außerdem bin ich gerade frisch getrennt, das muss ich erst mal verarbeiten. Aber ich finde Hark sehr sympathisch. Er hat sich sehr nett um Emmi gekümmert, als das mit dem Bussard passiert ist.«

Glückwunsch, Minnie, du klingst wie eine Zwölfjährige.

»Du musst dich vor mir weder verstellen noch rechtfertigen, Hark ist ein toller Mann und noch dazu sehr attraktiv. Du wärst nicht die Erste, der er gefällt«, sagt Leevke und verlangsamt das Tempo, weil kurz vor Nieblum eine Kontrollampel steht. Die zeigt erst ihr sonniges Lächeln, wenn die Autofahrer das Tempo auf dreißig gedrosselt haben. »Doch er ist kein besonders einfacher Kandidat, wenn ich das mal so sagen darf. Um es kurz zu machen: Hark ist seit gut fünf Jahren Witwer und seitdem, soweit ich weiß, auch nicht im Ansatz in die Nähe einer Frau gekommen. Simona hatte ein schwaches Herz und ist bei einer gemeinsamen Radtour auf Amrum in seinen Armen gestorben. Zum Glück hatten sie noch keine Kinder.«

Oh, nein, wie tragisch, ist mein erster Gedanke.

Der zweite: Um einen Mann, der immer noch seiner Frau nachtrauert, sollte man einen großen Bogen machen.

Einen ganz, ganz großen!

10.

Mein Nacken ist verspannt, meine Augen brennen, die Nacht war der Horror!

Von der Liste der bislang nicht gemachten Erfahrungen kann ich nun einen Punkt streichen: Rund vierundzwanzig Stunden in einer Tierarztpraxis inklusive Übernachtung und der Fütterung eines Lamms in regelmäßigen Abständen. Im Vergleich dazu war die Prüfungsphase meiner Ausbildung als Bürokauffrau der reinste Spaziergang.

»Kaffee?«, fragt Maike, die sich netterweise bereit erklärt hatte, ebenfalls hierzubleiben und darauf zu achten, dass ich auch wirklich wach werde, wenn mein Handy Alarm schlägt.

»Hast du auch einen Energydrink?«, frage ich, denn seit dieser Nacht duzen wir uns.

Maike schüttelt bedauernd den Kopf und hält mir einen dampfenden Becher unter die Nase, den ich dankbar annehme. »Du hast dich echt tapfer gehalten«, lobt sie mich und setzt sich dann neben mir auf die Kante des Bettes, das in einem kleinen Nebenraum der Praxis steht, für den Fall, dass Dr. Stein oder Maike mal hier übernachten müssen. Sie selbst hat abwechselnd am Computer mit einer Freundin in Australien geskypt, liegen gebliebene Ablage sortiert und ab und zu einen Sekundenschlaf auf dem Besuchersessel gehalten.

Ganz offensichtlich ist man mit einundzwanzig deutlich fitter und belastbarer als mit dreiunddreißig.

»Der Doktor kommt um halb neun und schaut dann noch mal nach Emmi. Ich drücke dir die Daumen, dass sie schon heute zu Leevke umziehen darf. Wobei: Wie machst du das dann? Pendelst du zwischen der Pension und Leevke?«

»Nee, vermutlich eher zwischen Wahnsinn und Irrsinn«, murmele ich, leicht überfordert. Ich hatte immer schon großen Respekt vor meinen Freundinnen, die Kinder haben und sich permanent die Nächte um die Ohren schlagen, weil die lieben Kleinen gefüttert, gewindelt, getröstet oder bespaßt werden müssen.

Wie halten die das nur durch?

Noch eine Nacht in der Art, und ich bin ein Wrack.

»Das Einfachste wäre sicher, du zögest zu Leevke«, schlägt Maike vor. »Dann sparst du dir zumindest den Weg.«

Ich lasse den Vorschlag auf mich wirken.

Doch, das könnte gehen.

»Das ist eine gute Idee, Maike, ich danke dir«, erwidere ich und beschließe, Leevke darauf anzusprechen, sobald ich klar genug im Kopf bin. Ich habe große Mühe, meine Augen offen zu halten und mich zu konzentrieren. Es bleibt mir auch gar nichts anderes übrig, als mich zusammenzureißen, denn ich muss heute noch jede Menge erledigen, bevor Evangeline und ihr Tross anrücken. Während ich den Kaffee Schluck für Schluck meine Kehle hinabrinnen lasse, checke ich die Nachrichten auf meinem Handy. Diesmal habe ich nur eine von Laura, der Neuen im Team von Travel TV. Nanu, was will die denn von mir?

Ich höre ihre Sprachnachricht ab und schicke währenddessen ein Stoßgebet in Richtung Himmel.

Es gibt also doch so etwas wie ausgleichende Gerechtigkeit: Evangeline ist krank und muss deshalb den Dreh canceln. Sie hat eine Kehlkopfentzündung (also daher die kratzige Stimme), die sie mindestens noch eine Woche lang lahmlegen wird, wenn nicht sogar länger.

»Und was bedeutet das für dich?«, fragt Maike, die immer noch neben mir sitzt und das Ausmaß meines Dilemmas seit heute Nacht kennt.

Gute Frage! Das bedeutet erst mal, dass ich mein Konzept beziehungsweise meinen Job hier beende, doch unter weniger Zeitdruck. Danach fahre ich wieder zurück nach Bamberg.

Aber lohnt sich das überhaupt, wenn der Dreh in gut einer Woche nachgeholt wird?

Hm, vielleicht kann ich ja in der Zeit Urlaub nehmen. Ich habe noch Resttage vom vergangenen Jahr, die ich eigentlich bis Ende März hätte nehmen müssen, und jede Menge Überstunden. Das könnte *die* Lösung sein.

»Drück mir mal bitte die Daumen, denn ich habe eine Idee«, murmele ich und tippe eine Nachricht an Laura. »Wenn alles klappt, habe ich bald genug Zeit, um mich um Emmi zu kümmern.«

Lauras Antwort erfolgt sofort – sie will das mit Evangeline und der Personalabteilung klären und meldet sich zurück, sobald sie Näheres weiß. Maike sitzt immer noch neben mir, beide Daumen fest gedrückt.

Als Nächstes schreibe ich Leevke, die offenbar auch schon früh auf den Beinen ist und sofort »Na klar, ich freue mich« antwortet. »Ich hole schon mal Patchoulis altes Katzenkörbchen aus dem Keller, damit Emmi einen Platz zum Schlafen hat. Wann soll ich euch beide abholen?«

Gegen Mittag fahren eine in eine Fleecedecke eingemummelte Emmi, Leevke und ich von Süderende in Richtung Nieblum.

Emmi geht es den Umständen entsprechend gut, Dr. Stein hat versprochen, regelmäßig nach ihr zu schauen.

»Ich bin supergespannt, ob Emmi und Moritz sich vertragen«, sagt Leevke, während ich Emmi beobachte. Aus der Fleecedecke schaut nur ihr rosiges Näschen heraus, und ich bin froh, dass sie so tief schläft, denn wer weiß, wie sie sonst auf eine Autofahrt reagiert hätte.

»Rat mal, wer noch«, erwidere ich. »Es würde die Situation wirklich erleichtern, wenn ich wüsste, dass Emmi bei euch gut aufgehoben ist. Übrigens habe ich um sechzehn Uhr eine Verabredung mit Hark Bendix. Er zeigt mir die Forsthütte und das Waldgebiet. Ich hoffe, ich bin pünktlich wieder zurück.«

Leevke schmunzelt, als sie ihr Auto auf dem Stellplatz hinter ihrem Laden parkt, an den der Garten angrenzt.

»Ein Rendezvous mit Hark, soso. Bist du schon aufgeregt?«

»Du bist genauso schlimm wie Alva«, mosere ich. »Kann man nicht einfach mal jemanden nett finden, ohne dass um einen herum alle gleich anfangen zu spekulieren?«

»Kann man schon«, erwidert Leevke. »Aber so ist es spannender.«

Das Thema Hark ist zum Glück gleich vom Tisch, denn ich werde nachher meine Sachen von Dörte Nielsen holen und mich dann in Leevkes Gästezimmer häuslich einrichten.

Doch als Erstes muss ich sicherstellen, dass auch alles vorhanden ist, was Emmi braucht: das Körbchen und eine Decke zum Schlafen, ein Verlängerungskabel für die Wärmelampe, genug Milch, zwei Trinkflaschen mit Sauger, ein Sterilisator für die Sauger.

»Fehlen nur noch Windeln«, sagt Leevke schmunzelnd, nachdem ich alle Utensilien auf der Kommode aufgereiht habe, »sowie ein Lätzchen und ein Kuscheltier. Ich habe noch einen Frotteeball, mit dem Patchouli gern gespielt hat, als sie noch ein Baby war. Soll ich den mal holen?«

Ich bin hin- und hergerissen. Wie oft habe ich mich über die Besitzer von Haustieren amüsiert, die ihre Hunde, Katzen oder Meerschweinchen behandeln wie Menschen. Allerdings scheinen Tierbabys ein ähnliches Bedürfnis nach Nähe und Geborgenheit zu haben wie Menschenkinder. »Ja, danke, mach mal, kann ja nicht schaden«, murmele ich und bin froh, dass Emmi in ihrem neuen Körbchen gemütlich weiterschläft. Ich stöpsle das Verlängerungskabel in die Steckdose und schalte die Wärmelampe ein, die ich laut Dr. Stein noch mindestens drei Tage benutzen soll.

Oma Rieke hat mich auch immer warm eingepackt, wenn ich als Kind durchgefroren vom Radfahren oder vom Spielen am Strand zurück in ihr gemütliches Friesenhäuschen kam. Dann gab's Früchtetee oder heiße Schokolade, selbst gestrickte Wollsocken für die Füße, manchmal sogar ein heißes Fußbad.

Doch das Tollste überhaupt war Omas bunte Wolldecke, handgefertigt und gefärbt von der Inselweberei in Nieblum, aus Wolle von Föhrer Schafen. Allein der Anblick des Sonnengelbs war so schön, dass ich mich sofort fühlte wie an einem heißen Sommertag in den Salzwiesen bei Oldsum, wo Oma und ich gern Vögel beobachtet haben.

Bis zu der Sache mit dem Hitchcock-Film.

Opa Oke hatte ein großes Faible für Ornithologie und besaß jede Menge Bücher über die gefiederten Könige der Lüfte. Nach seinem Tod sagte Rieke oft, dass sie sich Opa nirgends so nah fühlen würde wie im Oldsumer Vorland, hinter dem Deich, wo Föhr in den Himmel übergeht, von dem aus Oke und nun auch Rieke über mich wachen.

Die Decke habe ich zum Glück geerbt, doch das gemütliche, urige Häuschen ist nicht mehr im Familienbesitz.

Wenn ich ehrlich bin, habe ich meiner Mutter das bis heute nicht verziehen.

»So, nun müsste Emmi eigentlich alles haben, um gesund und munter zu sein«, sagt Leevke und gibt mir eine Tüte, die randvoll ist mit Katzenspielzeug. Als ob sie wüsste, dass es eigentlich *ihre* Sachen sind, umstreicht Patchouli Leevkes Beine und versucht, ihre Nase in die Tüte zu stecken.

Auch Tiere scheinen Gefühle wie Eifersucht und Neid zu kennen. Als Patchouli ein Maunzen von sich gibt, das in meinen Ohren wie ein Protestschrei klingt, habe ich sofort ein schlechtes Gewissen. »Weißt du was, Leevke? Ich besorge nachher lieber selbst etwas für Emmi. Ich habe nämlich das Gefühl, dass deine Katze gar nicht begeistert davon ist, dass du ihre Sachen weitergibst.«

So, wie meine Mutter damals Riekes Haus …

»Ach was, Patchouli kriegt sich schon wieder ein«, widerspricht Leevke, nimmt die maunzende Katze auf den Arm und vergräbt ihr Gesicht im weichen Fell der silbergrauen Schönheit. »Solange sie weiß, dass sie meine Nummer eins ist und auch bleibt, ist eigentlich alles okay. Übrigens habe ich online nach allem gesucht, was man braucht, um Lämmer per Hand aufzuziehen, und dann ein bisschen was bestellt. Unter anderem eine Lämmerdecke. Müsste alles in ungefähr zwei Tagen da sein.«

»Eine Lämmerdecke?«, frage ich verdutzt. »Aber Emmi hat doch schon die Fleecedecke aus der Praxis.«

»Die ist aber nicht wind- und wasserabweisend«, belehrt mich Leevke, offensichtlich seit Neuestem Expertin in Schafsfragen. »Schließlich muss Emmi auch mal an die frische Luft. Diese Decken sind aus rotem Kunststoff, werden über den Kopf gezogen und an den Beinchen gesichert, sodass nichts verrutschen kann. Immerhin ist Emmi nicht stubenrein und wird wohl kaum aufs Katzenklo von Patchouli gehen, oder? Also müssen wir ab und zu mit ihr raus, und da ist es zurzeit einfach noch zu kühl für die Kleine. Außerdem ist für die nächsten Tage immer mal wieder Regen angesagt.«

»Wow, du hast ja echt an alles gedacht«, sage ich, ehrlich beeindruckt. »Ich bin nur mal gespannt, ob sie dann auch begreift, was wir von ihr wollen. Schließlich ist sie ja kein Hund, den man Gassi führt.«

»Probieren geht über Studieren«, erwidert Leevke achselzuckend. »So, ich muss jetzt wieder in den Laden, und du hast eine Verabredung mit Hark. Am besten nehme ich Emmi mit runter, dann habe ich sie im Blick, während du unterwegs bist. Nimm dir mein Auto, dann sparst du schon mal viel Fahrtzeit. Viel Spaß und grüß ihn von mir.«

11.

Hey, hey, wer hätte das gedacht? Bullifahren macht total Spaß! Man sitzt ein bisschen erhöht und hat einen tollen Blick auf die Insel.

Unterwegs in Richtung Wyker Golfplatz höre ich eine der CDs, die Leevke in ihrem Player hat. Ein 70er-Jahre-Sampler mit ebenso buntem Cover wie die Peace-Zeichen und Blumen, die Leevkes Auto schmücken und unverwechselbar machen. Fehlt eigentlich nur noch ein Surfbrett auf dem Dach, dann wäre das Bild perfekt. Bob Dylan singt gerade *The answer is blowin' in the wind*, während ich immer wieder auf das Navi meines Handys schiele, um den richtigen Weg zur Forsthütte zu finden. Eine sanfte Brise streicht über das zarte Gras der Koppeln und Marschweiden und bringt die sattgrünen Blätter der Bäume zum Rauschen. Ab und zu taucht ein Baum mit weißen oder pinkfarbenen Blüten in meinem Blickfeld auf, ein Anblick, an dem ich mich kaum sattsehen kann. Der Frühling ist wirklich eine wundervolle Jahreszeit.

Man hat das Gefühl, dass alles auf Anfang steht, alles die Chance hat, zu blühen, zu wachsen – und sich zu entwickeln. Wohin, das weiß natürlich keiner, genauso wenig wie Bob Dylan.

Nur noch wenige Kilometer und dann sollte ich beim Treffpunkt sein. Ich checke kurz mein Aussehen im Spiegel. Zu blöd, dass ich in all dem Trubel um Emmi vergessen habe, meine Wimperntusche aufzufrischen und Lipgloss aufzutragen.

Die Spuren der kurzen Nacht machen mich nicht schöner, doch ich kann gerade nichts gegen meine Blässe und die dunklen Ringe unter den Augen tun.

Du hast kein Rendezvous mit Hark, sondern eine berufliche Verabredung!, rufe ich mir in Erinnerung.

Anstatt mich weiter darüber zu ärgern, dass ich nicht so gut aussehe, wie ich es mir wünsche, parke ich den Bulli vor der Forsthütte, direkt neben Harks Pick-up.

Vor mir erstrecken sich die circa 100 Hektar zusammenhängender Wald, die andere Hälfte der insgesamt 200 Hektar verteilt sich in Parzellen über die ganze Insel. Beim Anblick der hohen, dunkelgrünen Bäume fühle ich mich wie in *Rotkäppchen*, eines von vielen Märchen, die Oma Rieke mir neben nordfriesischen Sagen gern vorgelesen hat.

Die Forsthütte ist kleiner, als ich es mir vorgestellt habe, stelle ich fest, nachdem ich ausgestiegen bin und Harks »Büro« neugierig umrunde. An der rechten Seitenwand hängt ein Geweih, welch ein trauriger Anblick.

Auch die Hinweistafel mit der Überschrift »Jagd heute – naturnah und nachhaltig« betrübt mein Gemüt.

Wie sagte Hark noch mal? *Die Natur kann zuweilen grausam sein*. Doch mir will einfach nicht in den Kopf, dass Menschen Tiere töten müssen, um das ökologische Gleichgewicht aufrechtzuerhalten, oder – noch schlimmer! – dass sie es tun, weil sie Spaß an der Jagd haben.

An die Hütte grenzt ein überdachter Verschlag, in dem ein Anhänger steht. Ob auf ihm wohl Holz transportiert wird?

Da sowohl von Hark als auch von seinem Hund jede Spur fehlt, studiere ich nun die Tafeln, die am Eingang hängen. »Forstbetriebsverband Föhr« steht auf der oberen und darunter »Betreten des Betriebsgeländes verboten«.

Das kann ich gut nachvollziehen, denn hier, am Anfang des Waldgebiets, das sich fast bis zum Meer erstreckt, ist es himmlisch ruhig und friedlich.

Von weit her ertönt der Ruf eines Kuckucks, ein Laut, den ich in Bamberg so gut wie nie zu hören bekomme.

Rieke hatte immer gesagt: »Horch, Minnie, der Frühling ist da«, wenn der Kuckuck in einem der Bäume ihres Gartens zu rufen begann. Sie wusste, dank meines Opas, sehr genau, welche Zugvögel nach dem Winter zu den Inseln zurückkehrten, und auch, wann sie im Herbst wieder ihre Reise in den warmen Süden antraten.

»Moin, da sind Sie ja«, begrüßt Hark mich und gibt mir die Hand. Der Druck ist angenehm fest, und ich hätte große Lust, seine Hand einfach festzuhalten.

Nein, Minnie, der Mann ist Witwer und noch nicht bereit! Mach dich nicht unglücklich!

»Ich bin schon sehr gespannt, was Sie alles zu erzählen haben«, erwidere ich und versuche all die wundervollen Fantasien zu verscheuchen, die mich gerade überfallen. »Und … auf den Wald natürlich …«

Auf den Wald?! Ernsthaft, Minnie?!

»Na, dann passt es ja gut, dass wir uns hier treffen«, erwidert Hark schmunzelnd und ruft nach seinem Hund.

Der kommt aus dem Dickicht geschossen, rennt auf uns zu und legt sich sofort brav zu Harks Füßen. Die beiden sind ein eingespieltes Team, und beide, nun ja, sind hübsch … Aiko hat seidig glänzendes Fell und schwarze Pfoten, die aussehen wie blank geputzte Lackschuhe.

Sein Herrchen trägt heute tatsächlich eine grüne, lange Hose und ein hellblau-dunkelblau geringeltes T-Shirt. Mir wäre es darin viel zu kalt.

Er nimmt Aiko an die Leine und legt sich diese quer über Schulter und Brust wie manche Frauen ihre Handtaschen. »Bereit für einen kleinen Rundgang?«

In dem Moment, als ich Ja sagen will, klingelt mein Handy. Ein kurzer Blick aufs Display genügt, schon bin ich in Bamberg. »Bitte entschuldigen Sie, das ist die Redaktion. Ich muss da mal eben ran«, erkläre ich mein unhöfliches Verhalten und gehe in Richtung eines hölzernen Aufbaus, auf dem ins Holz graviert »Insektenhotel« steht.

Laura plappert sofort los: »Evangeline gibt ihr Okay für deinen Urlaub, aber nur unter der Bedingung, dass du die Zeit auf Föhr nutzt, um attraktivere Interviewpartner für den Beitrag heranzuschaffen als diese Esotante, den Schäfer und den ollen Förster.«

Oll?! Wenn Laura sehen könnte, was ich sehe, würde sie das bestimmt nicht sagen. Ich winke Hark, der mit Aiko die auf der Wiese gelagerten Baumstämme inspiziert, entschuldigend zu. Doch ihm scheint es nichts auszumachen, dass ich telefoniere, denn er zupft seelenruhig hie und da an der Plastikplane, mit der das zurechtgesägte Holz bedeckt ist.

Laura läuft zur Hochform auf, ihre Stimme ist ein einziges Kieksen. »Evangeline sagt, dass wir dringend jemanden brauchen, der mit dem Thema Meer zu tun hat, immerhin ist Föhr eine Insel. Und da kann ich ihr nur recht geben.«

Soso, das sagt ausgerechnet die Redakteurin, die Föhr mit Norderney verwechselt hat. »Gibt's auf diesem Eiland keine Krabbenfischer oder Robbenschützer oder schicke Kapitäne? Außerdem wünscht Evangeline sich mehr Lokalkolorit. Etwas Uriges, typisch Nordfriesisches. Förster und Schäfer, das ist so furchtbar bäuerlich und öde.«

Tief durchatmen, bevor ich antworte und mich um Kopf und Kragen rede.

Wenn ich jetzt ausspreche, was ich wirklich denke, dann wäre das: Und genau wegen dieses ländlichen Charmes lieben die Menschen Föhr, du arrogante Pute. Das in Kombination mit dem typischen Nordseefeeling ist nun mal eine einzigartige, wunderbare Mischung. Wann begreift ihr in Bamberg das endlich?

Stattdessen flöte ich: »Kein Problem, Laura. Ich kümmere mich darum. Ich schicke Evangeline ein neues Memo, sobald ich alles zusammenhabe.«

»Schick es an mich«, sagt Laura, nun noch eine Tonlage höher. »Evangeline findet, dass ich ein toller Ersatz für dich bin und ihr sehr gut den Rücken freihalte, während die Arme krank das Bett hüten muss.«

Irre ich mich, oder schwingt in Lauras Tonfall noch etwas anderes mit als Stolz auf ein Lob?

So etwas wie Triumph? Kritik an meiner Arbeit?!

»Ach, und noch was. Der Sender bezahlt auf keinen Fall weiter deine Unterkunft in der Pension, ist das klar?«

Ich presse ein »Natürlich« hervor, bevor ich mich vergesse und sie frage, wie sie dazu kommt, in so einem Ton mit mir zu reden. Dann beende ich das Gespräch.

Von wegen Urlaub – das ist ja die reinste Ausbeutung!

»Alles in Ordnung?«, fragt Hark, als ich zu ihm gehe und meinen Blick über die Lichtung schweifen lasse.

»Im Prinzip schon«, erwidere ich und widerstehe dem Impuls, ihm zu erzählen, dass ich gerade ein ganz ungutes Gefühl in Bezug auf Laura habe. Ist sie etwa scharf auf meinen Job?

Aber sie ist doch Redakteurin, keine Bürokauffrau. »Ich habe gerade ein paar Tage Urlaub genehmigt bekommen, was mir ermöglicht, mich mehr um Emmi zu kümmern und den geplanten TV-Beitrag in Ruhe vorzubereiten.«

»Emmi?« Hark zieht fragend die Augenbraue hoch.

»Ach so, ja, das wissen Sie noch gar nicht.« Ich kläre ihn darüber auf, dass das Schäflein nun einen Namen hat und ich einstweilen offiziell als Ersatzmama fungiere.

»Verstehe.« Mehr als das eine Wort ist Hark diese Geschichte nicht wert. »Wollen wir ein bisschen spazieren gehen, und ich erzähle Ihnen währenddessen, was unsere Gemeinschaft auf Föhr alles auf die Beine stellt?«

Ich nicke und folge Hark, der Aiko nun von der Leine lässt, was den Hund sichtlich freut. Er beschnuppert fröhlich alles, was ihn interessiert, kommt aber immer wieder zu uns zurück, als müsse er sich versichern, dass sein Rudel vollständig ist.

»Neben den üblichen Aufgaben, die man als Förster hat, engagiere ich mich in der Initiative ›Plastikfreies Föhr‹, habe hier zwei Insektenhotels installieren lassen, kümmere mich um Sponsoren für die weitere Aufforstung des Waldes sowie für den Ausbau des Naturlehrpfades. Wir vermitteln Baumpatenschaften auf der ganzen Insel und bringen den Kindern, insbesondere denen vom Naturkindergarten, alles bei, was sie über Föhr wissen sollten. Wir sammeln Spenden, veranstalten Aktionen für die Kinder von Urlaubern und, und, und …«

Wow! Für einen Föhrer ist Hark ganz schön gesprächig! Dabei heißt es doch, Friesen seien so unkommunikativ, dass sie noch nicht einmal Selbstgespräche führen.

»Das klingt alles großartig, wirklich lobenswert und sehr wichtig für unseren Beitrag. Würden Sie dies alles auch vor laufender Kamera erzählen?«

Hark zögert einen Moment, doch dann nickt er und sagt: »An sich bin ich kein großer Freund von diesem Medienzirkus, auch nicht von Facebook und Co. Aber ich habe gelernt zu akzeptieren, dass ich weit mehr erreichen kann, wenn ich mich dem nicht verweigere. Also ja, das würde ich, denn es ist mir wichtig, dass im Fernsehen auch mal eine andere Seite der Insel gezeigt wird als der übliche Postkartenkitsch.«

Mir wird mulmig, wenn ich an den Anruf von Laura denke. Mehr Lokalkolorit! Mehr Heimatgefühl! Mehr Meer!

Aber das muss ja kein Widerspruch sein.

Hark Bendix ist attraktiv, also sicher auch telegen, und er macht beeindruckende Dinge. Das in Kombination mit seinem süßen Hund, was wollen Redaktion und Zuschauer mehr?

»Das freut mich und ist ganz in meinem Sinne«, beeile ich mich zu versichern, wenngleich mir ein bisschen schwindelig ist. »Dürfte Aiko denn auch vor die Kamera? Das ist zwar wirklich totaler Kitsch, aber die Zuschauer lieben diese Art von Bildern. Hunde gehen ja immer.«

»Das besprechen Sie am besten mit ihm selbst«, erwidert Hark grinsend und pfeift nach seinem Münsterländer. Der gehorcht wieder aufs Wort und setzt sich hechelnd vor seine Füße.

Ich frage: »Darf ich ihn streicheln?«, und fahre mit den Händen durch das weiche Fell an seinem Kopf. Es fühlt sich genauso seidig zart an, wie es aussieht. Ganz bezaubernd finde ich die Schlappohren, an denen sich das Fell so wellt, als hätte Aiko sich Lockenwickler reingedreht.

»Aiko, wärst du bitte so nett, dich für einen TV-Beitrag zur Verfügung zu stellen? Die Leute lieben Hunde und erst recht so hübsche wie dich. Wir wollen zeigen, wie wichtig es ist, dass die Insel sich ihre Ursprünglichkeit bewahrt, und es ist wirklich super, was du und dein Herrchen alles auf die Beine stellt.«

Aiko bellt kurz, Hark grinst und sagt: »Das bedeutet Ja. Da haben Sie aber Glück gehabt, denn Aiko hat seinen ganz eigenen Kopf und ist ebenso skeptisch wie ich, was derartige Dinge angeht. Wo wir gerade dabei sind: Wer kommt denn in diesem Beitrag noch so zu Wort?«

Hui, ist das warm hier. Hm, tja, wer eigentlich? Momentan habe ich ja noch nicht sooo viel vorzuweisen. »So, wie es aussieht, Dörte Nielsen, Sie … und nun ja … vielleicht jemand, der mit dem Meer zu tun hat. Diesbezüglich bin ich noch auf der Suche, weil in den letzten Reportagen über die Insel bereits ein Wattwanderführer und ein Fischer interviewt wurden. Für diese Sendung wünsche ich mir natürlich etwas Neues. Doch ein Boot wäre schon toll, allein wegen der Optik. Sie segeln nicht zufällig, wenn Sie freihaben?«

»Nein, leider nicht«, erwidert Hark, scheint aber nachzudenken. »Hmmm … sagt Ihnen der Name Tove Paulsen etwas?«

Ich schüttle den Kopf. Nein, nie gehört.

»Tove und ich sind nicht unbedingt die besten Freunde, aber er bietet mit Sicherheit alles, was Sie suchen. Er bringt mit seinem Ausflugsschiff *Ankerherz* Urlauber auf die benachbarten Halligen, die Seehundsbänke oder nach Amrum. Tove ist siebzig und ein Seebär, wie er im Buche steht. Die *Ankerherz* würde vor der Kamera auch ordentlich was hermachen, denn sie ist ein traumhaft schönes, altes Segelschiff, das Tove mit viel Liebe und Sachverstand restauriert hat. Sie können ihn ab dem späten Nachmittag meist im *Kehrwieder* an der alten Mole treffen.«

Ich notiere *Tove Paulsen* und *alte Mole* und denke an Trine und Röschen, die jeden Tag im Café in Süderende Kuchen essen. Die Föhrer scheinen wirklich treue Seelen zu sein. »Danke für den tollen Tipp. Aber wieso verraten Sie mir diesen Namen, wenn Sie mit dem alten Herrn nicht so gut können?«

Hark schmunzelt, als er antwortet: »Sagen wir es mal so, einer sympathischen Dame wie Ihnen sollte man doch helfen, nicht wahr?«

12.

Ich schwebe immer noch auf Wolke sieben, als ich zurück nach Nieblum fahre. *Sympathische Dame. Hach!*

Und nicht nur das. Ich habe auch noch einen super Tipp für einen tollen Interviewpartner. Sobald Hark und Aiko sich verabschiedet hatten, habe ich Tove Paulsen gegoogelt.

Hark hat vollkommen recht: Der Kapitän der *Ankerherz* sieht aus wie das absolute Klischeebild eines Seebären und ist ausgesprochen attraktiv. Ich kann mir gut vorstellen, dass er der einen oder anderen Urlauberin bei seinen Törns den Kopf verdreht, vorausgesetzt, er hat halbwegs Charme.

Vielleicht weiß Leevke ja etwas über ihn, denke ich, während ich den Bulli auf dem Parkplatz zum Stehen bringe.

Einem Impuls folgend, öffne ich kurz darauf das Gartentor. Ich möchte dem Kaninchen einen Besuch abstatten, bevor ich nach Emmi schaue. Ganz traurig und verloren sitzt es da und mümmelt an einer Karotte, den Rücken dem Garten zugewandt.

»Hallo, Moritz«, flüstere ich, um es nicht zu erschrecken. »Na, wie geht es dir?« Das Tierchen mit dem pechschwarzen Fell dreht sich zu mir um, seine Nase und die Barthaare zittern. Ich öffne nun auch das Gatter seines Geheges und knie mich zu ihm auf den Boden. »Halt bitte noch ein bisschen durch, denn du bekommst bald eine Spielkameradin«, versuche ich den armen Moritz zu trösten, auch wenn der kleine Kerl natürlich kein Wort versteht.

»Minnie, die Kaninchenflüsterin«, ertönt es auf einmal. Leevke steht vor mir, einige Kohlrabiblätter in der Hand.

»Das finde ich ja lieb, dass du nach Moritz schaust. Wie war's denn mit Hark?«

»Total nett«, erwidere ich und stehe wieder auf. Meine Knie knacken ein bisschen, ich müsste dringend Sport machen. »Wie geht's Emmi?«

»Die schläft, als würde sie dafür bezahlt«, sagt Leevke, legt Moritz die Blätter hin und füllt frisches Wasser in den Trinknapf. In diesem Moment ertönt das Alarmsignal meines Handys – Fütterungszeit für das Schäflein.

Leevke lächelt wissend. »Na, dann weck die Kleine mal, sie ist immer noch unten im Laden. Wenn ihr fertig seid, können wir nachschauen, was mein Kühlschrank so hergibt. Ich habe zwar Tierfutter besorgt, aber gar nicht daran gedacht, auch etwas für uns einzukaufen.«

Das ist mein Stichwort. »Über dieses Thema müssen wir unbedingt gleich noch sprechen, weil ich mich natürlich an allen Kosten beteiligen und dir bei allem helfen möchte, wo du mich brauchen kannst. Das ist das Mindeste, was ich zum Dank für deine Großzügigkeit tun kann.«

Leevke winkt ab und krault Moritz am Nacken. »Keine Sorge, das kriegen wir schon hin. Also bis gleich, ich bleibe noch einen Moment hier draußen.«

Eine gute halbe Stunde später ruft Leevke: »Ein Hoch auf Tiefkühlpizzen«, während ich Emmi auf dem Arm habe, die heute besonders liebebedürftig zu sein scheint.

Sie schmiegt ihr Köpfchen immer wieder an meine Brust und leckt mit ihrer rosafarbenen, rauen Zunge meine Hand. Man müsste schon aus Granit sein, um in diesem Moment nicht dahinzuschmelzen wie der flüssige Kern von warmem Schokokuchen. Ich sage: »Sobald sich die Kleine freiwillig ins Körbchen legen lässt, decke ich den Tisch«, doch da habe ich die Rechnung ohne Emmi gemacht.

Kaum ist sie im Körbchen, fängt sie an zu blöken und Laute von sich zu geben, die dem Wimmern eines zutiefst unglücklichen Babys ähneln. Ich versuche meine Ohren auf Durchzug zu stellen und hart zu bleiben, doch es gelingt mir nicht. Vielleicht hat Emmi vorhin ja schlecht geträumt oder kränkelt wieder. »Ach, sag mal, hat Dr. Stein vorhin noch vorbeigeschaut?«, will ich wissen und kraule Emmis Köpfchen, was sie sehr gern zu mögen scheint. Doch noch lieber mag sie es, wenn ich sie in meinen Armen wiege wie ein Baby. Keine Frage, dass es ein bisschen schwierig ist, sie gleichzeitig zu halten *und* den Tisch zu decken.

»Oh, sorry, das hatte ich völlig vergessen«, erwidert Leevke, die gerade Möhren raspelt und dann zwei Äpfel wäscht. »Ja, er war da und ist ziemlich zufrieden mit Emmi. Er sagte, dass es ihr offenbar guttut, hier zu sein.«

Okay, ihre Anhänglichkeit ist also kein Zeichen körperlicher Schwäche, sondern schlicht das Bedürfnis nach Liebe und Geborgenheit.

Ob ich will oder nicht, ich muss an Hark denken. Nach dem heutigen Treffen finde ich ihn dummerweise *noch* toller als vorher. Ihn im Wald, also sozusagen in seinem Element, zu erleben, war einfach ... nun ja ... Auch die Begeisterung, mit der er über seine Aufgaben und die Inselprojekte sprach, war ansteckend. In diesem Moment leuchtete das Grün seiner Augen noch intensiver, beinahe wie ein Smaragd oder Turmalin oder wie auch immer diese Edelsteine heißen.

Wie wunderbar muss es sein, wenn dieser Mann verliebt ist und dieses Licht in seinen Augen seiner Liebsten gilt.

»Minnie? Alles klar bei dir?«

Leevkes Stimme reißt mich aus meinen Fantastereien, die schlimmer sind als jede Teenieschwärmerei. »Ich habe gefragt, ob du Zitrone an dein Salatdressing möchtest oder lieber weißen Balsamico.«

Ich antworte: »Das, was du nimmst«, und schaffe es irgendwie, trotz der kleinen Emmi auf dem Arm Teller, Besteck und Gläser auf dem Esstisch zu platzieren.

Was andere Mütter können, kann ich auch.

Beim Essen selbst ergeht es mir allerdings wie vielen Müttern, deren Babys einen eigenen Kopf haben: Emmi weigert sich schlichtweg, sich ins Körbchen legen zu lassen.

Leevke beobachtet das Ganze amüsiert. »Soll ich sie mal nehmen? Deine Pizza wird ja ganz kalt.« Sie selbst ist mit ihrer schon zur Hälfte fertig.

»Oh, ja, würdest du?«

Doch Emmi denkt nicht im Traum daran, sich auf Leevkes Schoß einzukuscheln. Das kann ja heiter werden!

Sie zappelt und blökt, als würden wir ihr schlimme Dinge antun. Keine Ahnung, wie ich sie bändigen soll.

»Weißt du, was? Ich schneide dir die Pizza in kleine Stücke und schiebe sie kurz zum Aufwärmen in den Backofen. Dann kannst du sie wenigstens mit einer Hand essen.« Und schon verschwindet sie mitsamt der Pizza in der Küche.

»Du solltest wirklich versuchen, dich mit Leevke anzufreunden«, sage ich zu Emmi. »Ich bleibe nämlich nicht ewig auf Föhr, weißt du? Ich habe in Bamberg einen Job, der auf mich wartet, Freunde und Familie. Natürlich kümmere ich mich um dich, solange ich auf der Insel bin, aber ich kann dich auf gar keinen Fall mit nach Franken nehmen.«

Emmis Antwort darauf ist ein müdes Gähnen.

Ob ich es riskieren kann, sie jetzt in das Körbchen umzubetten? Das Manöver gelingt, ich reibe mir den Arm, der schon ganz steif ist.

»Ah, sie schläft, das ist gut«, sagt Leevke, als sie mit der aufgewärmten Pizza wiederkommt. »Dann kannst du ja endlich in Ruhe essen und erzählen, wie es mit Hark war. Konnte er dir ein bisschen was Nützliches sagen?«

Ich schildere Leevke meinen Nachmittag im Wald, und während ich von den tollen Projekten schwärme, die Hark angeleiert hat, vibriert mein ganzer Körper.

Nanu? Was ist das? Ich werde doch nicht etwa krank oder so.

»Kennst du diesen Tove Paulsen?«, frage ich schließlich, in der Hoffnung, dass dieses Prickeln und Kribbeln nachlässt, sobald ich mich auf ein anderes Thema konzentriere.

»Natürlich. Der ist auf Föhr bekannt wie ein bunter Hund. Die Gäste der *Ankerherz* lieben es, mit ihm auf Fahrt zu gehen, weil er unfassbar viel über die Inseln, die Halligen und die Robbenbänke weiß. Doch sosehr er Föhr auch liebt – in einem Punkt ist er unbelehrbar, obwohl das aus meiner Sicht vollkommen unlogisch ist.«

Gespannt spitze ich die Ohren.

Erfahre ich jetzt den Grund dafür, dass Hark und er nicht besonders dicke miteinander sind?

»Er hat sich anfangs ebenfalls sehr dafür eingesetzt, dass Föhr nicht zu sehr versyltet, denn Sylt ist für ihn ein absolut rotes Tuch. Aber er war noch nie so recht einverstanden mit unseren Ideen und Methoden. Tove ist da äußerst eigen. Der Ofen war endgültig aus, als Momme Ohlsen sich immer mehr engagiert hat. Die beiden waren seit Schultagen beste Freunde, doch irgendetwas ist vor ungefähr fünfzehn oder zwanzig Jahren geschehen. Seitdem sind die beiden sich spinnefeind und gehen sich aus dem Weg.«

»Hast du irgendeine Vermutung, was damals passiert sein könnte?«

Leevke schüttelt den Kopf. »Das weiß keiner. Bekannt ist nur, dass Tove seither so gut wie jeden Tag im *Kehrwieder* an der alten Mole sitzt und aufs Meer schaut, als würde er auf etwas warten. Früher hat man Momme dort auch ab und zu angetroffen, aber jetzt setzt er keinen Fuß mehr in die Kneipe.«

»Das klingt ja spannend«, sage ich. In meinem Kopf rattert es. Was könnte es für einen Grund für diese Feindschaft geben? Momme ist doch die Sanftmut in Person und ausgesprochen liebenswert. »Drück mir mal bitte die Daumen, dass Tove mich mag und sich bereit erklärt, sich für die Sendung zur Verfügung zu stellen. Er und sein Schiff sind genau das, was Evangeline vorschwebt. Nur leider reicht auch das nicht, ich habe also in den nächsten Tagen jede Menge zu tun und danke dem Universum, dass meine Chefin krank geworden ist. Also nicht, dass ich ihr das wünsche, aber …«

»Hast du eben dem Universum gedankt?«, fragt Leevke amüsiert. »Ich dachte, du glaubst nicht an so was.«

»Tue ich an sich auch nicht, aber ich gebe zu, ich bin kurz schwach geworden, als der Drehtermin auf später verschoben wurde, weil ich mir insgeheim gewünscht hatte, dass so etwas passiert. So eine Sendung vorzubereiten ist wahnsinnig aufwendig, und ich will unbedingt, dass der Beitrag gut wird.«

Ob das mit den *Bestellungen beim Universum* auch funktioniert, wenn ich mir wünsche, dass Hark mich mehr als sympathisch findet?, frage ich mich, als ich später am Abend erschöpft im Bett liege und den ereignisreichen Tag Revue passieren lasse.

Auf dem Boden neben Leevkes Gästebett schläft Emmi tief und fest in ihrem Körbchen. Ihr regelmäßiger Atem hat etwas

Beruhigendes, Gemütliches. Hoffentlich wacht sie nachts nicht allzu oft auf, denn ich bin wirklich kaputt.

Der Vollmond lugt durch den Spalt, den die Vorhänge aus Wildseide frei lassen. Sein Schein taucht Leevkes Gästezimmer in ein magisches Zwielicht, das ihre kunterbunten, teils selbst bemalten Möbel und den gemütlichen Lesesessel geradezu märchenhaft schimmern lässt.

Ich murmele: »Gud naacht«, und kuschle mich tief ins weiche Kissen. Was wohl der neue Tag auf Föhr bringen wird?

Zurzeit passiert so viel, dass ich es kaum glauben kann.

13.

»Aufwachen, du Schlafmütze, es ist schon drei Uhr nachmittags. Äh, sag mal, ist das da Emmi in deinem Bett?«

Benommen reibe ich mir die Augen und schaffe es kaum, die tonnenschweren Lider zu öffnen.

Von wegen Emmi *schläft durch!* Die Kleine hat mich dermaßen auf Trab gehalten, dass ich irgendwann nicht anders konnte, als mich geschlagen zu geben. Nun liegt dieses in eine Decke eingewickelte Fellbündel neben mir, und ich hatte die ganze Nacht lang Angst, es zu erdrücken oder beim Umdrehen aus dem Bett zu schmeißen.

Leevke steht vor mir, einen Becher Kaffee in der Hand, und grinst. »Na, wenn das mal kein Fehler war. Du weißt doch, wie schwer es ist, Kinder wieder dazu zu bringen, in ihrem eigenen Bett zu schlafen, wenn sie sich erst mal daran gewöhnt haben, bei ihrer Mama zu übernachten.«

»Haha, lustig.« Zu einer ausführlicheren Antwort fehlt mir schlicht die Kraft.

Leevke zieht die Vorhänge beiseite und öffnet das Fenster. Herein strömt eher kühle, aber wunderbar frische, würzige Frühlingsluft. Ich hatte das Fenster die ganze Zeit geschlossen, aus Angst, Emmi könnte frieren.

»Nach dem Duschen geht's dir bestimmt gleich viel besser. Ich habe heute Mittag ein Omelett mit Salat gemacht, beides steht in der Küche für dich bereit.«

»Du bist ein Engel, Leevke, ehrlich.« Mit jedem Schluck Kaffee erwacht ein bisschen mehr Lebensgeist in mir. »Was würde ich nur ohne dich machen?«

Leevke winkt ab. »Die meiste Arbeit hast ja du. Emmi könnte ganz schön anstrengend werden, wenn du sie nicht richtig erziehst. Kennst du den Film *Marley & ich* mit Jennifer Aniston und Owen Wilson? Die beiden holen sich diesen süßen, aber hyperaktiven Labradorwelpen …«

»Hör auf, der Film ist einfach grauenhaft! Ich werde schon aggressiv, wenn ich nur das Cover sehe. Der Welpe ist ja am Anfang echt knuffig, aber er geht einem spätestens nach zehn Minuten derart auf die Nerven, dass ich den Film jedes Mal abgebrochen habe. Wie endet der eigentlich? Kommen die beiden ins Irrenhaus?«

»Nein, sie haben es überlebt. Aber im Grunde sind sie schuld am Verhalten des Hundes, weil sie ihm von Anfang an alles durchgehen lassen. Tiere brauchen genauso Grenzen wie Kinder. Wie heißt es doch so schön? Wehret den Anfängen?!«

»Soll ich dir Emmi heute Nacht mal ausleihen?«, erwidere ich, halb frotzelnd, halb ernst gemeint.

Ich frage mich wirklich, wie Mütter das durchhalten.

Bin ich überhaupt dazu geeignet, Kinder zu bekommen, wenn mich schon ein kleines Lamm überfordert?

»Ach du, lieb von dir, aber nee, lass mal«, erwidert Leevke grinsend. »Nein, jetzt mal im Ernst. Du darfst Emmi heute Nacht auf gar keinen Fall in dein Bett lassen, sonst gewöhnt sie sich zu sehr daran. Ich kann ja mal Jörg anrufen und ihn fragen, ob er einen Tipp für uns hat. Schließlich haben er und seine Frau schon häufiger Flaschenlämmer aufgezogen.«

Oh ja, ein Expertenrat, ich schöpfe Hoffnung. »Das wäre wirklich super. Denn wenn das so weitergeht, bin ich bald ein

Wrack und muss den Dreh auf Föhr meinerseits canceln. Ich füttere Emmi gleich und radle dann nach Wyk zu Tove Paulsen.«

»Alles klar, ich nehme sie gleich wieder mit runter in den Laden. Die Bewegung und die Luft werden dir guttun. Viel Erfolg! Gib alles, und knack den alten Grummelpott.«

Leevke hat recht, die frische Nordseeluft und das Fahrradfahren bringen mich wieder auf Kurs.

Der Anblick der auf den Koppeln weidenden Pferde, die zarte Rapsblüte, die Föhr in spätestens ein paar Tagen in eine gelbe Blumeninsel verwandeln wird, der tiefblaue, weite Himmel und die Seeschwalben über meinem Kopf geben mir das wohltuende Gefühl unendlicher Freiheit.

Links vom Weg tauchen erste Hinweisschilder in Richtung Hafen auf, dann Werbung für die Discounter, die in Hafennähe Insulanern, Urlaubern, aber auch Amrumern die Möglichkeit bieten, deutlich günstiger einzukaufen als in den kleinen Läden. Von Oma weiß ich, dass viele Amrumer extra von dort mit der Fähre nach Föhr fahren, um hier, ausgerüstet mit Kühlbox und Co. ihren Lebensmittelbedarf für Wochen zu decken. In Städten wie Bamberg schier unvorstellbar, wie überhaupt in einer Welt, in der scheinbar alles und jedes zu jeder Zeit verfügbar ist.

Ich lasse die Discounter-Meile hinter mir und fahre um die alte Mole herum, in der wunderschöne Schiffe festgemacht sind, vielleicht auch die *Ankerherz?!*

Am Ende der Mole liegt das Café *Klein Helgoland*, ausgestattet mit friesischen Kacheln, einem traumhaft schönen, antiken Ofen und gemütlichen Möbeln. Drinnen kann man, ebenso wie auf der durch eine Glaswand windgeschützten Terrasse, ganz wunderbar sitzen, in kulinarischen Leckereien schwelgen und dabei aufs Meer schauen.

Hier gehen vor allem kleinere Boote und Jollen vor Anker.

Ich stelle mein Rad ab und betrachte einen Augenblick lang die vielen süßen Lämmer, die am Deich hinter der Mole grasen oder sich verschmust an ihre Mamas kuscheln. Ein reizender Anblick, aber er tut gleichzeitig im Herzen weh. Es ist wirklich grausam, dass es der kleinen Emmi nicht vergönnt ist, Teil einer solchen Gemeinschaft zu sein, nur weil ein Raubvogel sie sich als Beute auserkoren hat.

Als ich sehe, wie eine der Schafsmamas zärtlich über das Köpfchen ihres Lammkindes schleckt, überfällt mich ein schlechtes Gewissen: Wie konnte ich nur so selbstsüchtig sein und mich über Schlafmangel und Zeitprobleme wegen Emmi beschweren?

Ich selbst hatte eine wunderschöne, behütete Kindheit, geliebt von meinen Eltern und Oma Rieke.

Aber was bleibt Emmi? Zurzeit hat sie mich und Leevke.

Doch was geschieht, wenn sie größer wird? Wenn ich daran denke, wird mir übel.

Ich muss mir unbedingt etwas einfallen lassen, um dem Schäflein zu helfen. Doch bevor ich das in Angriff nehme, wartet eine ganz andere Herausforderung auf mich: das Gespräch mit Tove Paulsen. Ein wenig unschlüssig stehe ich vor der urigen Schifferkneipe. Normalerweise habe ich in Fällen wie diesen eine Strategie und auch einen Plan B, falls Plan A scheitert. Doch diesmal ist alles anders, Emmi bestimmt zurzeit fast all mein Denken und Tun.

Das *Kehrwieder* sieht genauso aus, wie ich es in Erinnerung habe.

Als Kind war ich einmal mit Rieke hier, weil sie mir zeigen

wollte, wo Opa sich so gern aufgehalten, aufs Meer geschaut und mit seinen Freunden Karten gespielt hat.

Der relativ niedrige Bau ist dunkelblau gestrichen, links und rechts neben der Eingangstür aus massivem Holz liegen eine Schiffsschraube, eine Boje und ein Anker am Seil auf dem Boden. Vor der Kneipe stehen Holzfässer mit Blumenvasen und ein paar Klappstühle, die sicher schon bessere Zeiten gesehen haben.

Über dem vom Salzwasser und der feuchten Seeluft verwitterten Namensschild spannt sich ein Fischernetz, in dem allerlei Deko aus Holz baumelt: Fische, Krabben, Muscheln, sogar eine Meerjungfrau.

Los, Minnie, du schaffst das!, spreche ich mir Mut zu und wundere mich gleichzeitig über mich selbst. Wieso bin ich auf einmal so schüchtern und zaghaft? Im Gespräch mit Trine und Röschen, Momme Ohlsen und Jörg Rolffs hatte ich doch auch keine Probleme damit, die Fragen zu stellen, die ich für die Reportage nun mal stellen muss.

Ein fröhliches »Moin, immer rein in die gute Stube« lässt mein Unbehagen binnen Sekunden verfliegen. »Platz is, wo Platz is.«

Meine Augen müssen sich erst an das diffuse Dämmerlicht in der Hafenkneipe gewöhnen. Erst dann erkenne ich, dass die freundliche Begrüßung von einer älteren, rundlichen Frau stammt, die hinter dem Tresen steht und gerade ein Bier zapft. Ihre grauen Haare sind zu einem Dutt verknotet, sie ist ungeschminkt und hat rote Apfelbäckchen. Sie trägt ein Kleid, das Ähnlichkeit mit der Föhrer Tracht hat.

Ist das Teil einer Inszenierung oder wirklich authentisch?, frage ich mich und steuere den einzigen noch freien, dunklen Holztisch an. Dann muss ich husten, im *Kehrwieder* darf nämlich noch geraucht werden, sicher einer der Gründe, aus denen sich sogar die jüngeren Föhrer am Abend zum Feiern hierher verirren, wie ich von Leevke weiß.

Ein wenig unentschlossen blättere ich in der Getränkekarte – Speisen gibt es hier wegen der Raucherlaubnis nicht – und würde mir am liebsten einen Tee mit Rum bestellen oder einen Pharisäer. Orte wie dieser verlangen geradezu nach etwas »mit Schuss«, weil man hier unweigerlich das Gefühl hat, irgendwie aus der realen Welt herauskatapultiert zu sein.

Für gewöhnlich brauche ich nicht so lange, um mich zu entscheiden, doch die Karte dient mir zugleich als Sichtschutz, um möglichst unauffällig alle anwesenden Gäste abzuchecken, auf der Suche nach Tove Paulsen.

Und siehe da, dort ist er ja. Rechts neben dem Zugang zu den Toiletten sitzt er an einem kleinen Tisch mit Blickrichtung auf das eine von zwei Fenstern, deshalb ist es hier drin auch so schummerig. Vor ihm stehen ein Wimpel (Ein Zeichen dafür, dass das sein Stammplatz ist?!) und ein halb leeres Glas Bier.

Er sieht nachdenklich aus, beinahe traurig.

»Na, was darf's sein, junge Frau?«, fragt die freundliche Wirtin, und ich entscheide mich tatsächlich für einen Pharisäer. Das Koffein in Kombination mit Zucker, braunem Rum und ungesüßter Schlagsahne ist nicht nur köstlich, sondern auch ein echter Seelenwärmer.

Sie antwortet: »Gute Wahl«, und kurz darauf steht das dampfende, appetitlich duftende Getränk auch schon vor mir. »Aber nicht umrühren, sondern durch die Sahnehaube trinken, sonst ist 'ne Lokalrunde fällig«, mahnt die Wirtin, und ich erinnere mich daran, dass Oma Rieke das auch immer so gemacht hat. Sie spitzte ihre wunderschönen, auch im Alter noch vollen Lippen, schloss die Augen und begann dann zu trinken.

Oft blieb ein Klecks Sahne an ihrer Nasenspitze hängen, was Rieke aber kein bisschen störte. »Dann muss ich die heute Abend nicht mehr eincremen«, sagte sie und gab sich weiterhin dem Genuss hin.

Ich antworte: »Alles klar.«

»Sind Sie auf Urlaub hier oder zur Kur?«, fragt die Wirtin und bleibt an meinem Tisch stehen, als wolle sie überwachen, dass ich die Pharisäer-Trinkregel auch wirklich befolge. Aber vielleicht will sie ja auch nur nett sein oder freut sich über ein bisschen Abwechslung neben all den Stammkunden, die sie vermutlich genauso gut kennt wie die Rezeptur für friesische Getränke wie *Tote Tante* oder *Föhrer Teepunsch*.

»Weder … noch. Ich recherchiere für einen TV-Beitrag über die Insel. Wir wollen in gut einer Woche drehen.«

»Auch im *Kehrwieder*? Sind Sie deshalb hier?«

Mit einem Mal habe ich das Gefühl, dass jeder einzelne Gast im Raum sich brennend dafür interessiert, was ich zu sagen habe. Die Gespräche verstummen wie auf ein geheimes Kommando hin, die Blicke aller sind auf mich gerichtet, auch der von Tove Paulsen.

In spätestens zwei Stunden wird ganz Föhr wissen, dass die Insel bald wieder im Fernsehen gezeigt wird.

»Hm, daran habe ich noch gar nicht gedacht«, entgegne ich vage. Das Thema Rauchen ist schließlich alles andere als positiv besetzt und passt irgendwie so gar nicht zur Insel. »Es ist natürlich supergemütlich hier, aber ich muss das erst mit der Redaktion abstimmen. Heute suche ich eigentlich nach Tove Paulsen, dem Eigner der *Ankerherz*. Mir ist zu Ohren gekommen, dass er häufiger hier zu Gast ist.«

Jetzt bin ich aber mal gespannt, ob Tove reagiert.

»Sagt wer?«, tönt es prompt von vier Tischen weiter.

Die Wirtin dreht sich nach dem Seebären um und schaut ihn mit großen Augen an.

Oh, oh, was antworte ich denn jetzt?

Den Namen Hark Bendix zu erwähnen, scheint mir etwas riskant, denn Tove sieht nicht sonderlich begeistert aus.

»Das isser«, sagt die Wirtin und deutet auf Tove.

Ich erwidere: »Oh, wie schön, dann habe ich ja Glück. Dürfte ich Sie denn einen Moment stören?« Ein wenig seltsam ist es schon, sich lautstark über mehrere Tische hinweg zu verständigen, insbesondere da alle Anwesenden, eine Mischung aus Urlaubern und Insulanern – überwiegend Herren –, gebannt verfolgen, was passiert.

»Wer will das wissen?«, erwidert Tove ungerührt und leert sein Glas in einem Zug. Seine Stimme klingt rau, kratzig und ebenso widerborstig, wie er aussieht.

»Mein Name ist Minnie … äh, Minerva Hübner, und ich komme aus Bamberg, um für den Sender Travel TV eine Reportage über Föhr vorzubereiten.«

Die Blicke der Gäste ruhen auf mir, dann hat Tove wieder Aufschlag. »Travel TV?! Nie gehört. Was soll das sein?«

»Das ist ein Spartensender, der sich auf das Thema Urlaub und Reisen spezialisiert hat«, erkläre ich das Konzept meines Arbeitgebers.

»Also sieht diese Sendung kein Mensch?!«

Ich habe das Gefühl, dass *alle* im *Kehrwieder* gebannt den Atem anhalten, allen voran die Wirtin.

»Nun, das würde ich so nicht sagen …«

»Wenn Sie nicht von einem öffentlich-rechtlichen Sender kommen, bin ich nicht interessiert. Außerdem lasse ich mich nur ungern hier stören. Wenn Sie was von mir wollen, melden Sie sich im Sekretariat an, wie es jeder anständige Mensch tun würde.«

Damit ist die Sache für Tove Paulsen vom Tisch, er versenkt sich in die Lektüre des Magazins *WIR Insulaner*, das es überall auf Föhr kostenlos gibt.

Prima, Minnie! Das hast du super hinbekommen.

»Nehmen Sie das ma bloß nich persönlich«, murmelt die Wirtin, als ich sie um die Rechnung bitte. »Und kommen Sie gern bald wieder zu uns.«

Noch mal hierherkommen?!

Wohl eher nicht.

Bloß raus hier, aber ganz schnell!

14.

»Oh, oh!«, Leevke schüttelt bedauernd den Kopf, als ich ihr von meiner Pleite erzähle. »Tut mir leid. Und was willst du jetzt machen?«

»Na, was wohl? Einen zweiten Anlauf starten«, erwidere ich und leere in einem Zug das Glas Wasser, das sie mir gegeben hat, nachdem ich mit hochrotem Kopf in ihren Laden gestürmt bin. Ich bin so schnell von Wyk zurück nach Nieblum geradelt, als sei der Teufel persönlich hinter mir her. »Ich werde mich ganz brav in seinem Sekretariat melden und den offiziellen Weg gehen. Das hätte ich vermutlich besser gleich so machen sollen.«

»Aber was ist mit seiner grundsätzlich ablehnenden Haltung, weil Travel TV nur ein Spartensender ist und keine so hohen Zuschauerquoten hat wie die öffentlich-rechtlichen?« Leevke sortiert gerade neu eingetroffene Ware: Heilsteine, Glücksbringer und ein Sortiment Engel aus Porzellan. Emmi schläft im Körbchen neben dem Verkaufstresen, aufmerksam beäugt von Patchouli, die direkt davorsitzt und anscheinend immer noch nicht weiß, was sie von dem Lämmchen halten soll.

»Dann muss ich ihn eben anders knacken. Irgendetwas über ihn herausfinden, das ihn dazu bringt, in einem Format wie diesem aufzutreten. Hm, meinst du, diese Glücksbringer helfen wirklich? Wenn ja, bitte her damit.«

Leevke beschriftet gerade kleine weiße Aufkleber mit Preisen und kramt dann in ihrem neuen Sortiment herum. Mit den Worten »Dann drücke ich die Daumen, dass dir etwas Tolles einfällt« legt sie mir ein silbernes Kettchen mit silbernem Glückskleeanhänger ums Handgelenk. »Ich überlege gern, ob es noch jemand anderen gibt als diesen Brummbär. Er ist schließlich nicht der Einzige auf Föhr, der was mit Booten macht. Du darfst nämlich nicht vergessen, dass es nicht unbedingt leichter für dich wird, wenn Tove erfährt, dass du Kontakt zu Momme Ohlsen und unserer ganzen Kombo hast.«

»Wow, ist der Anhänger schön, danke«, hauche ich und weiß gar nicht, worüber ich zuerst nachdenken soll: darüber, ob Leevke in Wahrheit doch ein Engel in Menschengestalt ist, oder über Tove Paulsen und seine Fehde mit Momme.

Vielleicht sollte ich meine Energie auch lieber in Plan B investieren, als mich an Plan A aufzureiben, zumal die Zeit eh viel zu knapp ist, Pseudourlaub hin oder her.

»Wie wäre es denn mit dem Schlösschen auf dem Weingut?«, schlägt Leevke vor. »Das hat zwar nicht direkt was mit Meer zu tun, bietet aber eine malerische Kulisse. Wein, der auf einer Insel mitten in der Nordsee angebaut wird, das gibt's schließlich nicht oft.«

»Ich kenne nur den Sölviin von der Nachbarinsel Sylt«, murmele ich, streichle über den Glücksklee und überlege, ob es mir gelingt, einen Bogen zwischen dem »Meer«-Thema und dem Weinbauern zu spannen. »Kennst du jemanden, der auf diesem Gut arbeitet?«

»Kennen ist ein wenig übertrieben«, erwidert Leevke und verteilt die neu ausgezeichnete Ware in geflochtene, quadratische Behälter. »Aber ich kann mich gern mal ein bisschen umhören, wenn du möchtest. So, und nun ist Feierabend. Lass uns nach oben gehen und schauen, ob wir vor dem Essen noch ein bisschen Sonne auf dem Balkon tanken können.«

»Sag mal, Leevke, möchtest du dich heute Abend nicht lieber mit Freunden verabreden oder ausgehen?«, frage ich, geplagt vom schlechten Gewissen. »Du musst doch nicht die ganze Zeit daheimbleiben, nur weil ich wegen Emmi ans Haus gebunden bin. Ich kann mich auch gern um Moritz und Patchouli kümmern, während du um die Häuser ziehst.«

»Ach was, alles gut«, winkt Leevke ab. »Ich freue mich über deine Gesellschaft und habe keineswegs das Gefühl, irgendetwas zu verpassen. Bei mir läuft das alles immer eher phasenweise: Mal bin ich gefühlt Tag und Nacht unterwegs, dann wieder wochenlang gar nicht. Es gibt ja wie gesagt gerade keinen Mann in meinem Leben, und mit den Freundschaften auf der Insel ist das auch so eine Sache: Mir steht Felicitas sehr, sehr nahe, aber die ist ja gerade in New York. Meine anderen Freundinnen haben Familie und sind überwiegend mit Arbeit, Haushalt, Garten oder der Pflege von kranken Eltern beschäftigt. Und auch wenn es vielleicht einen anderen Eindruck auf dich macht, der Laden läuft auch nicht von allein. Keine Sorge, ich sage schon, wenn's mir mit uns hier zu bunt oder zu langweilig wird.«

»Wünschst du dir eigentlich eine Familie?«, frage ich, als wir am späten Abend, eingekuschelt in Mohairdecken, auf Leevkes schmalem Balkon sitzen und in den Himmel schauen. Nach dem Sonnenuntergang hat er sich erst leicht orange, dann zartrosa und schließlich bläulich verfärbt, bevor die Dunkelheit über Föhr hereinbrach.

Patchouli liegt zusammengerollt auf Leevkes Schoß, Emmi döst friedlich in meinen Armen.

»Natürlich«, sagt Leevke. »Wer wünscht sich das nicht? Und ich gebe die Hoffnung auch nicht auf, obwohl ich auf die vierzig zugehe. Doch die Tarotkarten haben mir prophezeit, dass ich mein Glück erst spät finden werde, also übe ich mich in Geduld und vertraue darauf, dass alles zu der Zeit kommt, in der es am besten für mich ist.«

»Du legst dir selbst die Karten?«, frage ich erstaunt. »Ich wusste gar nicht, dass das geht.« Mit gemischten Gefühlen erinnere ich mich an einen weinseligen Abend mit Alva und ein paar Freundinnen, an dem eine von ihnen uns allen die Karten gelegt hat. Geglaubt habe ich nicht daran, auch wenn tatsächlich einiges eingetroffen ist.

Aber das ist sicher nur reiner Zufall. Statistische Wahrscheinlichkeit – keine Vorhersehung.

»Natürlich geht das«, sagt Leevke. »Aber man muss auch ganz klar sagen, dass das Tarot nur Spiegelbild deines augenblicklichen Seelenzustands ist, kein Orakel.«

»Also glaubst du doch nicht daran, sondern hoffst nur?!«

»Ist das nicht im Grunde dasselbe?«, entgegnet Leevke.

Nun geben die Wolken die ersten Sterne des Nachthimmels frei, sie erscheinen zum Greifen nahe. »Durch die Kraft unserer Wünsche und Gedanken erschaffen wir unsere Realität.«

»Das klappt aber nicht immer oder vielmehr so gut wie nie«, widerspreche ich. »Wenn ich daran denke, wie sehr ich meine Mutter bekniet habe, Oma Riekes Haus nicht zu verkaufen, weil ich es für unsere Familie und meine Kinder erhalten wollte. Geholfen hat das alles leider gar nichts, jetzt leben andere dort. Und ich habe den Mann, der gern mit mir Kinder gehabt hätte, verlassen.«

»Wie bist du denn eigentlich zu deinem Job bei Travel TV gekommen?«, fragt Leevke in die Dunkelheit. Es ist unfassbar still und friedlich, man hört nur Emmis leichtes Schnorcheln. Das Schäflein zuckt ab und zu, vermutlich träumt es gerade besonders intensiv. Oder haben Tiere gar keine Träume?

Tja, wie bin ich Evangelines Assistentin geworden? Ein Lächeln überzieht mein Gesicht, wenn ich daran denke, wie ich vor Freude beinahe ausgeflippt bin, als die Zusage des Senders kam. »Ich habe mich schon immer für das Thema Reisen interessiert und liebend gern Sendungen wie *Wunderschön!* oder *Landpartie* geschaut. Das habe ich von meiner Oma, die fast nur auf diese Weise reisen konnte. Durch sie habe ich gelernt, wie wunderbar es ist, Menschen zu ermöglichen, wenigstens via Bildschirm Orte kennenzulernen, die sie selbst niemals in natura sehen können. Die meisten Sender sitzen natürlich in großen Städten. Dass Travel TV ausgerechnet in Bamberg eine Dependance hat, erschien mir wie …« Ich ringe nach Worten.

»Wie Schicksal? Oder Fügung?«, fragt Leevke, offenkundig amüsiert. Die Kerze im Windlicht, das auf dem kleinen Tisch zwischen uns steht, beginnt zu flackern. Ein Nachtvogel fliegt dicht an uns vorbei, und zum ersten Mal zucke ich nicht zusammen.

»Wenn du so willst, ja.«

»Dazu sage ich jetzt mal besser nix«, erwidert Leevke. »Aber ich habe noch eine Frage an dich: Hast du deine Entscheidung, Cordt nicht zu heiraten, bedauert, seit du hier auf Föhr bist? So ein Inselaufenthalt rückt die Dinge ja oft in ein vollkommen anderes Licht.«

Meine Antwort kommt erschreckenderweise wie aus der Pistole geschossen. »Nein, keine Sekunde. Das Seltsame ist, dass ich mir gerade seit der Zeit hier viel, viel sicherer bin, die richtige Entscheidung getroffen zu haben. So gern ich auch mit Cordt zusammen war, es hat sich nie so angefühlt, als wäre es für den Rest meines Lebens. Ich habe einfach kein *Bild* von unserer Zukunft gehabt, wenn du verstehst, was ich meine.«

»Das verstehe ich sehr wohl. So etwas nennt man Intuition beziehungsweise Bauchgefühl. Und ich wette, dass dir dieses Bauchgefühl von der ersten Sekunde eurer Begegnung an gesagt hat, dass dieser Mann nicht wirklich zu dir und deinem Leben gehört.«

»Das stimmt«, gebe ich peinlich berührt zu. »Ich wollte ihm anfangs gar nicht meine Handynummer geben, aber Alva hat so gedrängelt. Hätte ich nicht auf sie gehört, dann hätte ich Cordt jede Menge Kummer erspart.«

»Tja, Alva kann eben sehr überzeugend sein, wenn sie sich etwas in den Kopf gesetzt hat, deshalb ist sie auch so gut in ihrem Job«, sagt Leevke. »Hat sie dir geschrieben, dass sie versuchen will, am Wochenende für ein paar Tage nach Föhr zu kommen?«

Na, das sind ja mal schöne Neuigkeiten! »Nein, hat sie nicht. Das wäre natürlich klasse. Aber gibt's denn hier überhaupt genug Schlafplätze für drei Leute?«

»Na klar«, erwidert Leevke. »Ich habe in der Abseite eine elektrisch aufpumpbare Matratze, die können wir in jedes Zimmer legen, in dem Alva gern schlafen möchte. Aber es kann auch sein, dass sie sich ein Hotelzimmer nimmt, du kennst doch Alva.«

Ich nicke.

»Ich hätte übrigens große Lust, am Samstag mit euch tanzen zu gehen«, fährt Leevke in schwärmerischem Tonfall fort. »Seit der Schließung des *Erdbeerparadieses* finden ungefähr einmal im Monat EP-Revival-Partys im Alt Wrixumer Hof und an anderen Orten statt. Das macht total Spaß, ist entspannt, und man trifft dort jede Menge Leute von der Insel.«

»Coole Idee!« Sofort denke ich an Hark. Ob er wohl auch dort sein wird? Das wäre natürlich der Hit!

Aber habe ich überhaupt passende Kleidung dabei? Ach, egal! Im EP trugen früher fast alle Jeans und irgendein T-Shirt, da kein Mensch darauf achtete, wie man aussah und was man trug. Und genau das machte einen großen Teil des Charmes dieser Location aus. »Ich war schon ewig nicht mehr tanzen und Alva auch nicht. Aber was machen wir mit Emmi? Ich kann sie ja schlecht mitnehmen und dort füttern.«

Leevke runzelt die Stirn, wie ich im Schein des flackernden Windlichts erkennen kann. »Hm, vergrößern sich laut deiner Tabelle nicht schon bald die Fütterungsabstände? In Wrixum geht es eh nicht vor dreiundzwanzig Uhr los. Wenn du ihr also kurz vorher das Fläschchen gibst und sie einschläft, müsste es eigentlich hinhauen.«

Vorausgesetzt, sie kann das überhaupt, wenn weder Leevke noch ich bei ihr sind, denke ich seufzend, als ich wenig später das Lämmchen vorsichtig ins Körbchen lege.

Wunschbestellung ans Universum: Ich möchte am Samstagabend mit Hark tanzen! Komme, was wolle.

15.

Alte Mole, Klappe, die zweite.

Auf der Suche nach der *Ankerherz* umrunde ich den hinteren Teil des Hafens und bestaune die schönen Boote, die hier festmachen. Segelschiffe, Ausflugsdampfer, kleine Motorjachten – ein buntes, maritimes Potpourri. Von hier starten auch die Touren der Adler-Schiffe zu den Nachbarinseln und den Halligen. Im Gegensatz zu den großen Fähren, die zwischen Dagebüll, Wyk und Wittdün verkehren, wirken sie wie Nussschalen und schaukeln entsprechend auf rauer See, wie ich aus eigener Erfahrung weiß.

Es dauert eine Weile, bis ich das Schiff von Tove Paulsen entdecke. Ich kenne es von seiner Website, eine echte Schönheit. Blau-rot bemalt, der Name in großen, handgeschriebenen Lettern in der Signalfarbe Rot, umrahmt von den maritimen Symbolen für Glaube, Liebe, Hoffnung, also einem Kreuz, einem Herz und einem Anker.

Ich halte Ausschau nach einem Anzeichen dafür, dass der Kapitän gerade an Bord ist. Und siehe da, in dem Moment, als ich die Nummer seines Sekretariats wählen will, öffnet sich die Tür der Kombüse, und Tove Paulsen steht nun in Rufweite entfernt. Doch ich bin nicht so dumm, den Fehler von gestern zu wiederholen. Also wähle ich die gespeicherte Nummer.

»Mona Hering, Reederei Ankerherz, was kann ich für Sie tun?« Diese Stimme kommt mir vage bekannt vor. Doch woher?

»Mein Name ist Minerva Hübner, vom Sender Travel TV. Ich würde Tove Paulsen gern für einen Beitrag über die Insel Föhr gewinnen. Wie kann ich ihn am besten erreichen?«

»Na, Sie sind ja mutig, Kindchen«, ertönt es vom anderen Ende der Leitung. »Erst 'ne böse Abfuhr kassieren, und es dann trotzdem noch mal versuchen. Nich schlecht!«

»Sind Sie die Wirtin des *Kehrwieder?*«, frage ich, ziemlich perplex. Es folgt ein warmes, leicht kehliges Lachen.

»Ja, die bin ich, sozusagen in Doppelfunktion.«

Ach ja?! Hätte sie das nicht schon gestern sagen können?

Jetzt guckt Tove Paulsen durch die Gläser seiner verspiegelten Sonnenbrille in meine Richtung, und ich komme mir ziemlich dämlich vor.

Ob er mich auch sieht? Doch Tove interessiert sich nicht im Mindesten für das, was sich am Hafen abspielt. Er schreitet an Deck auf und ab, als würde er etwas suchen. Noch sind die Segel seines Schiffes nicht gehisst, die Masten der *Ankerherz* wirken ein bisschen wie die Äste der Bäume im Winter: kahl und nackt. Doch bald ist Mai, und dann sticht die stolze Schönheit wieder bis zum Saisonende im Oktober in See.

»Habe ich denn eine Chance, noch mal in Ruhe mit Herrn Paulsen zu sprechen? Ich gebe zu, es war ein bisschen naiv von mir zu glauben, dass es okay ist, wenn ich ihn einfach so störe.«

»Ach was, mien Seuten. Wer nich wagt, der nich gewinnt, oder?«, erwidert Mona Hering. Ist das jetzt eine Frage oder eine Feststellung?! »Ich schnack mal mit ihm und melde mich dann wieder.«

Nachdem ich ihr meine Handynummer und die Festnetznummer von Leevkes Laden gegeben habe, gehe ich in Richtung Fahrradständer und schaue auf die Uhr. Ich habe noch ein bisschen Zeit, bis ich Emmi wieder füttern muss.

Und riesengroße Lust, ein bisschen in Wyk herumzubummeln.

Bislang hatte ich ja noch gar keine Gelegenheit, der *Hauptstadt* von Föhr einen längeren Besuch abzustatten.

Am Sandwall ist, wie beinahe immer, viel los: Urlauber flanieren die Strandpromenade entlang oder sitzen vor den zahllosen Cafés. Vor sich auf dem Tisch große Eisbecher oder ein leckeres Heißgetränk, manche gönnen sich sogar um diese Uhrzeit Cocktails.

Insulaner erledigen Geschäftliches bei der Bank oder besorgen etwas in einem der kleineren Läden.

Die Straßen des Wyker Zentrums verlaufen ähnlich wie das Muster der beiden Schachbretter, die rechts und links am Sandwall auf den Boden gemalt sind und viele Spieler anlocken.

Die Einkaufsstraßen führen parallel vom Meer nach oben, in Richtung Stadtbücherei, der Wyker Buchhandlung, des Rosengartens und des zwanzig Meter hohen Glockenturms, Wahrzeichen der Stadt, wo ein uriger Teeladen untergebracht ist.

»Moin, Frau Hübner, na, wie läuft's mit dem Lämmchen?«, fragt Dörte Nielsen, mit der ich in der Mittelstraße fast zusammenstoße, weil ich in Gedanken bei der Konzeption des TV-Beitrags bin.

Ich antworte: »Hey, das ist ja schön«, erfreut, die Pensionswirtin zu sehen. Als ich zu Leevke umgezogen war, hatten wir vereinbart, dass ich sie noch mal besuche, bevor ich wieder zurück nach Bamberg fahre. »Kaufen Sie gerade ein? Emmi geht es übrigens bestens, sie benimmt sich schon wie eine kleine Diva.«

Dörte Nielsen schmunzelt. »Tja, da sollte man besser 'n büschen aufpassen, das kann ich mir vorstellen. Da sind Lämmer bestimmt nicht anders als kleine Kinder. Apropos: Ich bin auf dem Weg zu einer Freundin, die gerade ihr Baby bekommen hat. Hausgeburt.«

Beim Wort *Hausgeburt* senkt Dörte ihre Stimme.

Erst jetzt sehe ich, dass sie einen Korb, randvoll mit Geschenken, unter dem Arm hat.

»Wie …? Also … ich verstehe nicht ganz. Ich dachte, dass alle Föhrerinnen zur Entbindung aufs Festland fahren, seitdem der Kreißsaal geschlossen wurde?«

In Dörtes Augen glitzert und funkelt es wie beim Feuerwerk von *Föhr on Fire*, das jedes Jahr im Rahmen des Hafenfests stattfindet. »Seit wann lassen wir Föhrer uns alles vorschreiben und gefallen? Nur weil die in Husum sich irgendetwas in ihren Bürokratenschädel gesetzt haben, heißt das noch lange nicht, dass wir das einfach so hinnehmen.«

In meinem Kopf geht es drunter und drüber. Natürlich finde ich die Vorstellung, ein Kind mithilfe einer netten und erfahrenen Hebamme zur Welt zu bringen, wunderschön.

Aber was, wenn etwas schiefgeht? »Das ist toll … und mutig. Doch was, wenn bei der Entbindung etwas Unvorhergesehenes passiert? Das muss man doch leider immer mit einkalkulieren.«

»Keine Sorge, das geschieht alles unter der Aufsicht von Ärzten. Auch die Inselklinik ist in solchen Fällen stets informiert. Wir haben auf diesem Weg schon einige süße und kerngesunde Föhr-Babys bekommen und hoffen natürlich, dass es noch ganz viele werden. Bald wird ja zum Glück auch das Geburtshaus eröffnet. So, jetzt muss ich aber weiter. Ich bin schon ganz gespannt auf den Lütten. Wir sehen uns dann ja bald bei mir zum Butterkuchenessen, nicht wahr?«

Ich nicke und schaue Dörte Nielsen noch eine ganze Weile hinterher, als sie strammen Schrittes davongeht.

Das Selbstbewusstsein und der friesische Kampfgeist der Insulaner sind wirklich bewundernswert.

Jemand will den Föhrern etwas wegnehmen oder etwas aufzwingen? Fehlanzeige! Die Insulaner sagen einfach: »Los, komm schon, versuch's doch, wenn du dich traust.«

Von dieser Haltung sollte ich mir eine Scheibe abschneiden.

Nach einem kleinen Zwischenstopp in der schnuckeligen, gut sortierten Wyker Buchhandlung schlendere ich wieder zum Sandwall hinunter. Ich hab einen schönen Bildband über Föhr gekauft, den ich Mama mitbringen will.

Links von mir schimmert das Meer graugrün im Sonnenlicht.

Am Horizont nimmt gerade eine Fähre Kurs auf den Anleger, gleich werden die Passagiere an Land gehen, voller Freude darüber, endlich hier zu sein. Zurzeit werden noch die kleineren Fährschiffe eingesetzt, spätestens ab Mai die großen, neuen mit den modernen Panoramafenstern, die einen grandiosen Blick auf die Nordsee ermöglichen.

Noch stehen auch nicht alle Strandkörbe vor der Wasserkante. Doch schon bald herrscht hier ziemlich viel buntes Treiben und Gewusel, wie ich von früher weiß. Dann duftet es nach Sonnenmilch, Zitroneneis und Sommer. Die Kleinen spielen Ball oder bauen Sandburgen. Hunde tollen dort, wo es erlaubt ist, fröhlich umher. Die Großen entspannen im Schatten des Strandkorbs oder wärmen sich an windigen Tagen darin. Auch die Kurmuschel wird ab Mai wieder in Betrieb genommen, dann spielen Bands zur Unterhaltung für alle, die Freude daran haben.

Momentan liegt Föhr, wie es scheint, ein bisschen *auf der Lauer*, gespannt auf alles, was die neue Saison bringen wird.

Am Ende des Sandwalls erregt ein Lädchen mit dem Namen *Mehr Wein!* meine Aufmerksamkeit. Das ist *die* Gelegenheit, Föhrer Wein für den Beitrag zu kaufen, weil Kulinarisches die Zuschauer immer ganz besonders interessiert. Doch bevor Evangeline ihren Interviewpartner befragt, muss sie selbst wissen, wie dieser Wein schmeckt.

»Moin, was kann ich für Sie tun?« Eine ältere Dame guckt aufmerksam über den Rand ihrer Lesebrille hinweg und legt die Zeitung beiseite, als ich sie frage, welche der drei Sorten *Feerwin* sie mir besonders empfehlen kann.

Mein Blick fällt auf die Schlagzeile des *Insel-Boten:*

Mysteriöse Botschaft vor den Türen des Wellnesshotels am Südstrand.

»Wir haben aktuell Kul, Brut und Réserve im Angebot, gekeltert aus der Johanniter- und Solaris-Rebe«, erklärt die Verkäuferin. »Ich kann Ihnen gern alle drei Sorten zum Kosten geben, wenn Sie möchten.«

Eine Weinprobe um diese Uhrzeit?! Ich weiß nicht recht. Andererseits muss ich mich auskennen, wenn ich Evangeline dieses Thema vorschlage. Also erwidere ich: »Gern«, und gehe dichter an den Tresen, wo die Tageszeitung liegt, die sowohl auf Föhr als auch auf Amrum erscheint. »Dürfte ich bitte kurz mal einen Blick auf die Titelseite werfen?«

Die Dame nickt. »Aber gern. Ich hole inzwischen ein bisschen Brot und ein Glas Wasser.«

Unbekannte haben in der Nacht von Dienstag auf Mittwoch Blumen vor die vier Eingänge des neuen Wellnesshotels am Südstrand gelegt.

Das »Sonnenseite« soll in diesem Sommer eröffnet werden und stößt nicht bei jedem Föhrer auf Begeisterung. Die weißen Lilien gelten von jeher als Symbol für Vergänglichkeit und Tod - in diesem Zusammenhang eine durchaus bedrohliche Botschaft.

Steht dieser Vorfall womöglich in Verbindung mit der Freilegung des Fliesenbilds in der »Nordseebrise« sowie den wiederholten Versuchen, den Werbeslogan Föhrs zu beschädigen? Die Polizei hat die Ermittlungen aufgenommen.

Ich kann leider nicht mehr weiterlesen, weil die Mitarbeiterin des Weinladens mich zu einem Bistrotisch bittet, auf dem drei kleine Gläser, ein Körbchen mit appetitlich duftendem Brot und ein Glas Wasser stehen. Dummerweise bin ich in Gedanken so sehr mit der Blumenstory beschäftigt, dass mir der Sinn überhaupt nicht nach Weinprobe steht. *Flower-Power* … obwohl das Quatsch ist, denke ich automatisch an Momme Ohlsen. Ist das seine Art zu sagen: Bleibt weg vom Südstrand mit euren großen Hotels, die den Menschen die Sicht aufs Meer verbauen? Doch dieser Theorie widerspricht seine Aussage: »Ich bin niemals gegen etwas, sondern für.«

»Na? Wie schmeckt er Ihnen?« Die Augen der Dame sind gespannt auf mich gerichtet. Zeit, mich auf die Verkostung des Schaumweins vom Weingut in Alkersum zu konzentrieren. Ich koste einen weiteren Schluck, lasse ihn auf der Zunge perlen und schließe die Augen. »Er ist fruchtig und leicht. Ich könnte ihn mir gut als Aperitif vor einem Fischgericht vorstellen. Doch im Abgang ist da noch etwas anderes, sehr Spannendes … warten Sie …« Nach der Verkostung der beiden Weißweinsorten macht es klick. »Ein Hauch Salzwiesenaroma, das ist es. Das macht diesen Sekt und auch den Wein zu etwas ganz Besonderem.«

»Das haben Sie wunderbar beschrieben.« Die Verkäuferin lächelt beseelt. »Natürlich ist es ein Experiment, bei diesem Klima und auf diesem Boden Wein anzubauen, aber ich finde, es lohnt sich. Man spürt eine große Entwicklung seit den Anfängen. Dieser Wein reift mit der Erfahrung derer, die ihn anbauen und sich mit viel Hingabe darum kümmern.«

Das ist mein Stichwort. »Könnten Sie mir netterweise den Kontakt zu jemandem vom Gut herstellen?« Ich erzähle, wer ich bin und was Travel TV plant. »Natürlich wurde schon ein paarmal im Fernsehen darüber berichtet, aber vielleicht gibt es ja einen neuen Aspekt, der noch nicht beleuchtet wurde«, schließe ich hoffnungsvoll.

»Tja, ich weiß nicht so recht …« Die Dame legt die Stirn in Falten. »Was kann man Neues erzählen? Das Château wurde bereits gezeigt, auch ein Interview mit dem Weinbauern, Bilder von der Lese, dem Keltern. Aber warten Sie, womöglich wäre das ja eine Möglichkeit: Ich weiß, dass ein Winzer von der Mosel sich das Ganze demnächst anschauen will und überlegt, eine Kooperation zu starten. Was daraus wird, kann ich natürlich nicht sagen. Geschnackt wird ja viel, wenn der Tag lang ist. Rufen Sie doch am besten einfach unter dieser Nummer an, da kann man Ihnen sicher weiterhelfen. Ich gebe Bescheid, dass Sie sich dort melden.«

Ich bedanke mich für die Hilfe, kaufe je eine Flasche der drei Sorten *Feerwin* und verlasse das Lädchen mit einer Visitenkarte in der Tasche und einem äußerst beschwingten Gefühl. Eine

Tüte in der Hand, hüpfe ich die Treppen hinunter an den Strand und streife dann meine Schuhe ab.

Es ist viel zu lange her, dass ich Nordseewasser auf meiner Haut gespürt habe und der feine Sand meine Fußsohlen gekitzelt und massiert hat.

Voller Vorfreude stecke ich meine Sneakers in die Tüte, kremple die Hosenbeine meiner Jeans hoch und wate los.

Wer braucht schon ein Wellnesshotel, wenn die Nordsee das beste Wellnessmittel überhaupt ist?, frage ich mich, während die Wellen meine Knöchel umspielen, eine Alge sich in meinen Zehen verfängt und weiße Muscheln am Meeresgrund aufblitzen wie Perlen.

Die Nordsee ist das beste Heilmittel, das es gibt – und einfach unvergleichlich schön.

16.

Emmi schaut mich so vorwurfsvoll aus dunklen Knopfaugen an, als wolle sie fragen: »Was soll der Unsinn? Was habt ihr mit mir vor?«

Heute ist Samstag, der Tag, für den Leevke und ich ein erstes Beschnuppern mit Kaninchen Moritz geplant haben, bevor wir gegen Mittag Alva in Wyk von der Fähre abholen.

»Komm, Süße, nun hab dich nicht so«, versucht Leevke das Schäflein zu beruhigen, während ich alles dransetze, Emmi die rote Lämmerdecke überzustreifen. »Rot steht dir super, du wirst schon sehen.«

»Emmi ist nicht wirklich überzeugt«, erwidere ich und überlege, ob das richtig ist, was wir hier tun. »Hast du nicht irgendetwas Beruhigendes in deiner Zaubertrickkiste? Globuli, Aromaöle oder ein Pendel, um sie zu hypnotisieren?«

Doch so unsicher ich auch bin, all dies geschieht auf ausdrücklichen Rat des Tierarztes und des Schäfers. Patchouli findet die Situation ebenfalls seltsam und verfängt sich beim Spielen mit ihren Krallen in der Verpackung, in der vierundzwanzig weitere Deckchen darauf warten, von Emmi im Freien getragen zu werden. Ich hoffe, dass wenigstens ein paar davon heil geblieben sind, denn die Decken sind aus dünnem Plastik und nicht ganz billig.

»Hm, mal überlegen«, erwidert Leevke, die Emmi liebevoll über das Köpfchen streichelt. Einen großen Fortschritt haben wir immerhin erzielt: Auch wenn ich für Emmi die Mama bin, so hat das Schäflein mittlerweile durchaus einen Bezug zu Leevke und lässt sich von ihr sowohl auf den Schoß nehmen als auch streicheln. Dies wiederum passt Patchouli leider gar nicht. Ihre Öhrchen sind steil aufgestellt und seitwärts gedreht, wenn sie mit Emmi in einem Raum ist – eine mehr als deutliche Drohgebärde. Die Katze faucht, streckt ihren Rücken durch und gibt eine Art grollendes Knurren von sich, sobald Leevke sich länger als eine Minute mit dem kleinen Lamm beschäftigt. Ein Grund mehr, Emmi sobald wie möglich zu Moritz ins Gehege zu bringen, schließlich sind Schafe keine Haustiere.

»Puh, geschafft«, freut Leevke sich, nachdem es uns gelungen ist, ohne weitere Hilfsmittel Emmi das neue Kostüm überzustreifen, das verhindern soll, dass sie im Freien friert. Schließlich kann ich ja nicht auf Schritt und Tritt mit der Wärmelampe hinter ihr herrennen. »Mal sehen, ob der Rest auch noch klappt.«

Zum Glück haben wir heute beide ausreichend Zeit für unser tierisches Experiment, denn Leevkes Freundin Gesche vertritt sie im Laden. Und ich bin immer noch in der Warteschleife in Sachen Tove Paulsen.

Die Sonne taucht Föhr in ein helles Licht, es ist windstill, das Thermometer zeigt 19 Grad an, ideale Bedingungen für unser Vorhaben.

»Schau mal, wer da kommt!«, ruft Leevke lockend dem Kaninchen zu, als wir mit der strampelnden Emmi am Gehege im Garten sind. In der Hand hält sie eine Möhre und einige Apfelschnitze, die Moritz inniglich liebt. Wie erwartet hoppelt Moritz auf Leevke zu, stoppt jedoch abrupt, als er Emmi sieht. Der Zwerghase stampft erst auf und trommelt dann energisch mit den Hinterläufen.

Emmi zappelt heftig in meinem Arm und blökt so laut, dass ich mir am liebsten die Ohren zuhalten würde, ließe ich sie dann nicht fallen.

»Mach dir keine Sorgen, Moritz beruhigt sich schon wieder«, spricht Leevke mir Mut zu. Doch sie hat die Rechnung ohne ihr Kaninchen gemacht, das sich nun mit angelegten Ohren fest auf den Boden drückt. Man muss kein Kaninchenexperte sein, um zu erkennen: Der arme Moritz hat panische Angst.

»Komisch, der ist doch sonst nicht so furchtsam«, sagt Leevke besorgt. »Hm, was machen wir denn jetzt?«

»Könnte es sein, dass die rote Decke ihn erschreckt?« Keine Ahnung, ob meine Theorie stimmt, aber einen Versuch ist es wert, auch wenn es beinahe eine Viertelstunde gedauert hat, bis Emmi »angezogen« war.

»Gut möglich«, antwortet Leevke und kniet sich neben ihr Kaninchen, dessen Barthaare so heftig vibrieren wie die Flügel eines Kolibris. »Hey, mein Süßer, hab keine Angst«, raunt sie ihm zu und krault ihn dabei hinter dem linken Ohrlöffel, was Moritz liebt. »Das ist die kleine Emmi, die keine Mama mehr hat. Sie ist genauso allein wie du. Könntest du ihr bitte eine Chance geben, damit ihr Freunde werdet?«

Zu meiner Erleichterung hört das Lämmchen auf zu zappeln und zu blöken. Doch der bedauernswerte, kleine Moritz klebt immer noch so platt am Boden, als würde er sich am liebsten tief im Erdboden einbuddeln.

Ich nestle an Emmis Decke und schaffe es irgendwie, das rote Mäntelchen abzunehmen, ohne es zu zerreißen oder Emmi in den Wahnsinn zu treiben. Dann gehe ich ebenfalls auf die Knie, das kleine Lamm immer noch schützend im Arm.

Und siehe da, das Wunder geschieht: Moritz hebt vorsichtig

sein wunderschönes, pechschwarz glänzendes Köpfchen und sieht uns beide an.

Erst gibt er einen leisen, fiependen Laut von sich, dann richtet er sich ganz auf. Ich setze Emmi vorsichtig auf den Boden, in gebührendem Abstand zum Kaninchen, und schicke ein Stoßgebet Richtung Himmel. *Das muss klappen!*

Das Schäfchen schwankt erst ein wenig hin und her, als wäre es bei hohem Seegang auf einem Schiff, doch dann schnuppert es neugierig am frischen, saftigen Gras.

Moritz fixiert Emmi aus dunklen Augen, bewegt sich aber kein Stück.

Leevke und ich verfolgen das Schauspiel mit angehaltenem Atem und ohne uns auch nur einen Millimeter zu rühren. Gerade als ich denke, mir brechen gleich die Knie durch, tastet Emmi sich behutsam in Richtung Moritz vor.

Und das Kaninchen? Erst macht es große Augen, doch dann hoppelt es zu meiner großen Freude Emmi entgegen.

Erst zaghaft, dann schneller. Als die ihre kleine rosa Zunge herausstreckt und Moritz über das Fell schleckt, setzt mein Herzschlag für eine Nanosekunde aus. Doch Moritz lässt sich diese zärtliche Berührung nicht nur gefallen, nein, er genießt sie sogar. Irgendwann legt er sich mit nach hinten gelehnten Hinterbeinen hin, stützt sein Kinn auf die Vorderpfoten und legt die Ohren an.

»Experiment geglückt«, flüstert Leevke, die neben mir hockt, und drückt meine Hand. »Das ist bei Kaninchen das Zeichen für totale Entspannung. Ich glaube, wir sollten die beiden jetzt allein lassen.«

Wir verlassen das Freigehege und schließen das Gatter, über das Emmi problemlos hinweghüpfen könnte, wenn sie wollte.

Dafür müssen wir bald eine andere Lösung finden, sollte sie tatsächlich bei Leevke und Moritz bleiben.

»Ich hole Kaffee, und dann setzen wir uns auf die Bank und beobachten von da aus, ob die beiden sich weiterhin so gut vertragen«, wispert Leevke. Vermutlich hat sie Sorge, dass ein winziger Hauch von Lautstärke den Zauber dieses Augenblicks unwiederbringlich zerstören könnte.

In diesem Moment vibriert mein Handy, der Anruf kommt von Tove Paulsens *Büro*. Sofort gehe ich vors Haus, um die beiden Tiere nicht zu stören. »Hallo, Frau Hering, nett, dass Sie sich melden. Was gibt's Neues?«

»Freut mich, dass Sie so gut gelaunt sind«, lautet ihre Antwort. »Allerdings habe ich keine guten Nachrichten für Sie. Der Herr Kapitän bleibt bei seiner Meinung. Tut mir leid.«

Mist! Was mache ich denn jetzt?

Die Zeit zerrinnt mir wie Sand zwischen den Fingern, was Evangeline mit Sicherheit auf die Palme bringen wird.

Jetzt kann ich nur noch hoffen und beten, dass ein weiteres Wunder geschieht.

Oder ich muss mir etwas ganz, ganz Tolles einfallen lassen, was einem Wunder gleichkommt. Aber was?

»Schlechte Nachrichten?«, fragt Leevke und drückt mir einen dampfend heißen Becher Kaffee mit Schoko-Chili-Aroma in die Hand.

Betrübt erzähle ich ihr von Tove Paulsens unnachgiebiger Haltung.

Momentan weiß ich mir nicht anders zu helfen, ich muss jemanden um Rat fragen, der ihn gut kennt. Und dieser jemand ist Hark Bendix. Doch Hark ist leider mal wieder nicht erreichbar. Ich hinterlasse eine Nachricht auf seiner

Mailbox mit der Bitte um Rückruf und erwähne dabei auch, dass ich heute Abend auf der EP-Revival-Party in Wrixum bin.

»Hey, Mädels, schön, euch zu sehen«, ruft Alva am Fähranleger und fällt erst Leevke, dann mir um den Hals. »Habe ich nicht perfektes Wetter für uns bestellt?!«

»Hast du super gemacht«, lobe ich Alva und schnappe mir den kleineren der beiden Trolleys.

»Du siehst toll aus«, sagt Leevke und grinst. »Keinen Tag älter als neunundzwanzig. Und, was wollen wir machen? Gleich nach Nieblum oder lieber erst mal hier an den Strand?«

»Was für eine Frage. Ich freue mich schon die ganze Woche auf die Föhrer Strandbars. Kann ich meine Klamotten bei dir ins Auto schmeißen, damit ich sie nicht mitschleppen muss?«

Nachdem wir Alvas Gepäck verstaut haben, spazieren wir zu dritt erst Arm in Arm den Sandwall hinunter, dann den Südstrand, vorbei am AQUAFÖHR und am Leuchtturm Olhörn, in Richtung der Wyker Surfschule, die am Strandabschnitt 13 liegt. Das Bistro veranstaltet in den Sommermonaten legendäre Beachpartys mit Livemusik, man kann dort wunderbar einen Sundowner mit Blick aufs Meer und die Halligen trinken und abends – bis der letzte Gast gezahlt hat – entspannt in einem der vielen Strandkörbe abhängen.

»Leute, wieso bin ich nur so lange nicht mehr hier gewesen?«, fragt Alva, eine fette Gucci-Sonnenbrille auf der Nase und, wie ich sie kenne, Creme mit Lichtschutzfaktor 50 auf der Haut. »Diese Luft, diese wunderbar frische Brise, dieses unvergleichliche Licht und diese traumhafte Weite. Ich hatte ganz vergessen, wie unfassbar schön Föhr ist. Eigentlich die schönste Insel überhaupt.«

»Ganz schön viel Lob und Superlative«, erwidert Leevke schmunzelnd. »Was soll ich denn jetzt darauf sagen, außer dass du offenbar nur noch an deinen Job denkst und darüber deine alte Heimat vollkommen aus den Augen verloren hast? Wie gut, dass Minnie dich wieder hierhergelockt hat.«

Ich bin ebenso hingerissen vom Strand wie Alva. Natürlich hat sich dieser Abschnitt verändert, seit ich zuletzt hier war, aber zum Glück nicht zum Negativen. Nicht nur Urlauber freuen sich über die neuen Locations mit Nordseeblick, auch die Insulaner. Um uns herum lagern Surfbretter, Katamarane, kleine Boote und alles, was man zum Kitesurfen und Stand-up-Paddeln braucht. Der Südstrand ist eben der Hotspot für alle Wassersportler.

»Rrrrrrr, diese Kiter sind echt sexy«, sagt Alva und schmachtet zwei Kitesurfer an, die ihre bunten Segel in den tiefblauen Himmel steigen lassen. »Treffen wir solche Exemplare heute Abend beim Tanzen?«

»Ich fürchte, eher nicht«, erwidert Leevke grinsend. »Diese EP-Revival-Partys haben zwar Kultstatus, ziehen aber vorwiegend ein älteres Publikum an. Aber vielleicht hast du ja Glück, und einer von den Jungs strandet gleich zu deinen Füßen. Wie sieht's aus, Mädels? Wer hat Lust auf einen Drink mit Schuss zur Feier des Tages?«

»Ich bin dabei«, erwidert Alva und besetzt sofort einen der Strandkörbe mit Logenplatz am Wasser. »Für mich Hugo und für Minnie Aperol Spritz, wie ich unser Küken kenne. Und? Wie läuft's so in eurer Tier- und Mädels-WG?«

Nachdem wir unsere Bestellungen aufgegeben haben, erzählen Leevke und ich abwechselnd von unseren Erlebnissen.

»Ihr habt die beiden jetzt aber nicht unbeaufsichtigt zusammen im Gehege gelassen, oder?«, fragt Alva, nun über die erste Begegnung von Emmi und Moritz im Bilde.

»Nein, natürlich nicht«, sagt Leevke. »Emmi liegt wieder in ihrem Körbchen. Ist schon super, dass die beiden sich heute erst mal beschnuppert haben, der Rest ergibt sich dann sicher nach und nach. Ich hoffe wirklich, dass unser Plan aufgeht, sonst hat Minnie auf Dauer ein Problem.«

»Ich versuche gerade, mir Minnie mit Emmi auf dem Arm bei einer Redaktionskonferenz vorzustellen«, kichert Alva, sichtlich angeheitert von ihrem Drink. »Das findet Evangeline sicher ganz *ähbäh* und wirft Minnie sofort raus. Mütter, die ihre Kinder mit zum Job nehmen müssen, weil die Nanny krank ist, kommen im Berufsalltag nicht gut an. Hey, Minnie, du bist jetzt eine Working Mum, ist dir das eigentlich klar?«

Ich knurre: »Und ob mir das klar ist.« Ich finde diese Situation allerdings nur bedingt komisch. Schließlich kann ich Emmi nur dann guten Gewissens auf Föhr lassen, wenn alles im besten Sinne für das Schäflein geregelt ist.

»Nun mach ihr doch bitte keine Angst«, springt Leevke mir bei. »Sie hat sich bislang so tapfer gehalten, obwohl Emmi zwar süß, aber auch echt anstrengend ist. Ich rechne es Minnie hoch an, dass sie sich die Nächte um die Ohren geschlagen hat und sich so liebevoll um die Kleine kümmert. Das hätte nicht jeder getan.«

»Und kaum einer hätte seine Vogelphobie überwunden, um ein Lamm zu retten«, sagt Alva und streichelt meinen Arm. »Das ist eine ganz, ganz große Heldentat. Sorry, ich wollte dich nicht ängstigen, aber ihr müsst schon zugeben, dass diese Geschichte mit Emmi ungewöhnlich ist und auch etwas durchaus Komisches hat.«

»Du hast eine Vogelphobie?!« Leevke mustert mich erstaunt. »Woher kommt die denn?«

»Tja, Vorsicht bei der Filmauswahl, kann ich da nur sagen«,

antwortet Alva. »Ist eben nicht gut, wenn man schon als Achtjährige heimlich einen Horrorfilm wie Hitchcocks *Die Vögel* schaut. Hätte Rieke dich damals erwischt, wäre dir einiges erspart geblieben, meine Süße.«

»Also dann, auf Minnie, unsere Heldin«, sagt Leevke und hebt ihr Glas. »Und darauf, dass Emmi und Moritz ganz schnell ziemlich beste Freunde werden. Und natürlich auf uns drei. Toll, dass wir zusammen ein paar Tage auf Föhr verbringen können.«

17.

Ein samtblauer Nachthimmel legt sich über Föhr, als wir drei zum Alt Wrixumer Hof radeln.

Heute erleuchtet der Vollmond die Rundföhrstraße in Richtung Wyk und verleiht der Insel etwas zauberhaft Mystisches.

»Ich habe dich bislang noch nie auf einem Fahrrad gesehen«, ziehe ich Alva auf, die majestätisch, aber auch ein wenig steif auf dem Sattel des Rads sitzt, das wir kurzerhand für sie bei Dörte Nielsen ausgeliehen haben. »Steht dir aber gut.«

»Na, hör mal, ich bin sporty Alva, schon vergessen?«, empört sie sich und tritt noch fester in die Pedale.

Zehn Minuten später stellen wir unsere Räder vor dem altehrwürdigen Café ab, in dessen hinteren Räumen ein kleiner Festsaal untergebracht ist, der in den 60er- und 70er-Jahren auf Föhr einen ähnlichen Kultstatus besessen hat wie das *Erdbeerparadies*. Ich kenne allerdings nur das Café, weil Rieke dort ab und zu Kuchen und Torten kaufte, und bin gespannt darauf, was uns erwartet.

»Hach, ist das toll!«, ruft Alva aus, nachdem wir den Raum betreten haben, in dem die Partygäste als geschlossene Gesellschaft feiern. Die Veranstalter verlangen keinen Eintritt, man kommt nur auf Einladung – in unserem Fall von Leevke – hinein. Zur Kostendeckung wird ein Spendenhut herumgereicht, der am Ende des Abends randvoll mit Geld ist. »Krass, da ist ja das Originalschild mit den Erdbeeren, das früher über der Bühne des EP hing.«

»Und seht euch mal die tolle Erdbeerdeko an, die in den Rundbögen angebracht wurde«, rufe ich vollkommen verzückt. »Das ist ja genial.«

Ich fühle mich erneut wie in einer Zeitreisemaschine, gleich kommt bestimmt mein Ex-Freund Andreas um die Ecke, und wir tanzen eng umschlungen zu den Klängen einer Ballade.

Meine Augen wandern durch den Raum, auf der Suche nach dem Mann, mit dem ich viel lieber tanzen würde als mit meinem Ex. Doch keine Spur von Hark Bendix. Wie schade!

Auf der kleinen Bühne steht das Mischpult des DJs, auch genau wie früher.

Ob man sich auch Songs von ihm wünschen kann?

»Mädels, ich gebe eine Runde EP-Cocktails aus, wenn es hier welche gibt«, ruft Alva und stürmt in Richtung Bar.

Leevke begrüßt viele Bekannte, und ich fühle mich ein bisschen verloren. Es ist einfach zu lange her, dass ich auf Föhr war, ich kenne niemanden hier.

»Dein Undone-Look passt übrigens viel besser hierher als nach Bamberg«, sagt Alva, als sie mit den Getränken zurückgekehrt ist und mir ein Glas Prosecco, gemischt mit Erdbeerlimes und Eiswürfeln, in die Hand drückt. Mit *undone* meint Alva, dass ich fast ungeschminkt bin und nichts Besonderes mit meinen Haaren gemacht habe, weil das wegen des Fahrradfahrens eh vergebliche Liebesmüh gewesen wäre. Außerdem hatte ich tatsächlich nichts Passenderes im Gepäck als einen Jeansrock, den ich mit eher derben Stiefeln kombiniert habe. Das einzige Zugeständnis an die Tanzveranstaltung ist ein grausilbernes Glitzertop von Alva, das mir immer wieder über die Schultern rutscht, weil der Ausschnitt so weit ist.

»Findest du?«, frage ich ein wenig unsicher und verrenke mir gleichzeitig beinahe den Hals bei dem Versuch, jeden Neuankömmling genauestens ins Visier zu nehmen.

Gar nicht so einfach, denn nach und nach füllt sich der Saal. Ich hoffe, es bleibt noch genug Platz zum Tanzen.

»*Take me to church* von Hozier, das ist mein Song«, ruft Leevke begeistert und zerrt uns Richtung Tanzfläche, auf der schon die Ersten paarweise loslegen oder einzeln beziehungsweise in Frauengrüppchen. Sie bewegt sich genauso grazil und bezaubernd, wie sie aussieht. Bestimmt macht sie Yoga oder Pilates, vielleicht auch Ballett.

Alva tanzt, wie sie sich auch sonst gebärdet: expressiv, mit selbstbewusst gerecktem Kinn und ausladenden Bewegungen. Wer ihr in die Quere kommt, sollte sich schleunigst in Sicherheit bringen, sonst bekommt er versehentlich eine verpasst.

Ich selbst brauche immer ein bisschen Zeit, bis ich in Stimmung komme, so gern ich auch tanze. Es muss der perfekte Song, das perfekte Licht und der perfekte Moment sein, sonst kann es passieren, dass ich einen ganzen Abend im Klub verbringe, ohne ein einziges Mal getanzt zu haben.

Gerade als ich denke: *Was soll's? Hier kennt mich ja eh keiner*, entdecke ich ihn. Er kommt durch die Tür und scannt den Raum ab. Mein Herz beginnt zu flattern wie Segel im Sommerwind.

Sucht Hark etwa nach mir? Tatsächlich steuert er direkt auf mich zu und lächelt, als er »Moin« sagt. Diesmal trägt er eine Jeans und ein blaues Leinenhemd, das lässig über seine Hose fällt.

»Heute ohne Aiko hier?«, frage ich, weil mir gerade nichts anderes einfällt. Wenn Hark mich allmählich für grenzdebil hält, kann ich es ihm nicht verdenken.

»Aiko ist heute auf einer anderen Party, lässt aber herzlich grüßen«, erwidert er und deutet dann auf den Drink in meinem Glas. »Ist das etwa ein EP-Cocktail?«

Ich nicke und trinke einen kräftigen Schluck. Hark muss ja nicht sehen, dass mein Gesicht gerade so rot ist wie der Erdbeerlimes.

Doch er schaut sich erst mal im Saal um und sagt: »Die haben hier ja wirklich an alles gedacht, toll!«

»Bist du denn, äh … sind Sie denn zum ersten Mal auf so einer Revival-Party?«

»Wir können uns gern duzen, ich bin Hark«, sagt er und gibt mir feierlich die Hand. In diesem Moment tanzen Alva und Leevke an uns vorbei und glotzen beide so auffällig in meine Richtung, dass ich am liebsten im Erdboden versinken würde.

»Und ich bin Minnie. Also eigentlich Minerva, aber das klingt so bescheuert und hochtrabend. Keine Ahnung, was sich meine Eltern dabei gedacht haben.«

Hark schmunzelt. »Sie wollten dir auf alle Fälle keinen Nullachtfünfzehn-Namen geben. Du bist in ihren Augen eben etwas Besonderes, das ist doch toll.«

Hm, so habe ich das noch nie betrachtet.

»Und um deine Frage zu beantworten: Ich bin tatsächlich zum ersten Mal auf einer dieser Partys. Und ich war schon seit Ewigkeiten nicht mehr aus.«

Ist das so, wenn man Witwer ist? Vergräbt man sich daheim und lässt das Leben an sich vorüberziehen, ohne es wirklich zu leben?, würde ich am liebsten fragen, doch ich beiße mir auf die Zunge.

Alva pirscht sich beim Tanzen immer dichter an uns heran, und ihre korallenroten Lippen formen lautlos die Frage: Ist das der Förster?

Ich nicke.

»Also danke, dass du mich hierhergelockt hast.«

Hilfe, ich stehe in Flammen. Hat Hark gerade gesagt, dass er meinetwegen hier ist?!

»Es ist schön, mal wieder ein paar bekannte Gesichter zu sehen und aus dem üblichen Trott herauszukommen. Der nächste EP-Cocktail geht auf mich, denn wie's scheint, brauchst du einen neuen.«

Oops. Fehlanzeige. Er wollte gar nicht *mich* sehen, sondern einfach mal wieder ausgehen und Spaß haben.

»So, und was kann ich in Sachen Tove Paulsen für dich tun?«, fragt er, als er mit zwei Drinks in der Hand zurück von der Bar kommt. »Aber, halt. Wollen wir nicht lieber etwas weiter weg von der Tanzfläche reden, sonst sind wir morgen komplett heiser.«

Ich folge ihm in Richtung Ausgang, wo es tatsächlich ein bisschen ruhiger ist. Viel lieber wäre ich jetzt aber mit ihm auf einer Waldlichtung, beschienen vom Vollmond.

Oder am Strand, eingemummelt in eine warme Decke, um auf die Halligen oder in Utersum auf die Nachbarinseln Amrum und Sylt zu schauen. Doch stattdessen lehne ich mit dem Rücken an der eiskalten Wand und klammere mich an meinem Glas fest wie eine Ertrinkende am Rettungsring. Hark Bendix macht mich so nervös wie noch nie ein Mann zuvor.

Wenn Cordt das wüsste, wäre er zutiefst verletzt. Bei ihm habe ich mich nicht eine Sekunde lang so gefühlt wie mit Hark.

Was ist denn nur auf einmal los mit mir? Habe ich so etwas wie eine verfrühte Midlife-Crisis? Oder bin ich mit irgendeinem Virus infiziert, dessen Namen ich nicht kenne?

»So, und nun noch mal von vorn. Was ist denn jetzt genau das Problem mit Tove?«, fragt Hark.

Ich berichte ihm von meinem gescheiterten Versuch, den Kapitän der *Ankerherz* im *Kehrwieder* anzusprechen, und von der Absage durch Mona.

Hark hört aufmerksam zu, das kann nicht jeder Mann. »Ich würd's einfach noch mal probieren, wenn Tove wirklich so wichtig für den Beitrag ist. Er ist zwar stur, aber zum einen garantiert nicht immun gegen den Charme einer jungen, hübschen Frau. Und zum anderen imponieren ihm Mut und Beharrlichkeit. Einen weiteren Tipp kann ich dir leider nicht geben. Aber jetzt mal was ganz anderes: Wie geht's denn der kleinen Emmi? Ist sie immer noch bei euch?«

Ich schmelze dahin wie das Eis in meinem EP-Cocktail. Wie süß von Hark, nach dem Lämmchen zu fragen.

»Ja, das ist sie. Leevke und ich spielen Hotel Mama und hoffen, dass sie nach einem Abitur mit Bestnote auszieht, sobald sie einen Studienplatz hat.«

Hark lächelt und prostet mir zu. »Auf Emmis Wohl, und darauf, dass du zur richtigen Zeit am richtigen Ort warst. Es wäre wirklich traurig gewesen, wenn sie das nicht überlebt hätte.«

Ich will gerade antworten, als ein blonder Wirbelwind auf Hark zustürmt, ihm um den Hals fällt und ihn auf den Mund küsst.

Das junge Mädchen hat so lange, traumhaft glänzende Haare, als wäre es gerade einem Werbespot für L'Oréal entsprungen. Wer ist dieses bildhübsche Mädchen, das dem ähnelt, das ihn von der Fähre abgeholt hat?

»Hey, hey, Kerstin, ist ja gut«, sagt Hark. »Du tust ja gerade so, als hätten wir uns nicht heute Morgen zuletzt gesehen.«
Heute … morgen?!

Kerstin hat dummerweise noch ganz andere Vorzüge: Sie ist beneidenswert groß, schlank und trotzdem kurvig. Das bauchfreie Top lässt keinen Zweifel daran, dass sie entweder viel trainiert oder tolle Gene hat. Ihre hellbraunen Augen strahlen die Wärme eines Kachelofens an einem Wintertag aus, und ihre Gesichtszüge sind so ebenmäßig, als hätte sie jemand extra so gemeißelt. *Arrgggh!*

Doch das Allerschlimmste ist, dass sie absolut natürlich wirkt. Ich starre auf ihren Schwanenhals, um den sie eine Kette mit einem Anhänger mit dem Buchstaben S trägt.

»Ach, nun hab dich nicht so«, erwidert Kerstin lachend. »Ich freue mich einfach darüber, dass du zur EP-Party gekommen bist. Wir beide haben schon so ewig lange nicht mehr miteinander getanzt.« Sie zieht Hark mit sich, und er folgt ihr wie hypnotisiert.

Hallo?! Ich war zuerst da!

»Oh, oh, was ist das denn für eine Bitch?«, fragt Alva, schaut den beiden kopfschüttelnd hinterher und legt einen Arm um meine Schulter. »Tut mir leid für dich, Süße.«

»Und mir erst«, flüstere ich, während sich mein Magen zusammenkrampft.

Der Abend hatte doch so schön begonnen. Nun habe ich erst recht keine Lust mehr zu tanzen …

18.

Etwas Feuchtes, Schlabbriges fuhrwerkt in meinem Gesicht herum. Es gibt merkwürdige Geräusche von sich und riecht ein bisschen streng.

Durch meine geschlossenen Augenlider dringt Licht, meine Hände ertasten etwas wollig Weiches, dann ertönt ein Alarm:

Guten Morgen, Welt, es ist Fütterungszeit.

»Moin, Emmi«, murmele ich, Auge in Auge mit dem kleinen Lamm, das mich aufmerksam anschaut und dann erneut mit seiner Zunge über mein Gesicht schleckt. »Du bist ja schon wieder in meinem Bett. Wann habe ich dich denn da reingelassen? Ich muss wirklich bekloppt sein.«

Und handle komplett gegen den Rat des Schäfers.

Doch Emmi interessiert kein bisschen, was ich über pädagogische Grenzen denke, denn sie will nur eins: ihr Frühstück. Schlaftrunken hangle ich nach der Flasche, die griffbereit auf dem Boden liegt, setze mich auf und nehme das Schäflein auf den Schoß.

Es beginnt gierig zu saugen, und auch mein Magen knurrt.

»Das sieht ja süß aus«, ertönt es vom anderen Ende des Raums. Alva ist wach. Sie hat tatsächlich darauf bestanden, bei mir im Zimmer auf der Luftmatratze zu schlafen, sehr zu Leevkes Erstaunen. Alva schält sich aus dem Berg von Decken, unter dem sie lag, tappt barfuß in meine Richtung und setzt sich neben uns auf die Bettkante. »Gott, die Kleine ist so knuffig.

Willst du sie nicht doch mit nach Bamberg nehmen? Ich erkläre mich sogar bereit, sie zu sitten, wenn du mal ausgehen möchtest. Darf ich sie streicheln, während sie trinkt?«

Ich antworte: »Versuch's doch einfach«, weil ich mir inständig wünsche, dass Emmi auch andere Kontakte zulässt.

Zaghaft streichen Alvas rot lackierte Nägel über Emmis Vorderpfötchen, deren Fell sich von Tag zu Tag grauer färbt. Die beiden hinteren sind weiß, das ist wirklich ein putziger Kontrast. Emmi zuckt kurz, dann trinkt sie weiter. »Kann es sein, dass sie kitzelig ist?«, fragt Alva amüsiert. »Du hast doch auch so empfindliche Fußsohlen. Tja, wie die Mutter, so die Tochter.«

»Moin, ihr drei, möchte jemand Kaffee?« Vor uns steht Leevke und balanciert ein Tablett mit einer Thermoskanne, drei Bechern, Milch und drei Schokocroissants.

Wir stürzen uns dankbar auf das Frühstück. Der frisch gebrühte Kaffee schmeckt himmlisch, die Füllung der Croissants ist geschmolzenes Glück. Mittlerweile bin ich schon richtig geübt darin, Emmi zu halten und gleichzeitig etwas zu essen oder zu trinken. Allerdings muss ich auch zugeben, dass die Kleine viel ruhiger geworden ist und nicht mehr so doll zappelt wie in den ersten Tagen.

»Na, worauf habt ihr heute Lust? Es sollen fünfundzwanzig Grad werden, bei absoluter Windstille. Eigentlich der perfekte Tag, um ihn am Meer zu verbringen«, sagt Leevke und schaut verträumt aus dem Fenster. Oh ja, so ein Strandtag, das wär's jetzt. Da heute Sonntag ist, kann ich eh kaum etwas für die Reportage vorbereiten, außerdem brauche ich dringend Ablenkung und Spaß. Denn ich darf auf gar keinen Fall über Hark und Kerstin nachdenken, sonst zerreißt es mich in Stücke.

Wir haben gestern nach dem Auftauchen von Kerstin weder

miteinander getanzt noch gesprochen, da sie ihn komplett mit Beschlag belegt hat.

Um zwei Uhr morgens sind wir drei zurück nach Nieblum gefahren. Leevke und Alva bestens gelaunt – und ich schwer deprimiert.

»Ich bin dabei.« Alva klatscht begeistert in die Hände. »Und die da sieht aus, als müsste sie dringend mal an die frische Luft und auf andere Gedanken kommen.« Mit *die da* bin ich gemeint. »Meinst du, wir können Emmi mitnehmen?«

Leevke streichelt Emmis Köpfchen. »Das müssen wir wohl, wenn wir nicht alle vier Stunden wieder zurück nach Nieblum fahren wollen. Ich hätte große Lust, mit euch nach Utersum zu radeln und später auf dem Deich ein Picknick zu machen. Wir haben heute garantiert einen fantastischen Sonnenuntergang.«

»Au ja, das ist eine super Idee!« Beim Wort Picknick kommt wieder Leben in mich.

Oma Rieke und ich haben das früher auch gern gemacht. Als ich klein war, bei ihr im Garten unter dem Kirschbaum, später ebenfalls in Utersum mit Blick auf Amrum und Sylt. Dabei hat Rieke mir in der Dämmerstunde spannende nordfriesische Sagen erzählt, zum Beispiel von der tapferen Sylterin Merret Lassen oder dem Meergott Ekke Nekkepenn, der versunkenen Stadt Rungholt oder dem Amrumer Seefahrer Hark Oluf.

»Lasst es uns einfach riskieren. Notfalls fahre ich eben mit Emmi zurück. Mal schauen, wie sie es findet, vorn im Fahrradkorb zu sitzen. Na, Emmi, das wäre doch ein aufregendes Abenteuer, oder?«

Die Kleine legt das Köpfchen schräg und rülpst – auch 'ne Antwort.

»Irgendjemand muss Emmi mal beibringen, dass Aufstoßen und Pupsen nicht besonders ladylike ist«, sagt Alva grinsend.

»Auch wenn sie noch ein Baby ist, Manieren kann man nie früh genug lernen.«

Leevke und ich brechen in Gelächter aus, Alva macht ein beleidigtes Gesicht. »Was denn, was denn? Ich möchte doch nur das Beste für unsere Kleine, weiter nichts.«

Zu meinem großen Erstaunen macht Emmi kein Theater, sondern lässt sich widerstandslos von mir in den Fahrradkorb setzen. Dick eingemummelt in ihre hellblaue Fleecedecke, darunter tatsächlich die rote Plastikdecke, für den Fall, dass es am Meer doch windig sein sollte.

Leevke und Alva transportieren in ihren Körben den Proviant für einen Tag am Meer inklusive Windschutz, Picknickdecke und Windlichtern – und ich ein Schaf.

Die Strecke führt uns zuerst nach Goting, dann nach Borgsum, in die Nähe des Ringwalls Lembecksburg. Wir müssen ganz schön strampeln, denn wir haben Gegenwind – perfekt für Frustabbau. Jedes Mal, wenn mir die Namen Hark und Kerstin in den Sinn kommen, trete ich voller Wucht in die Pedale und rufe mir in Erinnerung, wie gut Bewegung für meine Fitness ist. Genau wie gegen die unschönen Dellen meiner Oberschenkel. Kerstin kennt Cellulite garantiert nur vom Hörensagen, denke ich wutentbrannt, während Emmi vergnügt in ihrem Körbchen sitzt und von diesem Logenplatz aus die Umgebung betrachtet.

Ihre Plüschöhrchen flattern fröhlich im Wind, ab und zu gibt sie ein Blöken von sich, insbesondere als wir kurz vor Hedehusum erst eine Kuhherde mit süßen Kälbchen sehen und später Schafe.

»Schau mal, das sind deine Artgenossen«, erkläre ich ihr. »Wenn du groß und stark bist, sorgen wir dafür, dass du dich einer Herde anschließen kannst, so, wie es sich für ein richtiges

Schaf gehört. Dann hast du Freunde zum Spielen und zum …« Ich will gerade *Reden* sagen, da fällt mir ein, dass ich Emmi nicht vermenschlichen darf. Schlimm genug, dass ich ab und zu schon von *uns* und *wir* spreche.

»Ihr beide seid echt putzig«, sagt Alva, die ihr Tempo etwas drosselt und nun neben mir herfährt. Leevke fährt voran, schließlich kennt sie sich auf Föhr am besten aus. »Wie füreinander geschaffen. Wird es dir nicht schwerfallen, dich wieder von ihr zu trennen?«

Ein wenig widerwillig murmele ich: »Doch, ich glaube schon. Momentan kann ich mir eh kaum vorstellen, wieder zurück nach Bamberg zu fahren, obwohl ich hier gerade in einer Sackgasse stecke.«

»Sackgasse?!« Alva hebt ihre rechte Augenbraue.

»Läuft ja hier nicht ganz so rund«, erkläre ich. »Meine Recherchen für den Beitrag stagnieren, in Bamberg schmeißt sich Laura gerade an Evangeline ran, und …«

»… Hark datet dieses wunderhübsche Mädchen«, vervollständigt Alva gnadenlos die Liste meiner aktuellen Flops. »Hast du Leevke gefragt, ob sie weiß, wer Kerstin ist und in welcher Beziehung sie zu ihm steht?«

Nee, habe ich nicht, denn ich wollte mir keine Blöße geben!

»Natürlich weiß ich das«, tönt es von Leevke. »Kerstin ist die jüngere Schwester von Harks verstorbener Frau Simona.«

Oh! Damit hatte ich nun wirklich nicht gerechnet. Vielleicht steht ja das S an Kerstins Kette für den Namen ihrer verstorbenen Schwester.

»Und was bedeutet das konkret?«, fragt Alva. »Ist das Verhältnis zwischen den beiden rein freundschaftlich, eher familiär, oder ist Kerstin in ihn verknallt? Sie hat sich gestern Abend ganz schön an ihn rangeschmissen, findet ihr nicht?«

Es ist schon ein bisschen ungewöhnlich, derartige Themen während einer Fahrradtour zu besprechen, aber mir brennt das Thema auf den Nägeln, und ich bin Alva dankbar dafür, dass sie die Dinge mal wieder auf den Punkt bringt.

»Dem Inseltratsch zufolge war Kerstin schon immer hin und weg von Hark, aber sie ist nun mal erst fünfundzwanzig und war praktisch noch ein Kind, als Hark und Simona ein Paar wurden«, erklärt Leevke. »Das Einzige, was ich weiß, ist, dass sie sich ein paar Tage nach Simonas Tod von ihrem damaligen Freund getrennt hat, angeblich, um für Hark da zu sein und gemeinsam mit ihm zu trauern.«

»Aha!«, erwidern Alva und ich synchron. Dann fahren wir stumm weiter, bis kurz vor Utersum, der westlichsten Ortschaft Föhrs. Leevke folgend, biegen wir auf den Waaster Jügem ab. Ich rieche das Meer, bald sind wir am Strand.

»Du könntest dieser Kerstin die Utersumer Oterbaankin auf den Hals hetzen«, schlägt Alva vor, als wir uns den grasbewachsenen Hügelgräbern von Triibergem nähern. »Dann lässt sie ganz schnell die Finger von Hark.«

»Du kennst die Oterbaankin?!«, frage ich erstaunt. »Seit wann hast du denn was mit Mythologie am Hut?«

Oma Rieke hat mir erzählt, dass die Utersumer Oterbaankin zu den Föhrer Puken gehören, allerdings den Menschen nicht so wohlgesinnt sind wie die meist freundlichen Hauskobolde.

»Ich wundere mich auch«, stimmt Leevke zu und lächelt breit. »Scheint, dass deine Föhrer Wurzeln allmählich wieder durchschlagen.«

Föhrer Wurzeln, denke ich versonnen, als das frei stehende, rot geklinkerte *Haus des Gastes* in Sichtweite kommt, in dem das Restaurant *Nordseebrise* untergebracht ist.

Nur noch zehn Meter, dann sind wir am Meer. Dem Meer,

das die Insel umspielt und umspült, sie liebkost, sie umtost und mit den Nachbarinseln verbindet.

Alva und Leevke sind hier geboren, ich in Bamberg. Die Eltern beider stammen jeweils von Föhr, mein Vater ist Franke. Dennoch habe ich von Tag zu Tag mehr das Gefühl, stärker mit dieser Insel verbunden zu sein als mit Bamberg.

»Ist das schön!«, ruft Alva begeistert aus, nachdem wir angekommen sind, unsere Räder am *Haus des Gastes* abgestellt haben und endlich auf dem Deich stehen.

Von oben haben wir einen fantastischen Blick auf die Nordsee. Auch hier wurden noch nicht alle Strandkörbe aufgestellt, viele von ihnen sind mit Holzgittern verschlossen.

»Schau mal, Emmi, das ist das Meer«, erkläre ich dem Schäflein, das ich kurzerhand aus dem Korb und auf meinen Arm genommen habe. Ich stehe am Wassersaum, links neben mir die Seebrücke, deren grün bemooste Pfähle von der Nordsee umspült werden. Der Sand ist hier goldgelb, durchsetzt von Muscheln, Steinchen und Austernschalen.

Ab und zu sieht man auch eine Glasscherbe, die die See gerundet und in Milchglas verzaubert hat.

Emmi gibt ein sanftes Blöken von sich, ihr Näschen zuckt, begeistert davon, wie wunderbar die Föhrer Seeluft duftet.

»Dieses Meer ist übrigens nicht immer so nah wie gerade jetzt«, fahre ich fort. »Es ist tideabhängig und zieht sich immer mal wieder zurück. Das nennt man Ebbe und Flut. Das, was du da vorn am Horizont siehst, sind die beiden Nachbarinseln Sylt und Amrum. Sylt ist ein bisschen mondän, Amrum sehr urig. Vielleicht können wir da ja mal gemeinsam hinfahren.«

Oh Mann, Minnie! Wie blöd kann man eigentlich sein?

Erstens interessiert Emmi das alles kein Stück, und zweitens werde ich nirgendwohin mit ihr fahren. Sie ist ein Schaf, und ich lebe nicht auf Föhr, also Schluss mit dem Unsinn.

»Na, wie gefällt's Emmi hier?«, fragt Alva, die sich zu mir gesellt. Leevke ist offensichtlich noch damit beschäftigt, alles für unseren Strandtag und das Picknick vorzubereiten.

Wieder ertönt ein sanftes *Mäh*, dann schmiegt Emmi ihr Köpfchen an meine Brust. Ich darf gar nicht daran denken, dass ich sie bald auf Föhr zurücklassen muss.

Ich antworte: »Anscheinend ganz gut«, dann fällt mir siedend heiß ein, dass ich genau jetzt auf dem Weingut anrufen soll, um einen Termin zu vereinbaren. »Kannst du sie bitte mal eben halten? Ich muss telefonieren.«

Emmi ist zunächst verwirrt, weil ich sie an Alva übergebe, aber das geht jetzt nicht anders, ich muss arbeiten.

Am anderen Ende der Leitung meldet sich eine freundliche Dame, die meinen Anruf bereits erwartet hat. Ich erzähle ihr, wer ich bin, was Travel TV plant und dass ich weiß, dass zurzeit ein Winzer von der Mosel auf dem Weingut ist, um über eine mögliche Kooperation zu sprechen.

Alva beobachtet mich aufmerksam und versucht dabei die strampelnde Emmi zu bändigen, der es gar nicht behagt, dass ich mich nicht um sie kümmere. An einem fremden Ort, in den Armen einer nahezu fremden Person, das ist offensichtlich zu viel für die Kleine.

»Könnt ihr auf Emmi aufpassen? Ich muss leider wieder los«, sage ich, nachdem ich das Telefonat beendet habe. »Der Winzer hat nur heute Zeit, also muss ich so schnell wie möglich zum Château. Danach komme ich aber wieder, und wir chillen den Rest des Tages, ja?«

»Was hältst du davon, wenn ich dich begleite?«, schlägt Leevke vor. »Dann kann Alva sich in aller Ruhe in der Sonne aalen, und ich kümmere mich derweil um Emmi. Ich bin neugierig und kenne das Weingut bislang nur aus dem Fernsehen und dem Internet. Das wäre eine super Chance für mich, es mal in natura zu sehen.«

»Gern. Die Dame hat bestimmt nichts dagegen, wenn ich zusammen mit dir und einem Schaf auftauche.«

Alva schiebt die Sonnenbrille auf die Nasenspitze und mustert uns beide streng. »Nicht euer Ernst, oder? Mädels, das ist ein Businesstermin. Das könnt ihr nicht machen.«

Leevke und ich antworten: »Uns egal. Bis später.«

Alva seufzt und schüttelt den Kopf. »Ihr Verrückten«, hallt es missbilligend über den Strand, doch wir sind schon unterwegs.

19.

Endlich Rückenwind!

Die Fahrt zurück in Richtung Wyk geht deutlich schneller als der Trip nach Utersum.

Das Weingut *Feerwin* liegt so versteckt zwischen Nieblum und Wyk, als sei es ein Geheimnis, dass hier, ganz nahe am Meer, kostbare Trauben angebaut werden.

»Das ist irgendwie abgefahren, findest du nicht auch?«, wispert Leevke und verlangsamt das Tempo, als wir die Allee entlangradeln, die zum Hauptsitz des Guts führt. Ich nicke zustimmend, denn seit meiner Kindheit beeindrucken mich Alleen zutiefst. Bei Tag bewundere ich die Vielzahl der Bäume, die links und rechts den Wegesrand säumen, als wollten sie nicht nur die Fahrbahn vor dem Wind schützen, sondern auch all diejenigen, die auf dieser Straße unterwegs sind – eine schöne und beruhigende Vorstellung.

Bei Nacht bekommen Alleen hingegen ein anderes, beinahe gespenstisches Gesicht. Die Äste der Bäume scheinen nach den Reisenden zu greifen und sie verschlingen zu wollen.

»Das hier ist auf alle Fälle anders als das Weinfeld bei Alkersum«, erwidere ich, ebenfalls im Flüsterton. Selbst Emmi scheint zu spüren, dass etwas anders ist, und verhält sich mucksmäuschenstill, als wir von den Rädern absteigen und sie in einen dafür vorgesehenen Ständer stellen.

Das Château präsentiert sich in einer Mischung aus dem Stil

von Patriziervillen und Seebäderarchitektur. Sein Mauerwerk ist zartgelb gestrichen, weiße Türen und Fensterläden verleihen dem Ganzen eine edle Note.

Der Treppenaufgang zum Haupteingang ist allerdings nicht so spektakulär wie bei einem »echten« Schloss, es führen nur vier breite, grau gepflasterte Stufen hinauf. Links und rechts werden diese flankiert von einem gemauerten Geländer und zwei schwarzen Laternen, aber eher dezent.

»Na, Prinzessin Leevke, wie findest du es hier?«, frage ich, nun wieder in normaler Lautstärke, Emmi im Arm.

»Cool und irgendwie surreal«, erwidert sie. »Wirkt auf den ersten Blick ähnlich fremd wie das Museum in Alkersum. Aber hübsch.«

Wie auf ein geheimes Kommando hin öffnet sich die Tür, bevor wir die Chance haben, zu läuten. Gibt es hier Überwachungskameras?

»Moin, die Damen«, begrüßt uns eine ältere Frau, adrett im Hosenanzug und mit weißer Bluse, die grauen Haare hochgesteckt. »Mit wem von Ihnen beiden habe ich denn telefoniert?«

Ich stelle mich und Leevke vor und erkläre, weshalb ich mit einem Lämmchen im Schlepptau erscheine.

Ursula Kennel bedeutet uns mit einem Nicken, zum Kiesweg zu gehen, wo die Weinfelder liegen.

»Das ist ja viel, viel größer, als ich es mir vorgestellt habe!«, ruft Leevke bewundernd aus.

Auch ich lasse meinen Blick über die an Holzpfählen befestigten Drähte schweifen, an denen sich später die Stöcke mit den Trauben und Blättern hochranken werden.

An das Weinfeld grenzt eine höhergelegene, große Terrasse, von der aus man sicherlich einen atemberaubenden Blick auf den dahintergelegenen Südstrand und die Halligen hat.

Am hinteren Teil des Gebäudes befindet sich ein runder Turm. (Hier könnten Leevke und Kerstin mit ihren tollen Haaren super Rapunzel spielen.) Durch den spitzen Aufsatz wirkt der Turm wie die Spitze eines Buntstifts, der in den blauen Himmel ragt, um dort Wolkenkringel oder einen traumschönen Sonnenuntergang zu malen.

Hinter dem Schlösschen beginnt der Wald – Harks Revier.

»Na, das ist ja mal cool«, sagt eine raue, männliche Stimme und reißt mich abrupt aus meinen Sehnsuchtsfantasien. »Das nenne ich ein abgefahrenes Haustier.«

Ich bin verwirrt: Wer ist dieser unverschämt attraktive Typ mit der abgewetzten Lederjacke, den blitzblauen Augen und dem verstrubbelten hellbraunen Haarzopf? Und wo kommt er auf einmal her?

»Das ist Emmi«, antwortet Leevke an meiner Stelle, weil ich gerade auf der Kommunikationsleitung stehe. »Minn…, äh, Minerva hat das Lämmchen vor Kurzem vor einem Bussard gerettet, und nun hängt es so sehr an ihr, dass wir es überallhin mitnehmen müssen. Ich bin Leevke Hennings, so etwas wie Emmis Babysitterin. Sind Sie der Winzer aus Rheinland-Pfalz?«

Um Ursula Kennels Mundwinkel zuckt es, keine Ahnung, ob aus Abscheu oder weil unser Auftritt sie amüsiert.

»Freut mich, Frau Babysitterin, und ja, ich bin Arno Rönfeldt, extra aus Zell an der Mosel angereist, um zu schauen, was hier auf Föhr in Sachen Wein alles Spannendes passiert«, erwidert der Winzer und schenkt ihr einen langen Blick aus Augen, deren Farbe an das Mittelmeer in der Morgensonne erinnert. »Dann sind Sie wohl nicht von Travel TV?«

Leevke schüttelt den Kopf.

Nun gesellt sich ein anderer Herr zu uns, mit Sicherheit der

Besitzer des Weinguts, Fiete Peters. Er sieht fast genauso aus wie auf der Website, nur ein wenig kleiner und älter.

»Wollen wir einen Rundgang über das Gelände machen, damit Sie sich einen Überblick verschaffen können?«, schlägt er vor. Früher war Fiete Landwirt, wie ich dem Internet entnommen habe, doch seit einigen Jahren lebt er fast ausschließlich für seine Passion, den Weinbau.

Ich antworte: »Sehr gern«, und versuche zu verdrängen, dass ich nur ein paar Meter Luftlinie von Harks Forsthütte entfernt bin. Ob er heute freimacht, wie fast immer sonntags, oder ist er womöglich gemeinsam mit Aiko im Wald?

Dummerweise schaffe ich es kaum, mich auf das zu konzentrieren, was Fiete Peters sagt. Ich höre Begriffe wie Solaris-Traube, Keltern, Bodenbeschaffung, das scheinbar Unmögliche möglich machen bis hin zu Föhrer Gin an mir vorüberziehen wie Seeschwalben an einem Sommertag.

Leevke scheint deutlich mehr bei der Sache zu sein als ich.

»Darf man fragen, was für eine Kooperation Sie beide planen? Oder ist das streng geheim?«

Arno schmunzelt und steckt die Hände in die Taschen seiner Jeans, die abgetragen, aber edel sind. Sein Look erinnert an einen Kreativen Marke *Junger Wilder*. Doch die Fältchen um seine Augen verraten, dass er weit älter sein muss, als sein Auftreten es vermuten lässt. »So geheim ist das nicht, nicht wahr, Fiete?« Dieser nickt, anstatt etwas zu sagen. In diesem Gespann ist eindeutig Arno der Kommunikator. »Wie Sie vielleicht wissen, gehört zur Arbeit von uns Weinbauern nicht nur der Anbau, das Keltern, also die Herstellung des Weins, sondern vor allem auch die Vermarktung. Und dabei ist es enorm hilfreich, sich zu Winzergenossenschaften zusammenzuschließen. Wir planen gerade etwas in der Art wie *Nord trifft Süd*. Ist noch nicht wirklich ausgereift, aber genau dafür bin ich insgesamt fast zwei Wochen auf der Insel.«

»Zwei Wochen?«, wiederholt Leevke, und jetzt wird mir klar, wieso sie so interessiert bei der Sache ist: Arno gefällt ihr!

Der grinst. »Ganz genau. Aber natürlich nicht nur, um mich mit dem Thema Wein zu beschäftigen, sondern auch, um Föhr kennenzulernen. Sie haben nicht zufällig irgendwann mal Zeit und Lust, mir ein paar schöne Ecken abseits der üblichen Hotspots zu zeigen?«

Ich halte unwillkürlich den Atem an. Auch Arno scheint von Leevke ganz angetan zu sein. Aber wie sollte es auch anders sein? Sie ist wunderhübsch, absolut hinreißend und zudem klug. Wäre ich ein Mann, ich würde mich auf der Stelle in sie verlieben.

»Na, dann sollten Sie beide am besten mal Ihre Kontaktdaten austauschen«, mischt sich nun Ursula Kennel in das Gespräch. »Wenn Frau Hübner keine weiteren Fragen für ihren Beitrag hat, würde ich vorschlagen, dass wir den Rundgang an dieser Stelle beenden.«

Ich stammle: »Äh ja«, weil Frau Kennel einen so strengen Ton am Leib hat, als sei sie eine Gouvernante. »Ich weiß alles, was ich brauche, außer: Würden Sie beide sich bereit erklären, gemeinsam vor die Kamera zu treten und ein bisschen was von dem zu erzählen, was Sie planen? Wie Sie wissen, ist es für Travel TV sehr wichtig, dass sich unsere Reportage von denen unterscheidet, die bislang ausgestrahlt wurden.«

»Jo«, sagt Fiete Peters und Arno: »Geht klar.«

Damit ist die Sache beschlossen und verkündet.

Leevke und Arno tauschen Handynummern, und ehe ich michs versehe, sitze ich mitsamt Emmi im Korb wieder auf dem Fahrrad auf dem Weg nach Utersum.

Alva ist in der Sonne eingedöst, während wir unterwegs waren, und reibt sich müde die Augen, als wir sie wecken. »Hey, da seid ihr ja«, murmelt sie, sichtlich benommen. »Wie war's?« Dann mustert sie Leevke, die aussieht wie von innen beleuchtet. »Äh, sag mal, was ist denn mit dir passiert? Hattest du gerade heißen Sex?«

Ich kann nicht anders, ich pruste los.

Alva Gnadenlos, wie sie leibt und lebt.

»Noch nicht, aber hoffentlich bald«, erwidert Leevke zu meinem großen Erstaunen. Ich vergesse immer wieder, dass Alva und sie sich seit Kindertagen kennen. »Dieser Winzer von der Mosel ist echt heiß.«

Nun ist Alva hellwach. »Heiß im Sinne von ›Den will ich in die Kiste kriegen!‹ oder mehr so in Richtung Sternchenaugen?«

»Beides.«

Alva kramt in der Kühltasche. »Mädels, darauf müssen wir anstoßen. Solche News müssen sofort gefeiert werden und nicht erst bei Sonnenuntergang.« Sie öffnet den Prosecco, und ich nehme die langstieligen Gläser aus ihrer Verpackung. »Ihr beiden seid aber auch echt der Knaller«, sagt Alva, während sie den Rosé Secco einschenkt. »Die eine verguckt sich schon auf der Fähre in einen Förster, die andere bei einem Jobtermin in einen Winzer. Habt ihr denn wenigstens ein Foto von ihm gemacht?«

»Haben wir, und zwar für Evangeline«, bestätige ich und reiche Alva das Handy. »Gruppenbild mit Winzer.«

»Ich nehme mal an, der Mann deines Herzens ist nicht der Kleine, der so ernst dreinschaut«, sagt Alva amüsiert und lächelt dann. »Nice, Leevke, wirklich nice. Und wie geht es jetzt mit euch beiden weiter? Ziehst du zu ihm an die Mosel?«

»Da wird mir wohl nichts anderes übrig bleiben«, erwidert

Leevke schmunzelnd. »Aber jetzt mal im Ernst: Arno ist für zwei Wochen auf Föhr und möchte, dass ich ihm die Insel zeige. Im besten Fall haben wir beide ein bisschen Spaß miteinander, was ich eindeutig mal wieder brauchen könnte. Im schlechtesten entpuppt er sich als Reinfall.«

»Oder als gebunden«, spricht Alva das aus, was ich insgeheim befürchte. »Aber so oder so finde ich es toll, dass in deinem Leben mal wieder etwas anderes passiert als dieser Esokram, Engagement in irgendwelchen Initiativen und Bücherschreiben. Du wirst noch eine richtige Einsiedlerkrebsfrau, wenn du nicht aufpasst. Also, Mädels, cheers! Auf die Zukunft und alles, was kommt.«

Die Kombination aus Aufregung, Schlafmangel, Sonne und Alkohol macht müde. Irgendwann dösen auch Leevke, Emmi und ich ein und erwachen erst wieder, als der Himmel über Föhr sich zartrosa zu färben beginnt.

»Auf, auf, ihr Schlafmützen, Zeit für den Sonnenuntergang«, ruft Alva. »Ihr verpasst sonst das Beste.«

Es dauert einen Moment, bis ich wieder fit bin, doch das Schauspiel am Himmel entschädigt mich für meine Müdigkeit.

Noch ist die Sonne ein goldgelber Ball, der sich im Wasser spiegelt. Wie die goldene Kugel des Froschkönigs, märchenhaft schön. Dann wechselt die Farbe in ein tiefes Orangerot.

Wir drei sind bei Weitem nicht die Einzigen, die das Naturspektakel verfolgen. Auf dem Steg des Restaurants *Nordseebrise* stehen die Gäste mit Drinks in der Hand, bewaffnet mit Kameras und Handys, um alles zu filmen und auf Bildern festzuhalten. Auf der tatsächlich so bezeichneten *Sonnenuntergangsbank* hat eine ganze Familie Platz genommen, viele andere haben es sich auf Decken am Strand oder auf dem Deich gemütlich gemacht.

Mein Blick fällt auf zwei Damen, die auf Campingstühlen

sitzen, ebenfalls einen Drink in der Hand. »Das sind ja Trine und Röschen, von denen ich dir erzählt habe, Leevke«, sage ich, überrascht, die beiden hier zu sehen. »Denen muss ich auf alle Fälle Hallo sagen. Bin gleich wieder da.«

Die Freundinnen erkennen mich nicht gleich, als ich ihnen einen guten Abend wünsche. Auch heute tragen sie wieder ihre Gummistiefel, aber anstelle von Röcken diesmal lange Hosen, deren Beine sie sorgsam in die Stiefel gesteckt haben.

»Ja, moin, wie läuft's denn mit dem Beitrag?«, fragt Röschen und lächelt freundlich, als ich sie an unser zufälliges Treffen im Café in Süderende erinnere. Dann senkt sie die Stimme. »Haben Sie schon von dem neuesten Vorfall gehört?« Ich halte gespannt die Luft an. »Irgendjemand hat Todesblumen vor die Eingänge des Hotels Sonnenseite gelegt.«

»Ach was, Todesblumen, was für ein Unsinn«, unterbricht Trine ihre Freundin. »Lilien stehen auch für Reinheit und Neuanfang. Vielleicht war das gar keine Drohung, so, wie die Polizei es vermutet, sondern ein Willkommensgruß. Meinst du nicht?«

Röschen wirkt irritiert und leert ihren Drink in einem Zug. Aufgrund seiner goldgelben Färbung und der Cocktailkirsche im Glas gehe ich davon aus, dass die Damen Föhrer Manhattan picheln. »Hm, ich weiß nicht so recht«, murmelt sie. »Aber ich frage mich, wieso die Polizei nicht in der Lage ist, herauszufinden, wer hinter all diesen mysteriösen Vorfällen steckt.«

»Was sollen sie denn deiner Meinung nach tun, Röschen? Tag und Nacht die ganze Insel mit Kameras überwachen? Du klingst ja gerade so, als würde hier ein Serienmörder sein Unwesen treiben. Wollen Sie einen Schluck mit uns trinken, Frau …?«

»Hübner«, antworte ich. »Leider muss ich ablehnen, weil ich mit Freundinnen da bin, die auf mich warten. Doch sehr gern ein andermal. Aber sagen Sie mal: Haben Sie zufällig eine Idee, wie man Tove Paulsen, den Eigner der *Ankerherz*, für sich gewinnen kann? Bislang hat er meine Anfrage, für Travel TV vor die Kamera zu treten, abgelehnt. Aber ich brauche ihn unbedingt für die Sendung.«

Röschen und Trine tauschen verschwörerische Blicke.

»Na klar wissen wir das«, sagt Trine schmunzelnd. »Tove ist ein Schleckermäulchen und liebt Kuchen über alles. Vor allem den Butterkuchen von Dörte Nielsen, bei der er früher gelegentlich nachmittags zum Kaffee war. Seitdem die sich aber mit Momme Ohlsen zusammengetan hat, würde er sich eher ins Meer stürzen, als sie um ein Stück zu bitten.«

»Danke für den Tipp«, erwidere ich erfreut. Wenn Tove den Kontakt mit der Pensionswirtin scheut, kann ich ja einen Kuchen nach Dörtes Rezept backen.

Einziges Problem bei der Sache: Ich bin in diesem Bereich komplett talentfrei!

20.

Sie haben allen Ernstes noch nie gebacken?«

Dörte Nielsen klingt so entsetzt, als hätte ich gerade verkündet, dass die Nordsee künftig in die Ostsee umgeleitet wird. »Wirklich nicht? Auch keine Weihnachtsplätzchen?«

Ich schüttle erneut den Kopf, bis mir einfällt, dass das beim Telefonieren nichts bringt – es sei denn, man nutzt FaceTime. Also sage ich: »Nein, ehrlich nicht.«

Dörte atmet hörbar schwer durch. »Na, dann wird's aber mal Zeit. Kommen Sie heute Nachmittag um vier, dann legen wir gemeinsam los. Ich kann Ihnen versprechen: Backen ist kein Hexenwerk, das schaffen Sie locker.« Als Nächstes diktiert sie mir die Zutatenliste für ihren legendären Butterkuchen.

Kurz darauf kaufen Alva und ich zusammen in Nieblums Mini-Supermarkt ein, Emmi schläft gerade wieder, nachdem sie ihr Fläschchen bekommen hat.

»Am liebsten würde ich ja Mäuschen bei euch spielen«, sagt Alva, als ich Mehl, Zucker, Eier, Backpulver und einiges andere in den Einkaufskorb lege. »Weißt du noch, als wir vor zwei Jahren versucht haben, Weihnachtskekse zu backen? Grande Katastrophe! Ich bin wirklich gespannt darauf, wie du dich diesmal anstellst. Allerdings hast du ja nun professionellen Beistand.«

»Wahrscheinlich haben wir uns damals einfach zu viel vorgenommen«, erwidere ich nachdenklich und halte nach Shampoo und Handcreme Ausschau. Beides ist mittlerweile alle, weil ich gar nicht auf so einen langen Aufenthalt eingestellt war. »Andere versuchen es erst mal mit schlichten Mürbeteigkeksen, aber wir haben uns gleich Florentiner, Marzipanküsse und anderen komplizierten Schnickschnack vorgenommen.«

Alva zieht einen Flunsch. »Weil die auf den Fotos so schön aussahen und so tolle Namen hatten. Wir konnten doch nicht ahnen, dass das Ganze in so einem Gemetzel endet. Meinst du, ich kann mitkommen?«

»Ist das wirklich dein Ernst? Du bist ja nun alles andere als eine Küchenfee. Außerdem isst du doch gar keinen Kuchen, weil du Angst hast, dir deine Figur zu ruinieren.«

»Ich will ja auch nur zugucken und nicht essen, allein schon wegen der Menge an Zucker auf dem Belag«, widerspricht Alva. »Der Kuchen ist doch eh für Tove Paulsen.«

»Und für uns drei«, erwidere ich. »Dörte und ich werden insgesamt zwei Bleche backen. Meinetwegen kannst du gern dabei sein, aber nur, wenn du keinen Blödsinn machst. Obwohl Dörte vermutlich auch das nicht stören würde. Diese Frau bringt nichts, aber auch rein gar nichts aus der Fassung. Wirklich bewundernswert.«

Zuletzt hole ich vier Becher saure Sahne aus dem Kühlregal, misstrauisch beäugt von Alva. »Wofür sind die denn?«, fragt sie, doch ich zucke nur die Schultern.

Woher soll ich das denn wissen …?

»Das Geheimnis meines Kuchens liegt in der sauren Sahne«, erklärt die Pensionswirtin, nachdem ich alle Zutaten erst mit der Hand und dann mit einem Rührgerät zum Teig geknetet habe. Dieser Teig kommt anschließend auf die zwei Backbleche, die Alva gerade mit Backpapier ausgekleidet hat.

»Ich habe noch nie in meinem Leben Butter geschmolzen«, sagt sie, als Dörte ihr die Zubereitung des Kuchenbelags als Aufgabe überträgt. »Hoffentlich brennt sie mir nicht an.«

»Irgendwann ist immer das erste Mal, Alva«, sagt Dörte schmunzelnd. Der Einfachheit halber haben wir uns darauf geeinigt, uns künftig zu duzen. »Achte einfach darauf, den richtigen Zeitpunkt nicht zu verpassen, und dann löpt dat schon.«

Ich liebe es, wenn Dörte ab und zu Brocken von Platt ins Gespräch einstreut. Und ich liebe es, gemeinsam mit ihr und Alva in der gemütlichen Wohnküche mit den blau-weißen Friesenkacheln herumzuwerkeln.

Fehlt nur noch Leevke, dann wären wir komplett.

Fasziniert beobachte ich, wie der Hefeteig nach und nach aufgeht und sich goldgelb färbt. Es hat erstaunlich viel Spaß gemacht, ihn zu kneten und die Teigmasse unter meinen Händen zu spüren. Die Tür des Backofens strahlt Wärme ab – äußerst wohltuend, da es im Laufe des späten Vormittags plötzlich grau und nasskalt geworden ist. Daher durfte Emmi heute nicht ins Gehege zu Moritz.

»Lust auf Friesentee?«, fragt Dörte, und wir nicken begeistert. »Mit oder ohne Schuss?«, fügt sie augenzwinkernd hinzu.

»Lieber ohne«, erwidert Alva. Nanu? Was ist denn auf einmal mit meiner trink- und feierfreudigen Freundin los?

Überhaupt sieht Alva heute anders aus als sonst: Sie hat ihre Mähne zu einem braven Pferdeschwanz gebunden, sich nur dezent geschminkt und den Lippenstift weggelassen. Zudem hat sie noch nicht mal protestiert, als Dörte ihr eine Schürze umgebunden hat. Absolut merkwürdig!

»Alles in Ordnung mit dir?«, frage ich teils belustigt, teils besorgt und lehne den angebotenen Rum ebenfalls ab.

»Alles bestens«, erwidert Alva mit einem derart strahlenden

Glanz in den Augen, wie ich ihn nur selten bei ihr gesehen habe. Es sei denn, sie hat gerade einen Megadeal abgeschlossen oder eine heiße Affäre. »Wisst ihr, wie gemütlich das mit euch ist? Der Regen prasselt gegen die Fensterscheiben, hier drinnen duftet es himmlisch nach Kuchen und Tee, wir drei haben Spaß, und die Welt da draußen bleibt, wo sie ist.«

»Wir können sogar gleich den Kamin anmachen, wenn ihr mögt. Frisch genug ist es heute ja leider«, sagt Dörte. »Ja, ja. Der April, der macht, was er will. Da gibt's nun mal kein Vertun. So, meine Damen. Gleich geht's weiter, die zwanzig Minuten Backzeit sind fast um. Minnie, du nimmst die Bleche heraus, danach belegt ihr den Kuchen mit den gehobelten Mandeln. Am besten nehmt ihr euch beide je ein Blech vor, dann alles noch mal zehn bis fünfzehn Minuten weiterbacken, und schon ist das Lockmittel für Tove fertig. Wann willst du ihm den Kuchen denn bringen?«

Gute Frage! »Wahrscheinlich erst morgen, in der Hoffnung, dass dann das Wetter besser ist und ich ihn auf dem Schiff erwische. Mitsamt Kuchen ins *Kehrwieder* reinzumarschieren ist sicher keine so gute Idee. Aber etwas anderes als diese Überrumpelungstaktik funktioniert leider nicht, da er ja kein geplantes Treffen mit mir zulässt.«

Dörte schmunzelt in sich hinein. »Na, dann drücken wir mal die Daumen, dass es morgen wieder aufklart. Sonst musst du eben einen Schirm übers Blech halten. Du kannst einen von unseren Gästeschirmen haben, wenn du möchtest, die sind schön groß.«

Wir ziehen ins Wohnzimmer um, und schon bald prasselt ein gemütliches Feuer im gemauerten Kamin. Ich liebe den Duft von verbranntem Holz. Er erinnert mich an Weihnachten, an Grillfeste in Riekes Garten und an viele Winterabende, die ich mit Oma vor dem Kamin in ihrem Haus in Süderende verbracht habe. Wenn sie wüsste, dass ich heute Butterkuchen gebacken habe … den hätte sie bestimmt gern probiert.

»Na, wie gefällt es dir nach all den Jahren wieder hier auf Föhr?«, fragt Dörte, die Alva schon als Kind kannte, wie sich herausstellt. Allerdings kann Alva sich nicht an Dörte erinnern. »Du bist ja eine echte Großstadtpflanze und Karrierefrau geworden, wie man hört.«

Zum ersten Mal, seit ich sie kenne, erlebe ich Alva nervös.

Sie nippt zwar vermeintlich ruhig an ihrem Tee, doch ihre Füße wippen auf und ab, als mache sie Gymnastik. »Es ist schön«, erwidert sie und schaut auf einen Punkt hinter Dörte, als müsse sie dort Halt suchen. »Irgendwie fremd und zugleich vertraut. So, als möchte man nie wieder zurück nach Hause, hat aber gleichzeitig Angst davor, hier hängen zu bleiben.«

Dörte, die jahrelang zur See gefahren ist, bevor sie die Pension von ihren Eltern übernahm, nickt verständnisvoll, und nun kommt Alva richtig in Fahrt. »Es ist ziemlich seltsam, hier zu sein und zu wissen, dass meine Eltern beide nicht mehr leben. Für mich waren *sie* Föhr. Ohne Mama und Papa ist es einfach nicht mehr dasselbe, so schön ich die Insel auch immer noch finde.«

Alvas Eltern sind vor über zehn Jahren beide kurz nacheinander verstorben, Alvas Mutter an einer Lungenembolie, ihr Mann wenig später aus nie geklärten Gründen.

»Ja, es ist traurig, dass die, die uns am Herzen liegen, manchmal früher gehen müssen, als wir es uns vorgestellt haben«, erwidert Dörte mit einem schweren Seufzer. »Ich danke dem lieben Gott dafür, dass meine Eltern so weit noch ganz gut drauf sind. Natürlich haben sie mit Mitte siebzig auch ihre Zipperlein, aber so ist nun mal das Leben. Mein Mann und ich sind zum Glück auch fit, aber das ist alles andere als selbstverständlich. Mal abgesehen von deinem Kummer ist es doch toll, dass du nach all den Jahren mal wieder hier bist und ein bisschen Föhr-Luft schnupperst. Wer weiß? Vielleicht kommst du ja auf den Geschmack und ziehst selbst in euer altes Haus in Oevenum. Und wenn es nur für die Urlaubszeit ist.«

»Ein Haus in Oevenum?«, frage ich verwundert. »Davon wusste ich ja gar nichts.«

Alva ist es sichtlich unangenehm, dass Dörte unbeabsichtigt ihr Geheimnis gelüftet hat. Als sie die leere Tasse klirrend auf den Wohnzimmertisch stellt, klingt das wie ein leiser Vorwurf.

»Nun, was heißt schon ›altes Haus‹? Es ist das Haus meiner Kindheit, das ich nach dem Tod meiner Eltern habe renovieren lassen und das seitdem durch eine Agentur an Feriengäste vermietet wird. Ich selbst habe nach der Schlüsselübergabe an die Verwalterin nie wieder einen Fuß über die Schwelle gesetzt und habe auch nicht vor, es jemals wieder zu tun. Was vorbei ist, ist vorbei. Du kennst ja mein Motto.«

Ich bin sprachlos. Alva gehört eine – vermutlich furchtbar teure – Immobilie in einem der schnuckeligsten Dörfer Föhrs?

»Nun guck nicht so, als hätte ich etwas verbrochen, Minnie«, sagt Alva. »Das Haus ist eine echte Wertanlage, und ich verdiene mit der Vermietung gutes Geld. Es ist fast das ganze Jahr über ausgebucht, Föhr wird immer beliebter, und davon profitiere ich jetzt.«

Wertanlage?! Profit?!

Ich bekomme Gänsehaut, wenn ich an den Verkauf von Oma Riekes Friesenhaus denke. Hätte ich Geld gehabt, ich hätte es meiner Mutter sofort abgekauft. Doch so musste ich tatenlos dabei zusehen, wie ein Stück glücklicher Kindheit, schier endlos lange Inselsommer und ganz viel Oma-Liebe für immer verloren gingen.

Und Alva?! Ihr bedeuten Kindheitserinnerungen anscheinend nicht viel. Sie will einfach nur gut von ihrer Anlage leben.

Zum ersten Mal, seit wir uns kennen, ist sie mir fremd.

Dass der Beruf an erster Stelle kommt, wenn man so gestrickt ist wie sie, verstehe ich. Auch, dass sie nicht nach der großen Liebe sucht, weil sie sich selbst genug ist. Aber so mit dem Erbe der Eltern umzugehen?

»Sag mal, bist du irgendwie böse auf mich?«, fragt Alva, während Dörte in der Küche nach dem Butterkuchen schaut, den ich inzwischen vollkommen vergessen habe. »Du siehst mich gerade an, als sei ich eine Schwerverbrecherin.«

»Ich bin nicht böse, nur … irritiert. Du verdienst doch in deinem Job einen Haufen Geld. Wieso hast du das Haus nicht behalten, fährst einfach ein paarmal im Jahr hierher und vermietest es ansonsten an Freunde?«

»Im Grunde mache ich es doch fast so«, erwidert Alva. »Außer dass ich keinen der Mieter kenne. Wenn ich das Bedürfnis habe, nach Föhr zu kommen, schlafe ich entweder, wie jetzt, bei Leevke, oder ich gehe in ein Hotel. Ich habe schlicht weder Zeit noch Lust, mich ständig mit einer Immobilie herumzuplagen. Jemanden dafür zu bezahlen, dass er nach dem Rechten sieht, wenn ich nicht hier bin, was mindestens neunzig Prozent der Zeit im Jahr der Fall ist, wäre schlicht Schwachsinn. München, Frankfurt und Bamberg sind eben nicht um die Ecke, wie du ja selbst am besten weißt.«

Mit einem Mal kommt mir ein Gedanke. »Kann es sein, dass du dir immer Jobs gesucht hast, die so weit wie möglich von Föhr entfernt waren?«, frage ich. »Es gibt zwei große Unternehmensberatungen in Hamburg. Von dort aus sind es nur fünf Stunden bis hierher. Du hättest bestimmt auch einen Job in Kiel finden können, wenn du gewollt hättest.«

Für Alva kommt diese Frage offensichtlich überraschend. Sie kräuselt ihre Nase, und ihr Blick verschleiert sich. »Ach, Unsinn«, schnaubt sie schließlich empört. »Was ist denn das für eine Unterstellung? Kiel ist nicht gerade der Hit, was gute Arbeitsplätze betrifft, und Hamburg ist mir einfach zu … zu kalt. Ich mag es lieber südlicher und wärmer. Außerdem weiß ich noch gar nicht, wohin mich mein Beruf künftig führt. Gut möglich, dass ich schon bald in unserem Headquarter in London oder in Singapur arbeite. Was also soll ich mit einem Haus auf Föhr?«

Auch davon höre ich heute zum ersten Mal. Mich durchfährt bei dem Gedanken, dass Alva womöglich wegzieht, ein scharfer Schmerz. Auch wenn ich sie nicht so lange kenne wie andere meiner Freundinnen, so ist sie mir doch so sehr ans Herz gewachsen, dass ich mir ein Leben ohne sie kaum mehr vorstellen kann.

London ginge ja noch – aber Asien ist nun wirklich zu weit entfernt, um sich regelmäßig zu sehen.

Mit einem Mal rücken der Butterkuchen für Tove und der Gedanke an die Reportage in den Hintergrund.

Ich möchte Alva auf gar keinen Fall verlieren. Und Föhr auch nicht …

21.

Leider geht es Evangeline noch nicht gut genug, um die Reportage zu drehen. Der Termin verschiebt sich daher um drei weitere Tage. Ich soll dir ausrichten, dass es okay ist, wenn du bleibst.
Allerdings erwartet Evangeline bis heute Abend ein Update deiner Recherchen.
Laura

Lauras Nachricht verschafft mir zum Glück ein weiteres Mal Luft. Wenn ich es jetzt noch hinkriege, Tove zu überzeugen, kann ich heute Abend ein attraktives, stimmiges Konzept nach Bamberg schicken. Allerdings darf sich der Drehtermin nicht noch mal verschieben, sonst ist Arno Rönfeldt auf dem Weg zurück an die Mosel und somit der Beitrag über das Weingut hinfällig.

Ich rekle mich noch einen Moment im Bett, bevor ich aufstehe, Emmi auf dem Schoß. Sie ist heute mal wieder besonders verschmust und drückt sich so eng an mich, als hätte sie Angst, dass ich sie allein lasse.

Alva ist schon aufgestanden und unterwegs, wie ich einem Zettel entnehme, den sie aufs Nachtkästchen gelegt hat. Gestern Abend haben wir das Thema *Haus in Oevenum* bewusst vermieden und stattdessen gemeinsam mit Leevke einen Film auf Netflix geschaut.

Nicht nur ich war ein wenig distanziert – auch Alva.

»Na, meine Kleine, wie geht es dir heute?«, frage ich das Schäflein, das als Antwort mit seiner rosigen Nasenspitze gegen meine stupst. »Hast du Lust auf einen Ausflug nach Wyk? Ich muss heute zu einem Kapitän, der ein Sturkopf ist, wie er im Buche steht, und ihn davon überzeugen, für uns im Fernsehen aufzutreten.«

Emmi macht »Mäh!«, und damit ist es beschlossen und verkündet: Sie ist mit von der Partie.

Nach einer erfrischenden Dusche und einem kräftigen Frühstück verpacke ich den Butterkuchen, der im Übrigen wirklich himmlisch schmeckt, in einer Schachtel und verziere diese mit einer blauen Schleife.

Danach ziehe ich Emmi eine der roten Decken über, mittlerweile klappt das zum Glück problemlos.

»Gut, dass das Wetter heute mitspielt«, sagt Leevke, als ich nach unten in den Laden gehe, um Guten Morgen zu sagen. »Das macht es einfacher für dich mit dem Kuchen und mit Emmi. Oder soll ich dir lieber das Auto leihen?«

»Nicht nötig, danke«, lehne ich ihr großzügiges Angebot ab. »Aber du könntest mir einen anderen großen Gefallen tun. Ich habe gerade erfahren, dass Evangeline immer noch krank ist. Dürfte ich vielleicht ein paar Tage länger bei dir wohnen?«

Leevke strahlt. »Was für eine Frage, Minnie?! Natürlich, ich freue mich, dass du länger bleibst. Schlimm genug, dass Alva morgen schon wieder fährt. Ich habe mich so daran gewöhnt, mit euch zusammen zu sein, dass ich am liebsten eine WG mit euch gründen würde.«

»An sich ein schöner Gedanke, aber ich fürchte, Alva zieht London oder Singapur Föhr eindeutig vor«, murmele ich. Diese ganze Geschichte liegt mir nach wie vor schwer im Magen.

Wieso hat Alva mich nicht in ihre Pläne eingeweiht? Wir vertrauen einander doch sonst immer alles an, was uns gerade beschäftigt.

Leevke wirkt hingegen nicht besonders überrascht. »Wenn das so ist, musst du sie gehen lassen«, erwidert sie. »Alva war schon als kleines Kind ein Energiebündel und absolut rastlos. Seit ich sie kenne, wollte sie immer höher, schneller, weiter. Als ihre Eltern gestorben sind, hat sich ihre Unruhe noch verstärkt. Beinahe so, als wollte sie deren verpasstes Leben nachholen.«

Hm, so habe ich das noch nie betrachtet.

Kann es sein, dass die toughe, klare, wenn's sein muss auch knallharte Fassade darüber hinwegtäuschen soll, dass Alva immer noch um ihre Eltern trauert und sich durch Aktionismus von ihrem Schmerz ablenken will?

»Apropos gehen lassen: Morgen bin ich mit Arno verabredet. Aber heute Abend sollten wir unbedingt feiern, dass wir gemeinsam mit Alva wunderschöne Tage auf Föhr hatten, findest du nicht? Fällt dir spontan etwas ein, was wir machen könnten?«

Ich schüttle den Kopf. Meine Gedanken sind gerade bei ganz anderen Themen, aber ich verspreche, nachzudenken und mich dann später von Wyk aus zu melden. »Ach, und noch etwas ganz anderes«, fahre ich fort. »Wo sind Alvas Eltern eigentlich begraben?«

»In Süderende wie deine Oma«, erwidert Leevke und widmet sich dann einer Kundin, die gerade den Laden betreten hat. »Also dann, bis später, viel Erfolg«, ruft sie mir hinterher, als ich mit Emmi im Arm aus der Tür gehe, was die Kundin mit einem Lächeln quittiert.

Soso, in Süderende also …

Gleichzeitig ein Rad abzuschließen, ein zappelndes Lämmchen in Schach zu halten und dazu noch eine Pappschachtel mit Butterkuchen zu transportieren ist kein Kinderspiel, wie ich feststelle, als ich am Hafen bin.

Immerhin scheint heute die Sonne wieder, die Farben der Schiffe erstrahlen wie neu gestrichen. Selbst das Meer schimmert grün und trägt goldene Glitzerkrönchen. Eine sanfte Brise versprüht den Duft von Algen, Landluft und Salzwasser über Föhr wie edles Parfüm. Lämmer und ihre Mamas grasen auf dem Deich. Die möchte ich Emmi nach dem Gespräch mit Tove unbedingt aus der Nähe zeigen.

»So, jetzt musst du ganz brav sein«, trichtere ich dem Schäflein ein, während wir uns der *Ankerherz* nähern. »Ich muss jetzt nämlich etwas ganz Schwieriges tun, vor dem ich mich ehrlich gesagt am liebsten drücken würde. Schade, dass du mir nicht dabei helfen kannst.«

Emmis Blick aus dunklen Knopfaugen scheint zu sagen: »Oje, du Arme«, dann schmiegt sie sich so eng an meine Brust, als wolle sie mich trösten.

Und tatsächlich fühle ich mich weniger allein.

Diesmal sehe ich ihn sofort: Tove Paulsen schrubbt höchstpersönlich das Deck seines Schiffes, umkreist von neugierigen Möwen, die auf Futter hoffen.

Auf einem der Maste sitzt ein Rotschenkel, einer der erklärten Lieblingsvögel meines Großvaters Oke. Erstaunt stelle ich fest, dass ihr Anblick immer weniger Angst in mir hervorruft.

So, jetzt oder nie! Ich atme einmal tief durch und rufe dann: »Herr Paulsen, ich habe hier etwas für Sie. Darf ich kurz zu Ihnen an Bord?«

Tove hält in der Bewegung inne, als frage er sich, ob er sich verhört hat.

Dann schüttelt er den Kopf und putzt weiter. Ich muss meine Frage insgesamt drei Mal wiederholen, bis ich seine Aufmerksamkeit habe. Entweder ist der Mann schwerhörig oder noch sturer, als ich gedacht hatte.

»Sie schon wieder«, lautet die Antwort, als er sich endlich bequemt, von mir Notiz zu nehmen. Er stützt sich auf seinen Schrubber und mustert mich abschätzig. »Ich habe Ihnen doch gesagt, dass ich kein Interesse habe. Welchen Teil von ›Das mache ich nicht!‹ haben Sie denn nicht verstanden?«

Ruhig, Minnie, ganz ruhig! Kapitäne, die bellen, beißen nicht.

»Ich möchte Ihnen Butterkuchen bringen, als Entschuldigung dafür, dass Sie sich über mich ärgern mussten.« Das ist zwar glatt gelogen, aber wer nicht wagt, der nicht gewinnt.

»Ich esse nur eine einzige Art Butterkuchen, und die haben Sie garantiert nicht. Also danke schön.« Spricht's und kehrt mir den Rücken zu.

Ich trete näher an das Segelschiff heran, das ich mir wirklich gern mal von innen anschauen würde, sage: »Wetten, doch?«, und freue mich diebisch über Tove Paulsens überraschtes Gesicht, als er sich wieder zu mir umdreht.

»Wetten nicht?«, blafft er und tippt sich an die Stirn. Zeigt der Mann mir etwa gerade einen Vogel?!

»Okay, ich habe einen Vorschlag für Sie oder, wenn Sie so wollen, eine Wette: Wenn der Butterkuchen so schmeckt, wie Sie ihn lieben, dann lassen Sie Travel TV an Bord der *Ankerherz* filmen.«

»Den hat aber nicht Dörte Nielsen gebacken?«, fragt Tove misstrauisch, während er dicht an die Reling kommt.

»Hat sie nicht. Kann ich jetzt bitte heraufkommen und Ihnen ein Stück zum Probieren geben?«

Tove Paulsens Antwort ist ein Knurren, dann lässt er die Gangway für mich herunter.

»Wieso schleppen Sie denn ein Schaf mit sich herum, kann es nicht allein laufen?«, fragt Tove, als er Emmi entdeckt. Prompt beginnt das Lämmchen zu zittern.

»Bitte nicht so laut, Emmi ist sehr sensibel. Ich habe sie kurz nach ihrer Geburt aus den Klauen eines Mäusebussards gerettet, seitdem ist sie ein bisschen ängstlich und ein wenig wackelig auf den Beinen, was Sie sicher verstehen.« Mit diesen Worten überreiche ich ihm die Schachtel mit dem Kuchen.

»Aus den Klauen eines Bussards?«, wiederholt Tove Paulsen ungläubig. Dann löst er die Schleife und öffnet den Deckel der Schachtel. »Zumindest ist er selbst gebacken und nicht gekauft«, sagt er anerkennend, aber immer noch knurrig. »Irgendjemand hat das mit dem Mandelbelag aber noch nicht so ganz im Griff. Der ist also auf gar keinen Fall von Dörte.«

Oje, da habe ich wohl das Blech mit dem Kuchen erwischt, auf dem Alva künstlerische Experimente mit Mustern aus gehobelten Mandeln durchgeführt hat.

»Es kommt doch in erster Linie auf den Geschmack an, nicht wahr?«, erwidere ich mit so fester Stimme wie möglich.

Wieso habe ich bloß solches Muffensausen vor diesem Mann?

»Kaffee?«, fragt der Kapitän, deutet doch tatsächlich auf den Eingang seiner Kombüse, und ich antworte genauso knapp: »Gern.«

Ich folge Tove Paulsen ins Innere der *Ankerherz*. Von der gleißenden Sonne in den dunklen Schiffsrumpf, das ist sowohl für mich als auch für Emmi ein kleines Abenteuer. In meinem Fall sind es vor allem die Augen, die sich an den Lichtwechsel gewöhnen müssen, doch Emmis Probleme sind weitaus größer.

Sie strampelt und blökt, als wolle ich ihr etwas Böses. Sie hat ganz offenbar Angst, die arme Kleine.

»Dieses Lamm hat ein Aufmerksamkeitsdefizit-Syndrom und braucht eindeutig eine strenge Hand«, knurrt Tove Paulsen, während er einen angelaufenen silbernen Herdkocher, der etliche Dellen hat, mit Wasser füllt. »Oder ist es einfach nur hungrig?«

»Ich habe ihr vor einer Stunde das Fläschchen gegeben, daran kann's also nicht liegen«, erwidere ich und streichle Emmi beruhigend über ihr wollweiches Köpfchen. »Aber sie kennt bislang noch kaum etwas außerhalb ihrer kleinen Welt. Dieser Ausflug ist ein echtes Abenteuer für sie.«

»Nehmen Sie Milch und Zucker?«, fragt Tove, ohne weiter auf das Thema Emmi einzugehen. Er steht mit dem Rücken zu mir und füllt den Einsatz des Kochers mit Espresso aus dem *Alten Theehaus* in Nieblum. Der Kapitän der *Ankerherz* ist groß, schlank, beinahe asketisch. Unter seiner dunkelblauen Kapitänsmütze kringeln sich grauweiße Haare. Die derben Schuhe könnten mal wieder geputzt werden, auch die Hose hat ihre besten Tage schon hinter sich, genau wie der dunkelgraue Rollkragenpullover, der ziemlich fusselt.

Doch trotz der kleinen Makel am Gesamtbild strahlt Tove Autorität und so etwas wie Grandezza aus.

»Nur Milch bitte. Schön haben Sie's hier übrigens«, sage ich und lasse meinen Blick durch den Raum schweifen. An den holzvertäfelten Wänden hängen alte Fotos, teils schwarz-weiß, teils vergilbt. Doch sie spiegeln keine privaten Momente wider, sondern wurden bei den Fahrten aufgenommen, die der Kapitän mit seinen Passagieren unternommen hat.

In der Ecke der Kombüse steht ein alter Schaukelstuhl, auf dem eine karierte Wolldecke liegt, daneben eine Lampe.

Ob Tove Paulsen gern liest? Und tatsächlich: Jetzt erst sehe ich, dass er unterhalb der Decke umlaufende Regalbretter angebracht hat, randvoll gespickt mit Büchern. Auch Emmi reckt ihr Köpfchen.

»Dürfte ich mir mal Ihre Büchersammlung ansehen?«, frage ich, während Tove stumm mit dem Kaffeekochen beschäftigt ist.

»Neugierig sind Sie aber gar nicht«, brummelt er, allerdings nicht mehr ganz so knurrig. »Also los, nun machen Sie schon. Sie haben genau zwei Minuten Zeit, dann ist der Espresso durchgelaufen. Aber ich warne Sie: Der hat's in sich. Nichts für schwache Nerven und Mägen.«

»Hätte ich schwache Nerven, wäre ich jetzt ganz bestimmt nicht bei Ihnen an Bord«, kontere ich und stelle mich vor Toves Sammlung: Sachbücher über Nautik reihen sich an Biografien über Seefahrer, Bücher über Nordfriesland und die Inseln, Kunstbände nordischer Maler wie Emil Nolde oder Philipp Otto Runge, Lexika und vieles mehr. Keine Belletristik, aber das hatte ich auch nicht erwartet.

»Kaffee ist fertig, setzen«, ertönt barsch Tove Paulsens Kommando, Emmi fängt sofort an zu blöken. Mein Blick verweilt noch einen kurzen Moment bei den Büchern, dann wandert er zu den gerahmten Bildern. Mein Herz beginnt wie wild zu trommeln, als ich *sie* auf einem der Fotos sehe, Arm in Arm mit Tove Paulsen …

22.

Woher kennen Sie meine Mutter?«, frage ich, vollkommen verwirrt. Auf dem Foto ist sie jung, frisch und hübsch, auch Tove hat da noch dunkelblonde Haare, keine grauen.

»Wer soll das denn sein?«, fragt Tove verdutzt.

Ich deute auf das Foto und sage: »Das da ist meine Mutter, Greta Hübner.«

»Aber die hieß doch gar nicht Hübner, sondern Ingwersen«, erwidert er wie aus der Pistole geschossen. »Das ist sicher nur eine Verwechslung.«

Ich gehe dichter an das Foto heran, das leider nicht besonders groß und scharf ist, und betrachte es erneut. Doch es besteht kein Zweifel: Die Frau auf dem Bild, die so glücklich lacht, wie ich es nur selten bei ihr gesehen habe, ist meine Mutter.

»Doch, das ist sie. Ihr Mädchenname war Ingwersen, und sie stammt ursprünglich von Föhr. Auf dem Bild müsste sie in etwa …«, ich überlege einen kleinen Moment, weil ich mir unsicher bin, »… ungefähr zwanzig Jahre jünger sein als heute, also Anfang, Mitte dreißig.«

»Ihr Mädchenname?!« Tove Paulsen ist mit einem Mal blass, seine Stimme zittert leicht. Doch dann ist dieser kurze Moment auch schon wieder verflogen und Tove ganz der Alte.

»Na gut, dann hieß sie eben … Hübner, egal. Meine Gäste haben keinesfalls die Verpflichtung, mir ihre privaten Verhältnisse darzulegen. Hauptsache, sie zahlen und benehmen sich anständig an Bord.«

In meinem Kopf rattert es … vor ungefähr zwanzig Jahren hatte sich meine Mutter eine längere Auszeit auf Föhr genommen, weil sie unter einer chronischen Bronchitis litt und diese bei Oma an der Nordsee auskurieren wollte. Offiziell lief dieser Aufenthalt unter dem Begriff *Kur*, aber selbst als Kind von dreizehn Jahren war mir klar, dass meine Mutter ungewöhnliche lange weg von ihrer Familie in Bamberg, ihrer Tochter und ihrem Beruf war. Ich erinnere mich so genau, weil ich sie in dieser Zeit gebraucht hätte.

Es gab größere Probleme in der Schule, und auch sonst waren die Themen, die im Leben eines weiblichen Teenagers eine Rolle spielten, nicht unbedingt dazu geeignet, sie mit dem Vater zu besprechen.

»So, dann wollen wir doch mal schauen, wer unsere kleine Wette gewinnt«, unterbricht Tove Paulsen abrupt meine Gedankenreise in die Vergangenheit und schneidet den Butterkuchen an.

Das erste Stück bekomme ich, er das zweite.

Ich kann Emmi gerade noch davon abhalten, mit ihrer rosa Zunge über den Teller zu schlecken.

Tove spießt ein Stück Kuchen auf die Gabel, führt es zum Mund, kostet und schließt die Augen. Mein Herz pocht, allerdings weniger wegen des Ausgangs unserer Wette als wegen des unerwarteten Anblicks meiner glücklich lachenden Mutter, Arm in Arm mit Tove.

Wie um alles in der Welt kam sie auf sein Boot? Und warum wirken die beiden auf dem Foto vertrauter, als der Kapitän es zugibt?

»Schmeckt genau wie Dörte Nielsens Kuchen«, sagt Tove

schließlich und lächelt selig. »Aber wer hat den gebacken, wenn nicht Dörte?«

»Das war ich«, erwidere ich stolz. »Allerdings unter ihrer Anleitung. Ich kann nämlich nicht backen und mag es auch nicht besonders.«

Er nickt anerkennend. »Das schmeckt man aber nicht. Mona hat schon so oft versucht, mir eine Freude mit selbst gebackenem Butterkuchen zu machen, aber er kommt an diesen einfach nicht heran.«

»Das Geheimnis liegt in der sauren Sahne«, antworte ich, als sei mein zweiter Vorname *Backfee*.

»Und in Ihrer Willensstärke«, ergänzt Tove. »Darin sind Sie Ihrer Mutter sehr ähnlich, aber das wissen Sie ja sicher selbst. Sie können den Typen von Ihrem komischen Sender sagen, dass ich bei Ihrem TV-Zirkus mitmache. Allerdings nur unter der Bedingung, dass ich vor der Ausstrahlung alles zu sehen bekomme und absegne. Andernfalls bin ich raus aus der Geschichte.«

Wäre ich nicht so beschäftigt mit der Erkenntnis, dass meine Mutter und Tove sich offenbar besser kennen als Kapitäne und Passagiere im Regelfall, hätte ich ihm einen Vortrag darüber gehalten, wie es bei Reportagen dieser Art läuft.

Vermutlich hat noch nicht einmal eine Berühmtheit wie Rekord-Weltumsegler Wilfried Erdmann ein Recht auf eine solche Sonderbehandlung. Travel TV ist nun mal nicht Hollywood.

Trotzdem lächle ich und sage: »Fein.« Am liebsten würde ich Tove Paulsen wegen meiner Mutter in die Mangel nehmen, die Reportage interessiert mich gerade gar nicht. Doch ich reiße mich am Riemen, halte meine Neugier im Zaum, esse brav meinen Butterkuchen und bespreche mit Tove, wie ich mir den Beitrag über ihn und die *Ankerherz* vorstelle.

Doch sosehr ich mich auch bemühe, mich über meinen *Sieg* zu freuen, es gelingt mir nicht. Erst muss ich herausfinden, was in dem Sommer vor zwanzig Jahren passiert ist.

»Sag mal, Mama, woher kennst du Kapitän Tove Paulsen?« Ich musste meine Mutter sofort anrufen, als Emmi und ich wieder in Nieblum angekommen waren, den Besuch bei den Schafen am Deich habe ich auch bleiben lassen. Aufgeregt und sogar ein wenig aufgewühlt falle ich direkt mit der Tür ins Haus.

»Hallo, Schätzchen«, sagt meine Mutter. Sie ist wie üblich nach dem ersten Klingeln am Telefon, klingt aber ein wenig atemlos. »Wie schön, dass du dich endlich meldest, wir haben uns schon Sorgen um dich gemacht. Läuft denn mit dem Beitrag alles gut? Und wie geht's Emmi? Habt ihr auch so schönes Wetter auf Föhr? Verstehst du dich immer noch gut mit Leevke?« Meine Mutter setzt wieder auf ihre altbekannte Taktik: Verwirrspiel durch eine Million Gegenfragen.

Also beantworte ich alles Punkt für Punkt, hake dann aber wieder nach. »Ich musste mit Tove Paulsen eine Wette eingehen, andernfalls hätte ich ihn nicht für unsere Sendung bekommen«, fahre ich fort. Keine Reaktion seitens meiner Mutter, ich muss wohl schwerere Geschütze auffahren. »Doch ich glaube, dass er letztendlich vor allem zugesagt hat, weil er dich gernzuhaben scheint und nun weiß, dass ich deine Tochter bin. Ist mir übrigens vollkommen neu, dass du Spaß am Segeln hast.«

Meine Mutter ruft: »Paul, ich nehme das Telefon mal eben mit in den Garten. Draußen ist es gerade viel zu schön, um in der Wohnung herumzusitzen, bis gleich.«

Ich höre das Quietschen der Eingangstür meines Elternhauses. Sie müsste dringend mal geölt werden, doch mein Vater ist alles andere als der Heimwerkertyp, er kann besser Dinge verkaufen als reparieren. Der Kies auf dem Weg knirscht unter den Schritten meiner Mutter, die verstummt ist wie ein Fisch. Ich schätze, sie überlegt gerade fieberhaft, was sie mir sagen soll.

»Mama, bist du noch da?«, frage ich schließlich, weil es mir allmählich zu bunt wird. Was ist denn so schwierig daran, mir zu erzählen, wie sie den alten Kapitän kennengelernt hat? Vielleicht war er ja ein Freund von Rieke, ohne dass ich von dieser Freundschaft wusste. Auf Föhr kennt doch angeblich beinahe jeder jeden.

»Ja, Schätzchen, bin ich«, sagt sie. In ihrer Stimme schwingt Unsicherheit mit. Oder ist sie eher kleinlaut? »Du erinnerst dich doch bestimmt noch an die Zeit, als ich bei Rieke auf Föhr war, um meine schwere Bronchitis auszukurieren. Ich war insgesamt über drei Monate auf der Insel, und irgendwann wurde es mir dort einfach zu eintönig und langweilig. Deshalb habe ich nach einer Möglichkeit gesucht, um mir an der frischen Luft die Zeit zu vertreiben. Irgendjemand erzählte mir von den Ausflugsfahrten der *Ankerherz*, und so habe ich eine Passage auf die Halligen gebucht.«

»Das war bestimmt eine schöne Tour«, sage ich und versuche mir Mama auf einem Schiff vorzustellen, obwohl sie zur Seekrankheit neigt und auch nicht die Allermutigste ist.

Dass sie sich für die Halligen interessiert, ist mir ebenfalls neu. Schließlich war ihr Föhr schon viel zu klein und abgeschieden.

»Ja, das war es«, erwidert sie. Ihre Stimme klingt plötzlich, als sei sie ganz weit entfernt. Nicht nur in Bamberg, sondern in einer ganz anderen Welt, einer vollkommen anderen Realität.

»Und am Ende dieser Tour hat ein anderer Passagier dann

ein Foto von euch als Erinnerung geknipst«, versuche ich, ihr auf die Sprünge zu helfen, bevor sie sich wieder im großen Schweigen verliert. »Schließlich gab's ja damals noch keine Selfies.«

»Das stimmt.« Mama lacht. Dieses Lachen klingt erleichtert und einen Hauch mädchenhaft. »Oh, Schätzchen, ich muss jetzt leider Schluss machen, weil mir Frau Wegner von nebenan gerade zuwinkt. Ich frage mal, ob sie etwas braucht. Tschüss, Liebes, bis bald.« Zack, hat sie aufgelegt.

Ich stehe da wie ein begossener Pudel und bin im Grunde genauso schlau wie vorher. Stimmt es wirklich, dass die alte Dame, der meine Eltern stets nachbarschaftlich zur Hand gehen, ihr zugewinkt hat? Oder war das nur eine Ausrede, um das Telefonat mit mir zu beenden?

»Was machst du denn für ein Gesicht?«, fragt Alva, die gerade zurückgekommen ist, zwei Tüten in der Hand.

Obwohl die Stimmung zwischen uns mehr als angespannt war, weiß ich, dass ich mit ihr reden muss, bevor ich platze. Also lege ich los.

Alva stellt ihre Einkäufe beiseite und setzt sich neben mich aufs Bett, wo ich während des Telefonats, mit Emmi auf dem Schoß, gesessen habe. »Kann es sein, dass die beiden eine Affäre hatten?«, fragt sie gewohnt unverblümt, als ich meinen Bericht beendet habe.

»Aber Tove Paulsen ist doch viel zu alt«, protestiere ich, weil ich bei dem bloßen Gedanken daran, dass Alva recht haben könnte, Schüttelfrost bekomme.

»Ein Altersunterschied von ungefähr zwanzig Jahren«, rechnet sie vor. »Das ist nicht besonders ungewöhnlich. Du darfst schließlich nicht vergessen, dass Tove damals um die fünfzig war und deine Mum Anfang dreißig.« Dann googelt sie den

Kapitän auf ihrem Handy. »Guck mal, da haben wir die Antwort. Der Mann sieht doch jetzt noch ganz smart aus. Deiner Mutter war langweilig, sie war lange weg von daheim, sie haben gemeinsam eine romantische Bootstour unternommen, er hat ihr schöne Augen gemacht ... so was passiert. Viele Leute verknallen sich im Urlaub.«

»Aber nicht, wenn sie daheim eine Tochter und einen Ehemann haben«, gebe ich zurück und bin mit einem Mal so stinksauer, dass ich am liebsten etwas gegen die Wand pfeffern würde.

Kann es sein, dass Alva der Wahrheit auf den Grund gekommen ist? Und dass Oma Rieke und meine Mutter sich genau aus diesem Grund zerstritten haben?

Oma war treu und auf eine angenehme Art konservativ.

Sie nahm das Eheversprechen *In guten wie in schlechten Zeiten* und *Bis dass der Tod euch scheidet* sehr ernst.

Eine Affäre ihrer Tochter hätte sie niemals geduldet.

Erst jetzt fällt mir wieder ein, dass nach Mamas Rückkehr von Föhr zwischen meinen Eltern Eiszeit herrschte und ich damals sogar ungewollt heimliche Zeugin eines Streits wurde, in dem das Wort Scheidung fiel.

Obwohl es keinen wirklichen Beweis gibt und sich alles in mir sträubt, diese Möglichkeit in Betracht zu ziehen, weiß ich, dass ich jetzt mit dem einen Menschen reden muss, der Verständnis für mich hat. »Würdest du mir einen großen Gefallen tun?«, frage ich Alva, die mich mit weit aufgerissenen Augen ansieht. »Würdest du mit mir nach Süderende fahren? Ich muss unbedingt zu Rieke.«

23.

Diesmal fahren Alva und ich nicht mit dem Rad, sondern mit Leevkes Bulli. Leevke passt netterweise auf Emmi auf und bringt sie zu Moritz ins Gehege, damit wir in Süderende ungestört sind.

»Möchtest du erst auf den Friedhof oder zum Haus deiner Oma?«, fragt Alva und biegt auf der Straße in Richtung Utersum rechts nach St. Laurentii ab.

Ich antworte: »Erst ans Grab«, nun kann ich keine Sekunde länger warten.

Alva parkt in der Nähe der Friedhofsmauer, stellt den Motor ab und stößt einen tiefen Seufzer aus. Auch für sie ist dies ein schwerer Moment. Sie wird zum ersten Mal seit vielen Jahren das Grab ihrer Eltern besuchen.

In dieser frühen Abendstunde ist es friedlich und still auf dem wunderschönen Friedhof, wo im Sommer viele Rosen blühen, wie ich noch von früher weiß. Zurzeit zieren überwiegend Frühlingsblumen wie Bellis, Hyazinthen oder Tulpen die Gräber. Manche sind lediglich mit einer einfachen Platte bedeckt, offensichtlich kann oder will sich niemand um die Bepflanzung und Pflege kümmern.

»Dann biege ich mal hier ab«, flüstert Alva und drückt meinen Arm. »Soll ich dich später bei Rieke abholen?«

Ich nicke stumm und schaue Alva eine ganze Weile hinterher. Sie geht nicht so beschwingt und aufrecht wie sonst, sondern eher als würde eine unsichtbare, zentnerschwere Last auf ihre Schultern drücken.

Das Grab meiner Großeltern liegt ein wenig erhöht, so haben die beiden auch nach ihrem Tod einen Überblick darüber, was aus ihren Freunden, ihrer Familie und Süderende geworden ist. Die Namen Oke und Rieke Ingwersen sind in einen hellen Stein gemeißelt. Außer den Geburts- und Todesdaten steht hier nur: *för imer* – für immer.

»Moin Oma, moin Opa«, wispere ich und starre gebannt auf die Inschrift. Dreizehn Jahre ist es her, dass ich zuletzt hier gewesen bin, da ergeht es mir nicht viel anders als Alva.

Jemand hat einen Strauß Narzissen in eine Vase auf die Kante vor dem Grabstein gestellt. Oma Rieke liebte kräftige Farbtöne wie Gelb und Orange – die Farben der Sonne.

In den Baumwipfeln der Äste zwitschern Singvögel ihre Frühlingslieder, eine leichte Brise streicht über den Efeu, mit dem die letzte Ruhestätte bepflanzt ist.

Zunächst fällt es mir schwer, mit Rieke zu reden, als lebte sie noch, als könnte sie mich hören. Doch schon nach einer kurzen Weile sehe ich nicht mehr den dunkelgrünen Efeu oder den Grabstein, sondern das helle Leuchten der Narzissen. Ihre Blütenköpfe sind mir zugewandt, als seien sie das Hörrohr von Oma.

»Tut mir leid, dass ich so lange nicht mehr hier war, aber ich hatte einfach keine Zeit, ich hoffe, du verstehst das.«

Nachdem der Anfang gemacht ist, sprudelt es ungebremst aus mir heraus: Ich springe zwischen dem, was aktuell in meinem Leben passiert, hin und her, zu den Dingen, die ich auf Föhr erlebt habe. Ich erzähle von Emmi, von Leevke, von den vielen netten Menschen, die ich hier getroffen habe. Zu guter Letzt offenbare ich Rieke meinen Verdacht, Tove Paulsen und meine Mutter könnten eine Affäre gehabt haben.

Der Wind frischt auf und fährt raschelnd durch das Laub der Bäume. »Ich weiß, dass Mama und Papa nicht sehr glücklich miteinander sind«, höre ich mich sagen und erschrecke. Stimmt das wirklich? Oder bilde ich mir das nur ein?

Doch nun gibt es kein Halten mehr, beinahe so, als würde alles auf einmal aus mir herausströmen, was ich all die Jahre über mit stiller Sorge beobachtet habe, mir jedoch nie eingestehen wollte.

Ja, meine Eltern leben nebeneinanderher.

Und das nicht erst seit dem Kuraufenthalt meiner Mutter.

Bis ich in die Schule kam, waren wir das, was man eine glückliche Familie nennt: Wir haben schöne Ausflüge und Reisen unternommen, Oma regelmäßig auf Föhr besucht, wir haben Schneemänner gebaut, waren paddeln. Haben einander beim *Mensch ärgere Dich nicht* aus dem Rennen geworfen, über Papas schlechte Witze gelacht und darüber, dass Mamas Kuchen eine ähnliche Katastrophe waren wie Alvas und meine Weihnachtsplätzchen.

Doch dann bekam mein Vater einen neuen Job und war als Vertriebler im Außendienst fast nonstop unterwegs. Mama musste aufhören, in dem Geschenkeladen zu arbeiten, den sie so sehr liebte, denn sie wollte für mich da sein. Davor hatten meine Eltern sich abwechselnd um mich gekümmert, da mein Vater häufig im Homeoffice arbeiten konnte.

Doch ich habe sie nie streiten hören. Keiner von beiden hat sich je gehen lassen, wurde in meiner Gegenwart laut oder ungerecht oder gab mir das Gefühl, dass diese Familie kurz vor dem Zusammenbruch stand. In meinem Beisein war der Ton zwischen beiden sachlich, aber eher unterkühlt als warm und liebevoll.

Der gemeinsame Freundeskreis meiner Eltern schrumpfte deutlich, die beiden waren fast nur noch getrennt unterwegs.

Eine innerliche Trennung anstelle von Scheidung, so muss man es wohl sehen.

War es womöglich dieser Mangel an Liebe, Geborgenheit und Wärme, der meine Mutter in die Arme von Tove Paulsen getrieben hat, auch wenn er ja ein eher ruppiger Typ ist? Oder liege ich mit meinem Verdacht vollkommen falsch, und das sind alles bloße Unterstellungen?

»Ach, Rieke, wieso kannst du mir nicht antworten? Ich brauche dich jetzt.« In dem Moment, als Tränen der Verzweiflung über meine Wangen kullern, umschließen mich zwei Arme, und ich erkenne an der typischen Duftmischung aus Freesie, Rose und Mandarine, dass Alva genau zur rechten Zeit aufgetaucht ist.

Sie hält mich eine ganze Weile fest umschlungen und fragt schließlich: »Wollen wir los?« Ihr Tonfall ist brüchig, rau und zart zugleich. Die klare, feste Alva-Stimme scheint verstummt. Als ich laut schniefe, reicht sie mir ein Taschentuch, und nun kann ich sehen, dass auch sie geweint hat. »Lass uns bitte ganz schnell irgendwo was trinken gehen«, sagt sie. »Gibt's in Süderende ein Lokal, das um diese Zeit geöffnet hat?«

Mittlerweile ist es kurz nach sieben, mein Magen beginnt zu knurren. »Ich weiß es leider nicht. Außer dem *Uun't Waanjhüs* kenne ich hier nichts, und das schließt um achtzehn Uhr. Lass uns einfach zu Fuß 'ne Runde ums Dorf drehen, vielleicht finden wir ja was«, schlage ich vor, denn ich brauche jetzt dringend Bewegung. »Außerdem können wir bei der Gelegenheit gleich noch bei Riekes Haus vorbeischauen.«

»Bist du dir sicher, dass du das jetzt verkraftest?«, fragt Alva und mustert mich besorgt.

Ich putze mir erneut die Nase und atme dann tief ein und aus. »Das stehe ich nur gemeinsam mit dir durch, und du reist morgen ab. Also geht es nur heute.«

»Auch wieder wahr«, stimmt Alva mir zu und nimmt meine Hand. »Komm, Süße, los geht's! Teil zwei der Reise in die Föhrer Vergangenheit wartet.«

Ihre Wärme und Herzlichkeit tun unendlich gut, und mit einem Mal weiß ich, dass ich ihr gestern unrecht getan habe.

Sie hat genauso mit dem Verlust ihrer geliebten Eltern zu kämpfen wie ich mit dem Tod von Rieke und dem Verkauf ihres Hauses. Doch Alva leidet stumm und stark, wohingegen ich nur selten mit meinen Gefühlen hinterm Berg halten kann und mich schnell schwach und hilflos fühle, so wie jetzt.

Wir spazieren eine ganze Weile wortlos am Café vorbei nebeneinanderher, jede in ihrer ganz eigenen Erinnerungswelt versunken.

Süderende ist nicht weit vom Künstlerdorf Oldsum entfernt und hat doch einen ganz anderen Charakter: Es ist vor allem ein Kirchdorf, das mit seinen reetgedeckten Friesenhäusern und den schmalen Giebeln weniger *puppenstubenhaft* anmutet als das Nachbardorf.

»Da geht's lang, gleich sind wir da«, zeige ich Alva, nach einem etwa zwanzigminütigen Spaziergang durchs und ums Dorf herum, den Weg zurück in Richtung Monklembergem, dem hinter einem Wäldchen gelegenen Friedhof aus der Wikingerzeit – laut Leevkes Buch ebenfalls ein Kraftort.

Ob Rieke sich deshalb dort so wohlgefühlt hat?

Alva drückt meine Hand, denn da, hinter der nächsten Biegung, liegt es: das Haus meiner glücklichen Kindheit, das Haus meiner Vergangenheit.

Ich habe mit allem gerechnet. Mit im Vorgarten spielenden Kindern, mit einem fröhlich bellenden Hund. Mit einem viel zu großen und zu protzigen Auto in der Einfahrt und auch mit einem Umbau, der nicht meinem Geschmack entspricht.

Womit ich aber nicht gerechnet habe, ist ein einsames, verlassenes Friesenhaus, in dessen Vorgarten ein großes Schild mit den Worten *Zu verkaufen* steht.

»Was geht denn hier ab?«, fragt Alva und lässt meine Hand los. Ich versuche, das Pochen meines Herzschlags unter Kontrolle zu bekommen, und betrachte das Schild genauer.

Der Verkauf wird über einen Makler aus Wyk abgewickelt.

»Das Haus scheint schon länger leer zu stehen, wenn ich mir das hier so anschaue.«

Obwohl es mich beinahe umbringt, riskiere ich einen vorsichtigen Blick. Viel lieber würde ich jetzt die Augen schließen und mir einbilden, dass das alles nur ein Traum ist. Früher Riekes ganzer Stolz, ist der Garten nun fast komplett einbetoniert und insgesamt so kalt und tot wie das Material selbst.

»Hier hatte ja offenbar jemand so gar keine Lust auf Gartenarbeit«, fasst Alva die Situation treffend zusammen. »Willst du trotzdem weiterschauen?«

Erneut schießen mir Tränen in die Augen – wenn Oma Rieke das wüsste. Das Eingangstor ist offen; wenn es das nicht gewesen wäre, dann wäre ich über den Zaun geklettert.

Alva und ich lassen die Betonwüste links liegen und umrunden das Haus. Leider kein Traum!

»Wenigstens haben sie den Kirschbaum nicht gefällt«, wispere ich, zu mehr fehlt mir einfach die Kraft.

»Aber ein paar andere Bäume haben dran glauben müssen, wenn ich mir die Stümpfe so ansehe«, sagt Alva, ebenfalls bedrückt. »Wer macht denn bitte so etwas? Wer kauft sich so ein schönes Haus auf Föhr und hat dann ganz offensichtlich keine Lust auf Natur? Ob das Insulaner waren, was meinst du?«

Ich kehre dem Garten den Rücken und versuche durch das Fenster ins Haus zu schauen. Dort, wo früher Omas selbst gehäkelte Gardinen hingen, gibt es nun einen festen Rollladen, offenbar als Einbruchschutz gedacht, obwohl Föhr immer einer der friedvollsten Orte war, die ich kenne. Soweit ich sehen kann, ist zum Glück der alte Dielenboden erhalten geblieben, das ist ja immerhin schon etwas. Die Fensterscheiben sind verschmutzt, doch das will an der Nordsee nichts heißen. Die salzhaltige Luft schlägt sich eben nieder, und man kann nicht täglich putzen.

»Soll ich mal den Makler anrufen?«, fragt Alva, die schon längst die Nummer in ihr Handy eingetippt hat. »Ich kann ja so tun, als sei ich eine potenzielle Interessentin.«

»Ja, gern«, antworte ich, matt, kraftlos und gleichzeitig wütend. Hätte meine Mutter das Haus damals nicht verkauft, würde es hier jetzt ganz anders aussehen: schön, gut in Schuss, warm und voller Leben.

Zu meinem Erstaunen meldet sich der Makler trotz der späten Uhrzeit, und schon agiert Alva, wie ich sie kenne. Keine Spur mehr von Trauer oder Nachdenklichkeit – direkt drauf zu. Immer fest das Ziel im Blick.

Ich höre sie »Aha, aha« sagen. Und zuletzt: »Also wir sehen uns dann morgen Vormittag um elf. Ja, danke, das wünsche ich Ihnen auch.«

»Wie, morgen Vormittag? Ich dachte, du nimmst die frühe Fähre?! Was hast du um Himmels willen vor?«

»Bei dir sein«, erwidert Alva. »Ob ich eine Fähre früher oder später nehme, ist doch egal. Mein Auto steht auf dem Parkplatz in Dagebüll, und ich übernachte sowieso morgen Abend bei einer Bekannten in Hamburg, bevor es nach Bamberg weitergeht. Ich bin sehr gespannt, was für Konditionen der Makler nennt und auch, wie es im Haus selbst aussieht.«

»Weißt du eigentlich, was für eine tolle Freundin du bist?«, frage ich, zutiefst berührt.

»Na klar weiß ich das. Und weil das so ist, gibst du mir jetzt einen aus. Wenn nicht hier in Süderende, dann in Nieblum. Ich schaue mal eben, was *TripAdvisor* zu den Locations hier zu sagen hat.«

Zu guter Letzt fahren wir nach Wyk und kaufen dort im Supermarkt, der zum Glück noch geöffnet hat, alles für eine kleine Abschiedsparty bei Leevke ein.

»Diese spontanen Feste zu Hause sind doch die besten«, sagt Leevke, nachdem wir genüsslich Antipasti, Fischsalate, Obst und rote Grütze mit Vanilleeis geschlemmt haben. Die Fenster ihres Wohnzimmers sind geöffnet, Kerzen flackern auf dem dunkel gebeizten Opiumtisch, ich habe Emmi im Arm, und Alva schmust mit Patchouli.

»Dieser Feerwin schmeckt wirklich einzigartig.« Ich habe spontan beschlossen, eine der drei Flaschen zu spendieren, zwei davon werden sicher auch für die Reportage genügen, notfalls kaufe ich noch eine nach.

»Außerdem ist er eine großartige Einstimmung auf dein morgiges Date mit Arno«, sagt Alva schmunzelnd zu Leevke. »Du schickst mir direkt danach eine WhatsApp, egal, wie spät es ist, ja?« Wir plaudern noch eine ganze Weile über alles, was in den letzten Tagen passiert ist. Doch das zentrale Thema bleibt das Haus meiner Oma, auch wenn es mir unangenehm ist, dass sich beinahe ständig alles um mich oder Emmi dreht.

»Ich könnte meine Immobilie in Oevenum abstoßen und mit dem Erlös Riekes Häuschen kaufen«, schlägt Alva irgendwann vor. Es ist schon kurz nach Mitternacht, wir sind alle drei müde und ein wenig angeschickert. »Dann kannst du es entweder von mir zu einem günstigen Preis mieten, oder ich gewähre dir einen zinslosen Kredit, den du mir in kleinen Raten zurückzahlst.«

Mein Herz flattert angesichts der Vorstellung, Omas Haus könnte irgendwann doch mir gehören.

»Kannst du dir denn überhaupt vorstellen, auf Föhr zu leben?«, stellt Leevke die Frage, die ich seit Tagen versuche im Keim zu ersticken, wenn sie aufploppt wie ein Sektkorken.

»So merkwürdig das auch klingt, irgendwie schon«, murmele ich. Ich wage es kaum, diese Worte laut und deutlich auszusprechen, schließlich ist schon der bloße Gedanke an eine solche Möglichkeit vollkommen utopisch. »Aber so schön das auch wäre: Wovon soll ich hier leben? Wovon Miete oder sogar Kreditraten abzahlen? Außerdem habe ich ein Leben in Bamberg, einen Beruf, Freunde, meine Familie.«

Aber Hark lebt auf Föhr …

»Kurzfristig einen Job zu finden ist nicht so das Problem«, erwidert Leevke. »Gerade in der Saison werden haufenweise Mitarbeiter in der Gastronomie und in den Läden gesucht. Du hast als Bürokauffrau einen bodenständigen Beruf, mit dem du fast alles machen kannst, von der Föhr-Touristik bis hin zu einem Job in einer Verwaltung. Denk nur an die neuen Hotels. Nach der *Sonnenseite* in Wyk wird auch eines am Nieblumer Strandweg gebaut, mit insgesamt über hundertzwanzig Zimmern. Garantiert kommen noch weitere hinzu, wenn das Ganze so läuft, wie die Betreiber und Investoren sich das vorstellen.«

»Das ist nicht dein Ernst, oder? Das widerspricht doch fast allem, wofür ihr euch einsetzt. Und dann soll ausgerechnet ich in einem neuen touristischen Hotspot arbeiten?«

Leevke grinst. »Ja, das sollst du. Wir wollen dich da einschleusen, damit du dafür sorgst, dass dort kein Schindluder getrieben wird. Dass das Unternehmen nachhaltig arbeitet. Man kann gerade im Kleinen so viel bewegen. Nimm nur mal die tollen Mehrwegbecher, die es bei der Föhr-Touristik gibt, um dem Einsatz von Einwegbechern aus Plastik Einhalt zu gebieten, die leider oft achtlos in die Dünen oder ins Meer geworfen werden. Ich glaube schon, dass du hier dauerhaft Arbeit finden könntest, und würde mich sehr freuen, dich hier auf Föhr zu haben. Außerdem würde es Emmi das Herz brechen, dich zu verlieren.«

Wie auf Kommando schlägt das Schäflein, das gerade friedlich geschlummert hat, die Äuglein auf und macht »Mäh«.

24.

Du hast gestern Abend kein Memo an mich geschickt. Was ist los? Evangeline und ich erwarten unverzüglich Rückmeldung.
Laura

Mist! Vor lauter Vergangenheitsbewältigung und Zukunftsvisionen habe ich glatt die Gegenwart vergessen: das Update für die Redaktion, obwohl ich doch große Erfolge zu vermelden habe. Schlaftrunken fahre ich den Laptop hoch. Alva schnorchelt leise unter der Decke, Emmi schlummert in ihrem Körbchen neben meinem Bett.

Meine Hände fliegen nur so über die Tastatur, ich formuliere eine Entschuldigung und schreibe alles auf, was es über Tove Paulsen, das Château und über die Kooperation des Föhrer Weinbauern mit dem Winzer von der Mosel zu berichten gibt.

Beim abschließenden Durchlesen stelle ich fest: Dieses Memo ist weit mehr, als Evangeline gefordert hat. Es ist ein komplettes Konzept für den Beitrag, mit Regieanweisungen und allem Pipapo. Ich drücke auf *Senden* und hoffe, dass damit alles wieder gut ist und ich Laura keinen Anlass für weitere Nachrichten mit spitzem Unterton biete. Dann schaue ich auf die Uhr. Noch eineinhalb Stunden bis zum Treffen mit dem Makler in Omas Haus.

Obwohl ich versuche, mich mit Händen und Füßen dagegen zu wehren – die Vorstellung, mein Leben in Bamberg aufzugeben und künftig in Riekes Haus zu wohnen, lässt mich aus vielen Gründen einfach nicht mehr los.

Leevke sagte gestern, wie bemerkenswert sie es findet, dass ich nach all den Jahren ausgerechnet zu dem Zeitpunkt nach Föhr komme, zu dem das Haus zum Verkauf steht. »Das ist ein Zeichen, glaub mir.«

»Ja, ein Zeichen dafür, dass deine Mutter damals an die Falschen verkauft hat und nun ein Ehepaar aus Stuttgart einen riesigen Reibach machen wird, obwohl es dieses Kleinod von Friesenhaus offenbar gar nicht zu schätzen wusste. Oder es von Anfang an als Spekulationsobjekt betrachtet und nie wirklich selbst darin gewohnt hat. Der nächste Käufer muss garantiert fast vierzig Prozent mehr Geld auf den Tisch legen, das ist ein ganz schöner Gewinn«, so Alvas nüchterner Kommentar.

»Könnte es sein, dass der Garten deshalb so zubetoniert wurde, weil die damaligen Käufer so gut wie nie hier waren und man Kosten für einen Gärtner sparen wollte?«, fragt Alva unverblümt den Makler Ingo Martensen, den wir Punkt elf Uhr in Süderende treffen.

»Das entzieht sich meiner Kenntnis«, erwidert dieser trocken, während er die Tür zu Omas Haus öffnet.

Ich schließe einen Moment die Augen und erinnere mich daran, wie es früher war, wenn ich als Kleinkind oder später in den Ferien *heimkam*. Schon im Eingang duftete es nach den Säckchen mit getrocknetem Lavendel, die Oma überall im Haus verteilt hatte: zwischen der Bettwäsche in der alten Kommode und auf den Fensterbänken, damit sie dort, von der Sonne aufgeheizt, einen noch intensiveren Duft verströmen konnten. Ein Säckchen hing auch in meinem Zimmer über dem Bett, genau wie über ihrem, eine Art wohlduftender Traumfänger.

»Lavendel beruhigt die Nerven und beschert einen guten und gesunden Schlaf«, hatte Rieke gesagt und damit recht behalten. Bis auf die Nächte kurz nach dem heimlichen Anschauen von Hitchcocks *Die Vögel* habe ich auf Föhr immer fantastisch geschlafen, überall sonst eher unruhig und zumeist nicht besonders tief.

In den Duft von Lavendel mischte sich stets der von Äpfeln, die sie selbst erntete und in einer kühlen, dunklen Abseite der Küche lagerte. Im Sommer ergänzten Kirschen dieses Duftpotpourri, im Herbst Birnen, ebenfalls aus Riekes Garten. Ich kann mich noch gut daran erinnern, wie sie leise fluchend ganze Schubkarren voller Fallobst durch den Garten schob und dann wochenlang mit dessen Verarbeitung beschäftigt war: Birnen-Gelee, Birnen-Chutney, Salat aus Roter Bete und Birnen. Nur nicht als Belag auf Kuchen, da Rieke zwar eine fantastische Köchin war, aber keine begeisterte Bäckerin.

»Kommst du?«, fragt Alva und fasst mich sanft am Arm.

Mir ist ein wenig schwindelig und flau im Magen.

Im Flur riecht es nach – nichts. Wenn überhaupt, dann etwas muffig. Wie länger nicht gelüftet. Und seit Langem unbewohnt.

»Wie Sie sehen, befindet sich das Haus weitgehend in seinem ursprünglichen Zustand«, sagt der Makler und öffnet die Tür zu Omas gemütlicher *Stuuv*, dem schönsten Raum. Hier steht ein alter Bollerofen, der so gut heizte, dass Rieke nur selten die Zentralheizung benutzen musste. »Die vorherigen Besitzer haben alles weitgehend so belassen, wie es war, und nur im Bereich Einbruchsicherung aufgerüstet. Diese Rollläden sind zudem in heißen Sommern sehr praktisch, weil sie das Innere angenehm kühl halten.«

»Schatten und Kühle hätten auch die Bäume gespendet«,

sagt Alva mit leicht gereiztem Unterton. »Wissen Sie, weshalb so viele von ihnen gefällt wurden?«

»Nun …« Ingo Martensen sucht nach einer plausiblen Begründung. »Ich denke, dass das an diversen Sturmschäden liegt. Wie Sie vielleicht wissen, haben in den letzten Jahren einige davon heftig über der Nordsee gewütet. Zudem wollten die Eigentümer vermutlich mehr Sonne im Garten.«

»Wie lange steht das Haus denn schon leer, und wie viele Interessenten gibt es aktuell?«

Ich bin unendlich froh, dass Alva souverän das Zepter in der Hand hat. Ich selbst brächte keinen Ton heraus, zu sehr überfluten mich meine Gefühle. Ein Teil von mir wünscht, meine Mutter wäre hier und könnte das alles sehen.

Sie würde den Verkauf bestimmt zutiefst bedauern.

Der weitere Gesprächsverlauf fliegt ungehört an mir vorbei, denn ich öffne die Tür, die von der Stuuv in den Garten führt. Dort, unter dem Kirschbaum, steht noch immer Omas weiße Friesenbank. Der Lack ist zwar an einigen Stellen abgeblättert, aber das tut der Schönheit des Möbelstücks keinen Abbruch. *För Rieke* steht dort auf einem kleinen Messingschild. Diese Bank hat Opa Oke selbst gezimmert und seiner Frau zur Verlobung geschenkt.

Auf dieser Bank haben Rieke und ich in den Abendhimmel geschaut, den aufgehenden Mond bestaunt und die untergehende Sonne, Erbsen gepult, Äpfel geschält, Friesentee getrunken und manchmal sogar ein kurzes Nickerchen gemacht.

Seite an Seite, Kopf an Kopf.

Hier hat Oma mir Geschichten von früher erzählt oder den neuesten Inseltratsch. »Wenn sich in Utersum morgens einer in den Finger zwackt, ist abends in Wyk bereits die ganze Hand ab«, sagte sie immer, amüsiert über die Geschwindigkeit, mit der sich Nachrichten quer über die Insel verbreiteten, und darüber, wie aus einer harmlosen, winzigen Sache mit einem Mal ein großes Drama wurde.

Wenn ich meine Augen schließe und sie dann ganz schnell wieder öffne, sehe ich Rieke dort sitzen. Rieke mit den leicht geröteten Wangen, den strahlend blauen Augen, dem klugen Blick, der zierlichen Statur – und der praktischen Kleidung, weil sie ständig im Garten werkelte, Fahrrad fuhr oder spazieren ging. »Ich muss mal in die Marsch«, war eines ihrer geflügelten Worte, das übersetzt hieß: Ich möchte jetzt allein sein.

»Na, alles gut?«, fragt Alva, die nun neben mir steht.

»Ich werde meiner Mutter sagen, dass das Haus zum Verkauf steht«, erwidere ich, anstatt auf ihre Frage zu antworten, oder vielleicht ist das auch meine Antwort. »Das wäre eine einmalige Chance, wiedergutzumachen, was sie aus Sturheit verbockt hat. Gibt es denn viele potenzielle Kaufinteressenten?«

»Laut Makler zurzeit acht ernsthafte, in Wahrheit also wohl eher die Hälfte. Einer von ihnen zieht sogar in Erwägung, in dem Haus einen Mini-Supermarkt aufzumachen.«

»Wie bitte? Das darf doch nicht wahr sein.«

In Süderende gibt es ein kleines Lädchen, auch Kiosk genannt, das die Bewohner des Dorfes mit allem Notwendigen versorgt: frische Brötchen, die Tageszeitung, Sonnenschutz, Kaugummis und Kinderspielzeug. Der Kiosk hat zwar nur stundenweise geöffnet, aber dieses Konzept hat bislang immer bestens funktioniert. Einheimische und Touristen lieben das urige Lädchen und deren Besitzerin, mit der Rieke befreundet war. Ein Mini-Supermarkt wie der in Nieblum würde das *Aus* für den Kiosk bedeuten.

»Leider doch«, sagt Alva mit Bedauern in der Stimme. »Wenn du glaubst, dass deine Mutter genug Geld hat und dass du sie umstimmen kannst, solltest du dich sofort bei ihr melden. Sonst ist dieses Haus schneller weg, als du das Wort Föhr buchstabiert hast.«

Dann ist auch Alva schneller weg, als ich »Auf Wiedersehen« sagen kann. Leevke und ich bringen sie gemeinsam zur Fähre, und ich muss schon wieder weinen.

Es scheint, als hätten sich gestern alle fest verschlossen geglaubten Schleusen geöffnet, und nun gibt es kein Halten mehr.

»Na, na, na, du kleines Wasserwerk«, murmelt Alva und nimmt mich ein zweites Mal in den Arm, obwohl wir uns bereits voneinander verabschiedet haben. »Du bist doch bald wieder zurück in Bamberg, und dann machen wir richtig einen drauf, okay?« Und dann sagt sie zu Leevke gewandt: »Hast du bitte ein Auge auf unser Küken?«

»Na klar«, antwortet Leevke, selbst ganz bedrückt. »Aber lass bitte diesmal nicht so viel Zeit verstreichen, bis du wieder nach Föhr kommst, ja?«

»I try to do my very best«, erwidert Alva, schnappt sich ihr Gepäck und marschiert in Richtung Ticketschalter. Sie dreht sich kein weiteres Mal um, so wie ich es getan hätte. Für sie ist die Zeit auf der Insel passé – auf zu neuen Ufern!

Momentan stehen die Zeichen auf London, wie sie uns gestern Abend mitgeteilt hat. Wenn sie den Job in England bekommt, zieht sie schon im Juli um, für mich vollkommen unvorstellbar.

»Komm, Minnie, lass uns heimfahren«, sagt Leevke und legt den Arm um mich. Es ist wirklich rührend, wie liebevoll und besorgt sie und Alva um mich sind. »Oder möchtest du noch hier in Wyk bleiben? Wenn du magst, lade ich dich auf eine Friesentorte im Café Steigleder ein.«

Das lasse ich mir natürlich nicht zweimal sagen. Zum einen liebe ich dieses gemütliche Traditionscafé am Sandwall mit Blick aufs Meer und die ein- und auslaufenden Fähren. Zum anderen brauche ich dringend eine Stärkung vor dem Telefonat mit meiner Mutter.

»Mama, hast du einen Augenblick Zeit?« Mir ist ein bisschen schwindelig, meine Nerven liegen blank. Wann habe ich zuletzt meine Mutter um etwas gebeten?

Ich kann mich kaum mehr erinnern. Diesmal handelt es sich auch nicht um einen Kinderwunsch à la: *Ich hätte gern zu Weihnachten das neue Puppenhaus von Barbie*, sondern um etwas, das so weit jenseits aller Möglichkeiten zu sein scheint, dass ich die Frage im Grunde kaum zu stellen brauche.

»Ja, aber sicher, was ist denn passiert?«, erwidert sie. »Bist du krank? Ist irgendetwas mit dem Sender?«

Ich antworte: »Weder … noch«, und hole dann so tief Luft, dass sich alles um mich dreht. »Es geht um Riekes Haus. Es steht zum Verkauf, und ich wollte dich fragen, ob ihr mir das Geld leihen könntet, um es zu erwerben.«

Bis meine Mutter antwortet, vergehen gefühlt eine Million Jahre. Ich sitze auf glühend heißen Kohlen, kann kaum atmen und fühle mich wie durch den Fleischwolf gedreht.

Gerade will ich meine Frage wiederholen, als sie »Nicht dein Ernst, oder?« sagt. »Was ist denn nur auf einmal los mit dir? Dieser Föhr-Aufenthalt scheint dir gar nicht gut zu bekommen. Wann kommst du denn endlich wieder zurück nach Bamberg? Du wirst doch sicher wieder im Sender gebraucht.«

Ich schwanke zwischen ohnmächtiger Wut und Verzweiflung.

Kennt meine Mutter mich überhaupt? Hat sie auch nur eine

vage Ahnung davon, wie sehr ich Rieke geliebt habe und wie viel mir ihr Haus bedeutet?

Am liebsten würde ich ihr alles ungefiltert an den Kopf werfen, was ich all die Jahre um des lieben Friedens willen unterdrückt habe.

Immer war ich Minnie, die Vernünftige. Minnie, die nur selten aufgemuckt hat. Minnie, die Verständnisvolle.

»Ich kann erst zurückfahren, wenn mit dem Beitrag alles geregelt ist und Evangeline wieder reisen und drehen kann. Lange wird das sicher nicht mehr dauern, aber darum geht es jetzt gar nicht. Bist du so lieb, mit Papa zu sprechen? Oder soll ich ihn selbst fragen?«

Das Wort *Papa* bringt Schwung in die Sache. Spielt da vielleicht ein schlechtes Gewissen eine Rolle?

»Nein, das brauchst du nicht. Lass mich in Ruhe nachdenken, und dann melde ich mich wieder, ja?«

»Wie lange brauchst du?« Normalerweise bin ich nicht der Typ, der jemandem die Pistole auf die Brust setzt. Aber das hier ist eine zwingend notwendige Ausnahme.

»Also, Liebling, das kann ich dir jetzt nicht so genau sagen«, erwidert meine Mutter zögerlich. »Wie du weißt, haben wir das Geld aus dem Verkauf angelegt, weil wir im Alter neben der Rente von den Erlösen leben müssen. Außerdem kommt deine Bitte ein bisschen arg plötzlich, findest du nicht?«

Ich antworte: »Nein, kommt sie nicht, sie kommt eher viel zu spät. Du weißt ganz genau, wie entsetzt ich war, als du damals das Haus, ohne mit der Wimper zu zucken, verkauft hast. Ohne an mich zu denken oder daran, was langfristig aus Omas Erbe wird. Aber ich habe damals den Mund gehalten, weil ich mich nicht mit dir streiten wollte, was ein großer Fehler war. Der Preis der Immobilie hat sich in den letzten Jahren vervielfacht, was es jetzt deutlich schwerer macht, das Haus zurückzukaufen. Das alles hätten wir uns sparen können.«

»Also bitte, da hast du doch schon deine Antwort. Das können wir uns auf gar keinen Fall leisten, selbst wenn wir wollten. Bist du dir denn sicher, dass das wirklich stimmt?«

Mir liegt auf der Zunge zu sagen: Mama, lebst du hinterm Mond? Hast du denn gar nicht zugehört, als ich dir von den Recherchen für die Reportage erzählt habe?

»Ja, ich bin mir sicher. Föhr ist das neue Sylt und boomt wie verrückt. Es dauert nicht mehr lange, dann fallen viele Häuser in die Hände von Spekulanten, die die Immobilien nur als Anlage nutzen, ohne dass jemand darin wohnt. Du müsstest mal den Garten sehen, der ist eine einzige Betonwüste. Diesem Ehepaar aus Stuttgart war es egal, was aus Omas Kleinod wird, sie haben sogar einen Großteil der Bäume im Garten fällen lassen. Auch die Johannisbeersträucher sind dem Erdboden gleichgemacht.«

»Steht der Kirschbaum noch?«, fragt Mama mit leiser Stimme. »Hast du Bilder?«

Ich schöpfe leise Hoffnung. Mama hat Riekes Garten mindestens ebenso sehr geliebt wie ich. Wenn wir zusammen auf Föhr waren, haben wir so viel Zeit wie möglich draußen verbracht. Meine Mutter buddelte in den Beeten herum, half Oma, Marmelade einzukochen und Gemüse einzufrieren.

Auch der Garten meiner Eltern am Stadtrand von Bamberg ist ein Traum, erschaffen und liebevoll gehegt und gepflegt von Mamas Händen.

»Natürlich habe ich welche, ich maile sie dir gleich.«

Dann verabschieden wir uns voneinander, für den Moment ist alles gesagt. Ich schicke ihr alle Fotos, die ich mit dem Handy gemacht habe, und bete inständig, dass sie ihre Wirkung nicht verfehlen. Während das letzte sich auf den elektronischen Weg über die Nordsee nach Bamberg macht, klingelt mein Handy: Es ist Hark Bendix, der zurzeit nur als eine Art Gedankenblitz in meinem Kopf auftaucht, zu sehr bin ich von all den anderen Themen gefangen genommen, die in meinem Leben gerade eine große Rolle spielen.

»Ich wollte mal hören, ob Sie, äh, du, mit Tove Paulsen weitergekommen bist«, sagt er. »Und wissen, wann der Beitrag gedreht werden soll. Ist deine Chefin denn mittlerweile wieder gesund?«

Ich muss mich einen Moment sammeln, denn Harks Anruf kommt mehr als unerwartet, und seine Stimme klingt so angenehm warm. Mein Herz trommelt wie verrückt gegen meine Brust, dagegen kann ich einfach nichts machen.

»Tove hat dank einer List oder vielmehr einer verlorenen Wette zustimmen müssen, und was den Drehtermin betrifft, so rechne ich heute mit einer Rückmeldung des Senders, damit ich die Termine entsprechend koordinieren kann.«

»Tove hat eine Wette verloren?« Hark klingt amüsiert. »Wie konnte das denn passieren?«

25.

Der Donnerstag weht einen Hauch von frisch gemähtem Gras, Johannisbeertorte und Basilikum durchs Fenster und lässt erahnen, wie wunderschön Sommertage auf Föhr sein können.

Nach dem Frühstück bringe ich Emmi zu Moritz ins Gehege und beobachte die beiden Tiere eine ganze Weile. In diesem Augenblick gibt es für mich nichts weiter als das fröhliche Herumtollen des Lämmchens und des Kaninchens, die von Tag zu Tag vertrauter miteinander werden. Und frecher.

Wenn es weiterhin so mild bleibt, werde ich den Versuch wagen, Emmi auch mal nachts bei Moritz zu lassen.

»Süß, die beiden, nicht wahr?«, sagt Leevke, die sich zu mir gesellt, einen kleinen Korb voll frisch geschnittener Gartenkräuter im Arm. »Ich bin wirklich froh, dass dieses Experiment geglückt ist und Moritz so aufblüht.«

»Und ich erst«, erwidere ich seufzend. »Am Montag rücken nämlich Evangeline und die Film-Crew an, und ab dann geht's rund. Da werde ich kaum noch Zeit haben, mich um Emmi zu kümmern. Je eher es mir also gelingt, sie ans Gehege zu gewöhnen, desto besser.«

»Montag schon?« Leevke wirkt erstaunt.

»Ich würde eher sagen: erst Montag. Denk doch mal daran, wie lange ich schon auf Föhr bin. Seit zwei Wochen.«

Das eigentlich Erstaunliche ist, dass es mir einerseits so

vorkommt, als sei ich erst gestern mit der Fähre angereist. Und andererseits habe ich das Gefühl, schon ewig hier zu leben und hier zu Hause zu sein.

»Ist denn so weit alles klar für den Beitrag, oder kann ich noch irgendetwas für dich tun?«

Ich überlege, ob ich noch etwas Wichtiges vergessen habe, aber mir fällt nichts ein. Evangeline hat vor einer Stunde angerufen und mich für mein umfangreiches Memo und das Konzept gelobt. Darüber war ich so fassungslos, dass ich kaum einen Ton herausgebracht habe.

»Danke, aber ich glaube, hier ist alles so weit startklar. Evangeline ist übrigens total begeistert von der Idee, auch den Tanz in den Mai in Oldsum und das Maibaumfest im Oevenum zu filmen. Das passt ja nun zeitlich perfekt. Aber jetzt erzähl mal. Wie war deine Verabredung mit Arno? Ich habe dich gestern gar nicht mehr heimkommen gehört.«

Leevke lächelt und wirkt ein bisschen verlegen.

Erst jetzt sehe ich die dunklen Schatten unter ihren Augen, die dennoch funkeln wie Diamanten in der Sonne.

»Das könnte daran liegen, dass ich erst um drei Uhr zu Hause war«, sagt sie und blickt verträumt in die Ferne. »Arno ist ein echt cooler Typ, superschlau und witzig und total kreativ. Ich verstehe zwar kaum etwas vom Weinbau, aber ich spüre, wenn jemand für etwas brennt. Und das tut er, mit Leib und Seele.«

Da ist es wieder, dieses Für-etwas-Brennen …

»Klingt super«, antworte ich, zugegebenermaßen ein bisschen lahm. Oder bin ich einfach nur neidisch, weil ich auch gern mal mit Hark die Nacht zum Tag machen würde? Das kurze Telefonat mit ihm genügte bereits, um mich wieder völlig aus der Fassung zu bringen. Wie macht dieser Mann das bloß? »Was … was habt ihr denn unternommen?«

»Du wirst es nicht glauben, aber wir waren an beinahe allen Kraftorten. Arno fand das Ganze megaspannend, auch wenn er nicht überall so viele Energieströme gespürt hat wie ich. Aber es ist toll, dass er so aufgeschlossen ist und so viel gefragt hat, im Gegensatz zu vielen anderen Männern. Wenn wir uns das nächste Mal treffen, schenke ich ihm mein Buch, denn es gibt auch in Rheinland-Pfalz viele Kraftorte wie Heilquellen, Druidensteine oder keltische Steinkreise, die ich auf meiner Reise besucht habe.«

»Wow, das nenne ich aber mal ein ungewöhnliches erstes Date. Wann seht ihr euch denn wieder?« Die Frage, die mich weit mehr interessiert, lautet eigentlich: Lief da was? Habt ihr euch geküsst? Aber derart mit der Tür ins Haus zu fallen wäre eher Alvas Art, nicht meine.

Leevke wirkt ein wenig entrückt, als sie »Wenn alles klappt, morgen Abend« sagt. »Heute Nacht muss ich erst mal schlafen, damit ich fit für den Laden bin. Apropos, ich muss da mal wieder rein, falls Kundschaft auf mich wartet. Wir sehen uns dann später, ja?«

Ich bleibe noch eine Weile im Garten, beobachte, wie Emmi und Moritz miteinander herumtollen, und denke nach. Soll ich vielleicht auch mal etwas wagen und Hark rundheraus fragen, ob wir uns *privat* treffen wollen? Schließlich bleiben mir nur noch wenige Tage auf Föhr. Bevor ich mich aus Ängstlichkeit gegen die Idee entscheide, wähle ich auch schon seine Nummer.

Harks Antwort lautet – man glaubt es kaum –: »Ja, gern.«

Ich zwicke mich innerlich, um mich zu vergewissern, dass ich nicht nur träume.

»Hast du denn eine Idee, wo und wann?«, fragt er.

Hm, gute Frage. »Wie wäre es mit Freitag oder Samstagabend

zum Essen? Montag reist das Dreh-Team an, ab da bin ich komplett verplant.«

»Freitagabend bin ich schon verabredet«, erwidert Hark, und mein Herz rutscht in die Hose. *Mit Kerstin?!* »Samstagabend passt aber perfekt. Wenn du spontan keinen Vorschlag hast, können wir ja beide noch mal darüber nachdenken, wo wir hingehen wollen. Wir telefonieren einfach Samstagvormittag, ja?«

Dieses Gespräch ist genauso schnell wieder vorüber, wie es begonnen hat. Wie ein Lufthauch, der einen kurz streift und sich dann wieder auflöst, als hätte es ihn nie gegeben.

Aber kann das wirklich so einfach gewesen sein? Ich schlage etwas vor, Hark sagt zu, und dann klappt das auch?

Verunsichert denke ich an all die Dating-Geschichten meiner Freundinnen aus Bamberg. Sie gleichen eher einem strategischen Feldzug als dem Werben um einen Menschen, den man toll findet. Es wird genauestens taktiert, wann man sich meldet und auf welchem Weg. Wie lange die Pause zwischen einer Verabredung, der letzten WhatsApp und einem Kuss sein muss, um nicht zu wirken, als sei man interessiert / zu leicht zu haben / bedürftig. Nur einer von vielen Gründen, weshalb ich jede Art von Online-Dating ablehne.

Ich würde mich fühlen wie emotionale Manövriermasse auf dem Verschiebebahnhof der Gefühle.

Mir bleibt allerdings nicht lange Zeit, um mich auf das Abendessen mit Hark zu freuen, denn meine Mutter ruft an. »Was hältst du davon, wenn ich morgen nach Föhr komme?«, fragt sie. Auch Mama kann gut mit der Tür ins Haus fallen. »Papa und ich finden, dass sich einer von uns Riekes Haus anschauen und mit dem Makler sprechen muss, bevor wir auch nur erwägen, über einen möglichen Kauf nachzudenken. Da er mal wieder unterwegs ist, habe ich meinen Dienst mit einer Kollegin getauscht und könnte morgen am frühen Nachmittag auf der Insel sein. Holst du mich in Wyk ab?«

»Wie lange wirst du … also würdest du denn bleiben?« Beschämt ertappe ich mich dabei auszurechnen, ob der Besuch meiner Mutter mein Abendessen mit Hark torpediert.

Dabei sollte Riekes Haus doch gerade das Wichtigste auf der Welt für mich sein.

»Bis spätestens Montag, weil ich Dienstag wieder arbeiten muss«, sagt Mama, und damit ist eigentlich alles klar. Ich muss das Date absagen, es sei denn, Hark hat spontan heute Zeit. »Allerdings brauche ich noch eine Übernachtungsmöglichkeit.«

»Darum kümmere ich mich. Entweder hat Dörte ein Zimmer, oder wir finden etwas für dich in Wyk. Momentan ist auf Föhr noch nicht so viel los, das müsste also klappen. Soll ich den Termin mit Ingo Martensen für den frühen Freitagabend vereinbaren?«

»Je eher, desto besser, würde ich sagen. Papa wäre wirklich sehr gerne mitgekommen, aber er hat am Wochenende eine Messe, die wichtig für seine Firma ist. Deshalb schlägt er vor, dass du ihm Videos vom Haus und vom Garten schickst.«

Wir plaudern noch einen Moment, besprechen, welche Fähre Mama nimmt, und dann organisiere ich ein Zimmer bei Dörte.

Sie hat wegen eines Stornos ausnahmsweise Platz, so etwas nennt man wohl Schicksalsfügung. Danach schicke ich Alva eine Nachricht, sie fällt bestimmt von Hocker, wenn sie erfährt, dass Mama hierherkommt. Momentan müsste sie auf der Autobahn in Richtung Bamberg sein und im Geiste bestimmt schon bei ihrem neuen Job in London.

Als Nächstes rufe ich Hark an. Diesmal erreiche ich nur die Mailbox und spreche kurz drauf, was passiert ist, dass es mir leidtut, aber dass das Haus von Oma Rieke leider Vorrang hat. Momentan fühle ich mich wie die Protagonistin des Sinnspruchs *Das Leben ist wie eine Ketchupflasche: Zuerst kommt gar nichts und dann alles auf einmal.*

Omas Haus, der morgige Besuch meiner Mutter, Hark, Leevkes Begegnung mit Arno, der TV-Dreh, meine plötzliche Sehnsucht danach, auf Föhr zu bleiben, das alles verwirrt mich zutiefst.

Hat Mama womöglich recht, wenn sie sagt, dieser Aufenthalt bekommt mir nicht?

Oder ist vielmehr das Gegenteil der Fall, und der Trip nach Föhr ist genau das, was ich brauche, um meinem Leben eine neue, *richtige* Richtung zu geben?

Ich beschließe, den traumschönen Tag für einen Spaziergang am Meer zu nutzen, um meine Gedanken und Gefühle ein wenig zu sortieren.

Ohne weiter über mein Ziel nachzudenken, finde ich mich auf dem Bohlenweg von Nieblum nach Wyk wieder, den es zu Omas Zeiten noch gar nicht gab. Auch er bietet, genau wie der neue Fähranleger, die Möglichkeit, sich auf komfortable Weise fortzubewegen.

Ich marschiere und marschiere, und mit jedem Schritt, mit jedem Atemzug kommt ein Stückchen mehr Ordnung in meine Gedankenwelt. Über meinem Kopf wechseln sich gerade Sonne und Wolken ab, als hätten sie noch eine andere Verabredung und müssten sich den Platz am Himmel aufteilen.

Ab und zu radelt jemand an mir vorbei, Spaziergänger führen ihre Hunde Gassi oder bleiben stehen, um tief durchzuatmen oder zu fotografieren.

Ohne dass ich genau hätte sagen können, wie und wann das passiert ist, stehe ich am Ende des Südstrands vor dem hübschen Haus, in dem die TV-Serie *Reiff für die Insel* gedreht wurde.

Obwohl die Handlung manchmal ein wenig albern oder überzogen war, mochte ich den Mehrteiler und rätselte mit Vorliebe gemeinsam mit Alva darüber, wo die einzelnen Szenen auf Föhr gedreht worden waren. Die Polizeistation war eindeutig als das *Dörpshus* in Nieblum erkennbar. Bei den Restaurantszenen am Strand waren wir beide nicht ganz sicher, ob bei *Pitschi's* gefilmt worden war oder ein paar Meter weiter bei *Schapers*.

Ich bin offenbar nicht die Einzige, die dieser Ort interessiert, denn etliche Spaziergänger fotografieren das wunderhübsche Haus mit der Außentreppe aus Holz, die vom Strand zum Haus führt, und den kleinen Vorgarten, auf den man von unten nur einen vagen Blick erhaschen kann.

Andere steigen sie sogar hinauf bis zum Eingang, was ich persönlich niemals tun würde. Das Haus ist nämlich Privateigentum, und die Besitzer möchten ganz sicher ihre Ruhe und keine neugierigen, social-media-wütigen Zaungäste.

Ich verlasse diesen Strandabschnitt nach einer kleinen Weile und atme den betörenden Duft der frisch erblühten Heckenrosen ein, die den Weg säumen.

Dann stehe ich auf einmal – wie von Zauberhand geleitet – vor dem Häuschen, in dem ich zu Beginn meines Aufenthalts auf Föhr zu Besuch war.

»Ja, moin, schön, Sie zu sehen. Ich habe gerade gestern an Sie gedacht«, sagt Momme Ohlsen, der in seinem Garten Unkraut jätet. »Wollen Sie zu mir, oder sind Sie zufällig im Kurpark?«

»Ich glaube, ich will zu Ihnen«, erwidere ich, schaue in seine hellen, freundlichen Augen, und dann weiß ich es: Es ist kein Zufall, dass ich hier bin …

26.

»Ein Tässchen selbst gemachten Rosenblütentee?«, fragt Momme Ohlsen, öffnet die Pforte und winkt mich zu sich in den Garten.

»Sie haben Rosen?«, erwidere ich verwundert und muss sofort an die weißen Lilien vor den Eingängen des Hotels *Sonnenseite* in Wyk denken.

»Ja, hinterm Haus, sie blühen allerdings erst ab Ende Mai«, sagt Momme. »Wieso fragen Sie das so, als sei das etwas Besonderes? Mögen Sie keine Rosen?«

»Doch, ich liebe sie, mache allerdings selten etwas anderes mit ihnen, als sie in die Vase zu stellen und daran zu schnuppern. Den Tee probiere ich sehr gerne, danke schön.« Diesmal bittet Momme Ohlsen mich ins Häuschen, eine große Ehre. Das Interieur seines Zuhauses und das von Tove Paulsens Kombüse auf der *Ankerherz* könnten kaum unterschiedlicher sein. Bei Momme ist alles eher lieblich, beinahe feminin – bei Tove stehen alle Zeichen auf *echter Kerl*. Von daher wundert es mich nicht, dass die beiden Männer kaum noch etwas miteinander zu tun haben.

Auch bei der Zubereitung der Getränke zeigt sich der Unterschied zwischen den beiden: Tove kredenzte starken Espresso, zubereitet in einem leicht verbeulten Herdkocher, serviert aus einem Becher mit Anker-Motiv, der am Rand schon eine kleine Kerbe hatte.

Momme Ohlsen misst mit Bedacht schwarzen Tee ab, löffelt ihn in einen Teebeutel aus Stoff und nimmt dann ein Einmachglas vom Regal über der Spüle, in dem er getrocknete Rosenblätter aufbewahrt.

»Keine Sorge, die sind ganz naturbelassen«, erklärt er, versunken in seine persönliche Teezeremonie. »Wenn meine Rosen Besuch von Blattläusen bekommen, heiße ich die Tierchen mit Lavendelwasser willkommen, dann spazieren sie ganz schnell freiwillig weiter. Ein Spritzer Lavendelöl im Wischwasser ist übrigens ganz wunderbar duftig und desinfizierend, das sollten Sie mal ausprobieren.«

»Meine Oma war auch ein großer Fan von Lavendel. Die getrockneten Büschel waren praktisch überall im Haus verteilt und hingen sogar als Traumfänger über dem Bett.«

Momme hält in der Bewegung inne und dreht sich zu mir um. »Ihre Großmutter scheint eine kluge Frau zu sein. Lebt sie auf dem Lande?«

»Sie ist leider vor dreizehn Jahren verstorben, stammt von Föhr und ist in Süderende begraben, wo auch ihr Haus steht. Sie hieß Rieke Ingwersen, sagt Ihnen dieser Name etwas?«

Momme runzelt die Stirn, in seinen hellblauen Augen blitzt etwas auf, das ich nicht deuten kann. »Dann sind Sie also die Enkelin von Rieke Ingwersen? Der Rieke, die in der Nähe von Monklembergem gewohnt hat? Das ist doch nicht zu glauben.«

Er sieht mich so genau an, als wolle er sich jeden Millimeter meines Gesichts und meiner Statur für immer einprägen. Ich brauche gar nicht zu antworten, denn Momme murmelt: »Doch, jetzt, wo Sie es sagen … Ich hätte auch selbst draufkommen können.« Dann fügt er leise, beinahe ehrfürchtig hinzu: »Dann sind Sie also die Tochter von Greta.«

Nun bin ich überrascht. »Sie kennen meine Mutter?«

»Aber natürlich«, erwidert er, und jetzt umspielt ein feines Lächeln sein Gesicht. Während er darauf wartet, dass das Teewasser in dem altmodischen Kessel kocht, schaut er aus dem Fenster. Sein Gesichtsausdruck spiegelt Melancholie, aber auch einen Hauch von Amüsiertheit wider. »Ich bin zwar deutlich älter als Greta, aber ich habe sie früher immer mal wieder auf Partys im *Erdbeerparadies* getroffen, auf Tanzveranstaltungen der Landjugend, bei Strandfesten in Utersum oder beim Segeln. Sie war ein heißer Feger, wie man so sagt, und hat allen Männern den Kopf verdreht. Beim Tanzen war sie meist die Letzte, beim Segeln turnte sie stets barfüßig und so nah am Rand der Reling herum, dass man sie am liebsten festgebunden hätte.«

In meinem Kopf überschlagen sich die Gedanken wie schäumende Nordseewellen, denn ich kann in keinem der Punkte auch nur annähernd Ähnlichkeit mit meiner Mutter erkennen. Wenn ich sie als spießig bezeichnen würde, täte ich ihr unrecht. Ruhig und bodenständig trifft es eher. Partymaus und männermordende Beauty kämen mir jedenfalls nie in den Sinn, sollte ich sie charakterisieren.

»Sind Sie sicher, dass wir beide von derselben Greta sprechen? Irgendwie passt das Bild, das Sie von ihr im Kopf haben, so gar nicht.«

Mittlerweile ist das Teewasser fertig. Momme füllt es in eine Glaskanne um und hängt ein Thermometer hinein. »Viele Menschen verändern sich, wenn sie sesshaft werden und Familie haben«, entgegnet er. »Ich kenne Ihre Mutter natürlich nicht halb so gut wie Sie, aber eines weiß ich auf alle Fälle: Föhr war ihr immer schon zu klein, zu langweilig, zu beengt. Sie hat von einem Leben auf dem Festland geträumt, von einem Mann, der ihr etwas bieten kann, der mit ihr reist und ihr die Welt zeigt. Ist Ihr Vater so?«

Ich wünschte, ich könnte diese Frage so einfach beantworten.

Tja, ist mein Vater so? »Nun, ich denke, er war es früher. Er arbeitet im Vertrieb einer großen Firma mit internationalen Kontakten. Er verdient ausgesprochen gut, wir sind viel gereist, aber auch immer wieder nach Föhr gefahren. Bamberg ist zwar nicht New York, aber ein charmantes Städtchen. Ich denke, meiner Mutter geht es gut. Sie hat gefunden, was sie suchte.«

Während ich diese Worte ausspreche, spüre ich, dass sie sich nicht stimmig anfühlen und gleichzeitig zahllose Fragen aufwerfen: Bin ich womöglich gerade einer der Ursachen auf der Spur, die dazu geführt haben, dass die Ehe meiner Eltern nicht so glücklich ist, wie sie es sich gewünscht hat?

Kann es sein, dass meine Mutter enttäuscht darüber ist, wie die Dinge sich in ihrem Leben entwickelt haben?

Dass ihre vermeintliche Bodenständigkeit nichts weiter ist als ein Sicharrangieren mit den Gegebenheiten?

Waren die drei Monate auf Föhr womöglich so etwas wie ein letztes Aufbegehren, ein Versuch, sich von meinem Vater zu lösen?

Noch einmal ganz von vorn zu beginnen?

»Das freut mich zu hören«, sagt Momme Ohlsen, der wohl nichts von meiner inneren Zerrissenheit ahnt, und schenkt den wunderbar duftenden Rosenblütentee in zwei Tassen aus hauchfeinem Porzellan. Dann stellt er die Tassen auf einen kleinen Holztisch am Küchenfenster mit Blick auf seinen wunderschönen Garten. Draußen blühen Ranunkeln, Tulpen, Tränendes Herz und Hyazinthen in den strahlendsten Farben. »Kandis?«

Ich schüttle den Kopf und setze mich.

»Aber zu Friesenkeksen sagen Sie doch bestimmt nicht Nein?«

Momme holt eine Packung Kekse aus der Schublade des Holztisches.

»Wieso sind Sie eigentlich nicht mehr mit Tove Paulsen befreundet?«, platzt es plötzlich aus mir heraus. Tee und Kekse interessieren mich gerade nicht die Bohne. Ich will wissen, was meine Mutter früher auf Föhr erlebt hat und wie ihr Verhältnis zu Tove und Momme ist.

»Was haben Friesenkekse mit dem Kapitän zu tun?«, fragt Momme Ohlsen. Sein Tonfall klingt liebevoll amüsiert. Doch sein Blick spricht Bände.

Mit einem Mal ist all das Kindliche, Strahlende verschwunden, seine Augen haben die Farbe von Seenebel.

»Natürlich gar nichts«, sage ich, beschämt über meinen spontanen Ausbruch. »Bitte entschuldigen Sie meine Frage, das geht mich schließlich überhaupt nichts an.«

Momme schmunzelt. »Auch darin ähneln Sie Greta: Sie war unglaublich neugierig, hat andauernd Fragen gestellt, konnte kaum etwas so stehen lassen, wie es war. Ich würde sie gerne mal wiedersehen.«

Ist das jetzt ein geschicktes Ausweichmanöver, oder hat Momme meine Frage vergessen?

»Sie kommt morgen, weil Oma Riekes Haus zum Verkauf steht. Ich möchte sie davon überzeugen, es wieder in den Besitz unserer Familie zu bringen, so wie es ursprünglich gedacht war. Bis sie offensichtlich beschlossen hat, alle Brücken hinter sich abzubrechen und Föhr ganz den Rücken zu kehren …«

Oh, oh, Minnie. Fang jetzt bloß nicht an zu weinen.

»Man kann seiner Vergangenheit zwar den Rücken kehren, aber sie bleibt immer bei einem, ob man will oder nicht, das gilt auch für meine ganz spezielle Geschichte mit Tove«, sagt Momme leise. »Entweder bleibt die Vergangenheit tief in der

Seele begraben oder kehrt – wie in diesem Fall – in Gestalt einer so jungen, engagierten Frau, wie Sie es sind, zurück und erinnert einen an Dinge, die man vielleicht anders oder besser hätte machen können. Sie haben übrigens dasselbe Feuer in den Augen, das offenbar irgendwann in Gretas verloschen ist, wenn ich das eben richtig verstanden habe.«

Feuer. Brennen.

Zwei Wörter und Bilder, die plötzlich in mir aufflammen, als hätte ich sie genauso lange unterdrückt wie die Erkenntnis, dass meine Eltern nur halb so glücklich miteinander sind, wie ich es mir wünsche.

Kann es sein, dass ich die ganze Zeit übersehen habe, dass auch *ich* für etwas brenne, nämlich für Föhr?

»Oje, Kindchen, weinen Sie etwa?«

»Nein, tue ich nicht«, schluchze ich los wie der berühmte Schlosshund.

Momme steht auf, verlässt kurz die Küche und gibt mir dann ein Stofftaschentuch. Er streichelt mir zart über den Handrücken. Bei dieser federleichten, liebevollen Berührung muss ich an Opa Oke denken, den ich nie kennengelernt habe.

»Ich würde Sie gern in den Arm nehmen und trösten, aber ich schätze, das wäre ein bisschen zu viel des Guten, nicht wahr?«

»Keine Ahnung«, antworte ich und lasse meinen Tränen freien Lauf. »Wenn ich ehrlich bin, weiß ich fast gar nichts mehr, seit ich wieder auf Föhr bin. Die Dinge stehen auf einmal alle auf dem Kopf und sind nicht mehr in der Balance. Sie wissen doch am besten, was das heißt, denn Sie lieben die Balance, nicht wahr?«

»Da hat mir aber jemand beim letzten Gespräch sehr genau zugehört«, sagt Momme und seufzt. »Sie kennen vielleicht den

Ausspruch: Das Alte muss erst weichen, damit das Neue Platz finden kann. In Ihrem Fall sagt mir mein Gefühl, dass das vermeintlich Neue eigentlich das Alte ist, nämlich Ihre Heimat Föhr. Ich habe in den vergangenen Tagen von einigen Leuten gehört, wie sehr Sie sich um diese Reportage bemühen und was Sie alles auf die Beine gestellt haben, um innerhalb kürzester Zeit ein Gespür für *das neue Föhr* zu bekommen. Sie lieben diese Insel – und dafür liebt die Insel Sie. Vertrauen Sie einfach darauf, dass sich alles fügen wird. Föhr ist ein Ort der kleinen und großen Wunder.«

27.

»Nein, Emmi, nein! Das ist nichts für kleine Schafe.«

»Ach was, so ein bisschen Honig wird ihr schon nicht schaden«, sagt Leevke amüsiert, während ich den Teller mit meinem Brot so weit in die Mitte des Tisches schiebe, dass Emmi keine Chance hat, den süßen Belag mit der Zunge abzuschlecken. »Vielleicht solltest du dir abgewöhnen, sie beim Essen auf dem Arm zu halten. Ich glaube, sie ist allmählich groß genug, um gleich morgens zu Moritz ins Gehege zu kommen.«

»Du hast ja recht«, erwidere ich und setze Emmi auf den Boden, woraufhin sie lautstark protestiert, aufs Schärfste beäugt von Katze Patchouli. »Ich habe mich schon so daran gewöhnt, sie überall mit hinzuschleppen, dass ich zwischendurch vergesse, dass sie ein echtes Schaf ist und nicht mein Plüschtier Trixie. Im Übrigen hat sie ganz schön zugenommen, lange kann ich sie eh nicht mehr tragen.«

»Manche Dinge erübrigen sich eben von ganz allein.« Leevke lacht ihr wundervolles, warmes Lachen. Dann steht sie auf und stellt das Geschirr in die Spüle, das ich gleich abwaschen werde. »Bist du nervös wegen heute?«

»Na klar. Zum einen kann ich mir meine Mutter irgendwie gar nicht mehr auf Föhr vorstellen, zum anderen ist mein Traum nun so zum Greifen nahe, dass ich vermutlich durchdrehe, wenn es dann doch nicht klappt.«

»So schnell dreht man nicht durch, es wird schon alles gut«, sagt Leevke, gibt mir ein Küsschen auf die Wange, bindet ihre Mähne mit einem Haargummi zusammen und streichelt Patchouli. »Ich bin heute Abend wieder mit Arno unterwegs, drücke dir aber währenddessen die Daumen, dass alles gut geht. Tut mir übrigens leid, dass wegen des Besuchs deiner Mutter das geplante Essen mit Hark ins Wasser fällt. Ich hoffe, ihr könnt es nächste Woche nachholen. So, ich muss jetzt los. Tschüss, ihr Süßen, bis später.« Levke verteilt Luftküsse in Richtung Emmi und ihrer Katze, dann fällt die Tür hinter ihr ins Schloss.

Vor mir liegt ein Tag, dem ich mit äußerst gemischten Gefühlen entgegensehe: meine Mutter und ich gemeinsam auf Föhr. Es kommt mir vor, als sei es eine Ewigkeit her, dass wir beide zuletzt am Meer spazieren gegangen sind, in den unendlich weiten Himmel über Föhr geschaut und davon geschwärmt haben, wie wundervoll es hier ist.

Mommes Worte klingen noch in meinen Ohren nach: *Föhr war Greta immer schon zu klein, zu langweilig, zu beengt. Sie hat von einem Leben auf dem Festland geträumt.*

Entspringt ihre Haltung der Ambivalenz, von der auch Alva gesprochen hat? Auch sie wollte schon immer *höher, schneller, weiter* und hatte das Gefühl, Föhr würde sie in diesem Geschwindigkeitsrausch hemmen.

Ich hingegen glaube etwas ganz anderes: Man muss zunächst mit seiner inneren Heimat, mit sich selbst, zufrieden sein, dann fügt sich auch alles andere von allein.

Bis zu Cordts Heiratsantrag war meine Welt in Bamberg so weit in Ordnung: Ich fühlte mich wohl mit ihm, mochte trotz Evangelines Spleens meinen Job, lebte gern in diesem charmanten Städtchen. Nicht im Traum wäre ich auf die Idee gekommen, Cordt zu verlassen, nach Föhr zu fahren, meine

Kindheitserinnerungen wiederaufleben zu lassen oder zu überlegen, wofür ich eigentlich *brenne*.

Doch nun ist alles anders, auch darüber werde ich mit meiner Mutter sprechen müssen.

»Schön, dass du da bist«, sage ich, als ich sie am Fähranleger in Empfang nehme. »Wie war die Fahrt?«

Mama ist ein wenig blass um die Nase, nach der langen Anreise wahrlich kein Wunder. Greta ist einen Kopf größer als ich, schlank und wirkt mit Mitte fünfzig wie Ende vierzig. Ihre ehemals längeren, weizenblonden Haare trägt sie zu einem gestuften Bob frisiert, jetzt dunkelblond, kunstvoll durchsetzt mit grauen Strähnchen. Ihr Gang ist aufrecht und stolz, darin erkenne ich auf alle Fälle die Greta mit dem starken Willen wieder, die Momme so beeindruckt hat.

Sie antwortet: »Ganz okay«, und mustert mich dann von oben bis unten, als sei ich eine Fremde, der sie heute zum ersten Mal begegnet. »Hast du abgenommen?«

Unter normalen Umständen hätte ich mich über diese Frage gefreut, aber hier, auf dieser Insel, auf der Äußerlichkeiten zum Glück eine eher untergeordnete Rolle spielen, empfinde ich sie als überflüssig.

»Komm, da hinten steht Leevkes Auto. Sie hat es mir netterweise geliehen, damit wir bequem und schnell nach Süderende kommen.«

Mama folgt mir, und ich nehme ihr den kleinen Rollkoffer ab, den sie hinter sich herschleift wie Linus von den Peanuts seine Schmusedecke. »Ihr beide versteht euch wirklich gut, ja? Lerne ich Leevke denn in den nächsten Tagen auch mal kennen?«

»Versprechen kann ich nichts, aber ich denke schon, dass wir mal zusammen einen Kaffee trinken oder so. Sie hat ziemlich viel im Laden zu tun und zurzeit auch …« Ich will gerade *Dates mit einem interessanten Mann* sagen, schwenke aber stattdessen auf »… Besuch, dem sie die Insel zeigt« um. »Aber natürlich musst du Emmi und Moritz sehen und Patchouli, ihre Katze. Alle drei sind wirklich entzückend.«

Meine Mutter zieht die Augenbrauen hoch, während sie auf den Beifahrersitz von Leevkes Bulli klettert. »Ich wusste gar nicht, dass du so eine Tierfreundin bist. Es ist mir auch immer noch schleierhaft, wie du dich mit diesem Mäusebussard anlegen konntest, wo dir doch sonst jeder harmlose Piepmatz im Käfig eine Heidenangst einjagt.«

Auch darauf erwidere ich nichts, denn auch in dieser Hinsicht hat sich etwas nachhaltig verändert: Ich bin immer noch ein wenig verhalten, wenn Möwen zu tief fliegen oder Krähen auf den Baumwipfeln über mir sitzen, aber ich habe keine solche Panik mehr wie noch bei meiner Ankunft auf Föhr.

Während der Fahrt nach Süderende betreiben wir verlegenen Small Talk. Ich für meinen Teil würde am liebsten gar nichts sagen, aber meine Mutter kann Stille und Gesprächspausen nur sehr schwer aushalten, dennoch schweigt auch sie die meiste Zeit.

Froh, endlich am Ziel zu sein, parke ich nach einer etwa zwanzigminütigen Fahrt in einer Seitenstraße von Riekes Haus.

»Tja, dann wollen wir wohl mal, was?!«, sagt Mama betont fröhlich und zieht das Bündchen ihrer hellblauen Strickjacke, das sich während der Fahrt nach oben gerollt hat, wieder glatt. »Wie heißt der Makler noch mal?«

»Moin, Herr Martensen«, eröffne ich das Gespräch, »ich habe heute meine Mutter dabei, damit auch sie mich beraten kann. So eine wichtige Entscheidung will schließlich gut durchdacht und von allen Seiten beleuchtet sein, nicht wahr?«

Ingo Martensen nickt, begrüßt uns beide höflich, überschlägt sich aber nicht gerade vor Freundlichkeit. Seine Kommentare zum Haus sind im Prinzip identisch mit denen vom letzten Mal.

Er weiß nicht, dass Mama und ich dieses Haus und den Garten besser kennen als er seine Westentasche, denn ich habe ihm mit keiner Silbe verraten, dass Riekes Haus vor dem Verkauf seit Generationen im Besitz unserer Familie war.

»Na denn man to«, sagt er nach dem einführenden Geplänkel und öffnet das Gartentor. »Immer hereinspaziert, die Damen.«

Ich halte unwillkürlich die Luft an, nie im Leben hätte ich gedacht, dass ich mal in so eine Situation kommen würde. Mama wischt irgendwelche imaginären Fussel von ihrer dunkelblauen Hose. Und dann geschieht etwas sehr Seltsames.

»Was ist denn um Himmels willen mit dem Garten passiert?«, fragt Mama derart entsetzt, als hätte sie die Bilder, die ich ihr geschickt habe, nie gesehen. Und dann prasselt auf den Makler ebenjenes Fragefeuerwerk ein, das sie beherrscht wie keine Zweite: »Wie bekommt man denn dieses Zeug wieder weg? Wissen Sie eigentlich, wie viel Arbeit und Geld es kostet, aus dieser Betonwüste wieder etwas zu machen, das sich guten Gewissens Garten nennen kann? Haben Sie auch nur eine vage Ahnung davon, wie teuer es wird, hier anständige Pflanzen zu setzen? Das können Sie alles gleich mal vom Verkaufspreis abziehen.«

Ingo Martensen sieht aus wie ein Karpfen auf Landgang, und ich unterdrücke mühsam ein Kichern. Ich hatte vollkommen vergessen, dass meine Mutter eine ausgebuffte Feilscherin sein kann, wenn sie will. Mit festen Schritten geht sie im Vorgarten auf und ab, die Hände in die Hüften gestemmt, die Augen zu schmalen Schlitzen verengt. Dann dreht sie sich um und sieht

Ingo Martensen unverwandt, beinahe kampflustig an. Eine Amazone auf Föhrer Kriegspfad – Mission: den Gegner so klein wie möglich machen.

»Und die Gemeinde hat also tatenlos dabei zugesehen, wie die Vorbesitzer dieses Anwesen ruiniert haben? Wie konnte das denn bitte schön passieren?« Der Makler ringt um Fassung, Mama ist nun richtig in Fahrt. »Wissen Sie eigentlich, wie viele Urlauber hier pro Tag vorbeiflanieren, auf der Suche nach Schönheit, mit der tiefen Sehnsucht danach, hier etwas zum Träumen zu finden?! Wenn sie das sehen, fragen sie sich doch, wo sie gelandet sind und ob Sylt nicht vielleicht die bessere Alternative ist. Föhrs Inseldörfer rühmen sich ihrer opulenten, toll bepflanzten Gärten, das kann man in jedem Reiseführer nachlesen. In Oldsum blühen an jeder Ecke Hortensien, die ständig fotografiert werden. Was soll man hier bitte schön ablichten? Eine Zementmischmaschine?«

Ingo Martensen ist sichtlich überfordert, und ich bete inständig, dass Mama es sich nicht mit ihm verscherzt.

Schließlich sind wir nicht die einzigen Interessenten.

»Also … mit ein bisschen Liebe … und …«, stottert er und öffnet dann die Tür zu Riekes Haus. Nur ich kann sehen, dass Mama einen winzigen Moment innehält und die Augen schließt, bevor sie hineingeht. Dann geht's munter weiter. Ohne Luft zu holen, ohne Punkt und Komma.

»Hat denn hier niemand gelüftet? Oder mal darüber nachgedacht, die Fenster zu putzen?« Sie stolziert über den knarzenden Dielenboden wie eine Operndiva über die Bühne der Mailänder Scala. »Gibt's hier wenigstens Fußbodenheizung? Eine ebenerdige Dusche mit Regenbrause? Einen Induktionsherd?«

Ich verschlucke mich und fange an zu husten. Mama weiß ganz genau, dass in Riekes Bad eine alte Zinkwanne steht, in der man zwar duschen kann, aber ganz sicher nicht mit Regenwaldfeeling. Induktionsherde sind Mama suspekt, Fußbodenheizungen kann sie partout nicht leiden, denn die sind ihr viel zu warm an den Füßen.

Was ich verstehen kann, seit ich weiß, dass sie als junges Mädchen gern ohne Schuhe auf der Reling von Segelschiffen herumgetanzt ist.

»Also nun ja … wir können über alles reden«, stammelt Ingo Martensen, sichtlich entnervt.

»Das müssen wir auch, das müssen wir«, sagt Mama ungerührt und stößt eigenmächtig die Tür zu Omas eigentlichem Garten auf. Ich höre sie »Haben die Vorbesitzer mit Holz gehandelt?« rufen und dann »Oder wieso sehe ich hier lauter Baumstümpfe? Also wirklich! So etwas wagen Sie allen Ernstes anzubieten?«

»Nun, was meine Mutter eigentlich sagen möchte, ist, dass es ihr grundsätzlich ganz gut gefällt, es aber noch einiges nachzubessern gibt«, bemühe ich mich einzulenken.

In diesem Spiel habe ich offenbar die Rolle des *good cop* – und Mama sichtlich Spaß am Gegenteil.

»Hier ist meine Karte, melden Sie sich«, sagt sie schließlich hoheitsvoll, nachdem sie – immer noch naserümpfend – die Besichtigung beendet hat. »Ich bin bis Sonntagmittag auf Föhr.«

Ingo Martensen scheint noch unter Schock zu stehen, was mich ein bisschen wundert, weil er in seinem Beruf doch sicher so einiges zu hören bekommt.

Er steckt die Karte in die Tasche seines Jacketts und wünscht uns einen guten Tag.

Wir beide schauen zu, wie er in sein Auto steigt und dann davonfährt. Unter Garantie ist er erleichtert, uns endlich los zu sein. Aber war das Ganze wirklich die richtige Taktik?

»Hoffentlich habe ich's nicht übertrieben«, murmelt Mama plötzlich kleinlaut, als Ingo Martensen aus unserem Blickfeld verschwunden ist. »Aber es ging nicht anders, wir müssen den Kerl runterhandeln, sonst bekommen wir die Finanzierung nicht hin.«

Mein Herz tut einen halben Hüpfer.

Das bedeutet im Klartext, dass meine Eltern auf meiner Seite sind.

Aber auch, dass wir viel zu wenig Geld haben, um Oma Riekes Häuschen wieder zurückzukaufen, es sei denn, es geschieht das Wunder, das Momme Ohlsen mir prophezeit hat.

28.

Hast du Lust auf einen Happen im Café *Klein Helgoland* in Wyk?«, frage ich meine Mutter, als wir im Auto sitzen und überlegen, wo wir zu Abend essen. »Man hat von da einen fantastischen Blick aufs Wasser, und laut Leevke schmeckt es dort wirklich köstlich.«

»Ist das nicht an der alten Mole?«, fragt Mama. Ich werfe einen kurzen Seitenblick auf sie, kann jedoch ihren Gesichtsausdruck nicht deuten. Sie kramt ein Taschentuch aus ihrer Handtasche und putzt sich die Nase – eine Verzögerungstaktik? »Ja, gut, lass uns das machen. Hauptsache, wir finden dort ein Plätzchen, wo wir ungestört über die Sache mit dem Haus sprechen können.«

Während der Fahrt in Richtung Wyk schweigen wir beide wieder. Es ist beinahe so, als hätten wir all unser Pulver in Süderende verschossen oder sammelten es für das vor uns liegende Gespräch.

»Ganz schön viele Discounter hier, seit ich zum letzten Mal auf Föhr war«, sagt Mama, als die ersten Hinweisschilder auftauchen. »Findest du, dass die Insel sich sehr verändert hat?«

»Ja und nein«, antworte ich, während ich einem Igel ausweiche, der langsam und bedächtig die Straße überquert. Zum Glück hat er es schon fast auf die andere Seite geschafft, sonst hätte ich ihn von der Fahrbahn geholt. »Ich glaube, dass die Insel, egal, was auch passiert, immer sie selbst bleiben wird. Die

Föhrer halten wirklich immer dagegen, wenn etwas beschlossen wird, das ihnen nicht in den Kram passt. Sie achten sehr darauf, die Balance des Inselgefüges zu erhalten.«

Während wir in Richtung Mole fahren, erzähle ich von Insel-Initiativen wie der EP-Revival-Party, davon, dass im ehemaligen Vortragsraum des Friesenmuseums *die besten Filme der Welt* gezeigt werden, wenn das Kino in Wyk geschlossen hat. Und davon, dass nach Auslaufen des Vertrags der *Nordseebrise* in Utersum nun bald Pächter das Ruder übernehmen werden, die das Fliesenbild von Rolf Stelly ins neue Interieur-Design integrieren wollen.

Immerhin ein toller Nebeneffekt der illegalen *Freilegungsaktion* bei Nacht und Nebel.

»Man könnte meinen, du würdest hier leben und wärst nicht erst seit zwei Wochen auf der Insel«, sagt Mama. Ist das ein Kompliment oder eher versteckte Kritik an meiner neu erwachten Liebe zu Föhr? »Evangeline muss doch begeistert davon sein, wie toll du dich hier auskennst.«

Stolz erzähle ich meiner Mutter vom unerwarteten Lob meiner Chefin. Allerdings verschweige ich dabei, dass es mich nach der ersten Euphorie gar nicht mehr so sehr interessiert, was Evangeline über mich denkt. Angesichts ihrer Launenhaftigkeit kann es nämlich passieren, dass sie alles wieder über den Haufen wirft, wenn sie sich vor Ort selbst einen Eindruck verschafft hat.

»Das ist ja super, vielleicht wirst du ja befördert«, freut Mama sich. »Ich finde sowieso, dass du viel zu wenig verdienst und dich unter Wert verkaufst.«

Zum Glück muss ich auf diese Bemerkung nicht mehr eingehen, denn wir haben einen Parkplatz gefunden und können nun direkt zum Restaurant marschieren.

Keine zehn Meter weiter taucht die *Ankerherz* in Sichtweite auf. Soll ich Mama auf das Segelschiff aufmerksam machen oder abwarten, ob sie es selbst bemerkt?

»Ah, da ist ja der alte Kahn von Tove«, sagt Mama.

Mein Herz gerät kurz aus dem Takt. Was, wenn der Kapitän in diesem Moment an Deck auftaucht und Greta sieht? »Und er ist immer noch gut in Schuss. Ja, Tove kümmert sich um alles, was ihm am Herzen liegt. Zwar auf seine ganz eigene Weise, aber immerhin.«

Irre ich mich oder schwingt da gerade eine große Portion Wehmut in ihrer Stimme mit?

»Drinnen ist es auch toll«, erwidere ich, gespannt darauf, wie es nun weitergeht. Mama bleibt zu meiner Verwunderung nicht nur stehen, sondern geht so dicht ans Schiff heran, dass ihre Hände über die Schiffswand der *Ankerherz* streichen können. »Es ist total urig und gemütlich und wirkt ein bisschen so, als würden in dieser Kombüse weder Zeit noch Raum eine Rolle spielen.«

»Hast du den Eindruck, dass es Tove gut geht?«, fragt Mama. Aus dem eher forschenden Streichen über das Holz wird ein zärtliches Streicheln.

»Hm … nun ja, ich kenne ihn ja kaum, aber ich denke schon. Er scheint gesund zu sein, seine Fahrten sind fast immer ausgebucht, wie ich hörte, und er hat offenbar große Freude daran, jeden Tag mit Blick aufs Wasser im *Kehrwieder* zu sitzen. So etwas macht man doch nur, wenn man das Meer und seinen Beruf liebt, nicht wahr?«

Mama nimmt ihre Hand so schnell zurück, als hätte sie einen Stromschlag bekommen. »Er sitzt jeden Tag in dieser Spelunke? Bist du dir sicher?«

»Spelunke würde ich den Laden nicht nennen, aber man

sagte mir, dass Tove jeden Tag dort ein Bier trinkt, die Zeitung liest und aufs Meer schaut, als würde er auf jemanden warten.«

»Vielleicht ist er auch nur täglich dort, damit er ungehindert seine Pfeife rauchen kann«, sagt Mama. »Na los, wollen wir weiter? Ich habe Hunger.«

Wir haben Glück und können im *Klein Helgoland* an einem der Tische mit Blick auf den Hafen sitzen. Nachdem wir Essen und Wein bestellt haben, ist es an der Zeit, über Omas Haus zu sprechen. Eine Möwe thront hoheitsvoll auf dem Poller gegenüber und schaut so intensiv zu uns, als würde sie unser Gespräch belauschen wollen. Die Nordsee schlägt grau-gurgelnd gegen die Mauer des Hafenbeckens, im Hintergrund entdecke ich eine auslaufende Fähre, ein wunderschönes, maritimes Szenario.

»Wofür möchtest du das Haus denn überhaupt nutzen, gesetzt den Fall, wir könnten es uns überhaupt leisten und würden es kaufen?«, will Mama wissen.

Ich habe diese Frage befürchtet, denn natürlich ist sie mehr als berechtigt. Trotzdem fällt es mir schwer, mit der Wahrheit herauszurücken. Aber Greta ist meine Mutter und möchte sicher, dass ich glücklich bin. »Versprichst du mir bitte, dass du mich nicht für verrückt erklärst, wenn ich dir gestehe, dass ich gerade überlege, nach Föhr zu ziehen?«

Mama klappt den Mund auf und wieder zu. Dann greift sie nach ihrem Glas und nimmt einen kräftigen Schluck Rotwein. »Dachte ich's mir doch«, sagt sie schließlich und trinkt den Rest.

Garantiert fragt sie nun, wovon ich hier denn leben will und ob ich mir das auch gut überlegt habe, und hält mir dann einen Vortrag darüber, dass die Winter auf Föhr lang und kalt sind, Inselkoller droht und zuweilen vielleicht sogar Einsamkeit.

»Na, was sagst du dazu?« Gebannt halte ich den Atem an, überrascht davon, wie gut es sich anfühlt, die Worte *nach Föhr ziehen* laut auszusprechen.

Mama schaut versonnen aufs Wasser und auf die Stege, an denen kleine Jollen festgemacht sind. »Ich sage dazu: Mach es. Das Leben ist zu kurz, um falsche Entscheidungen zu treffen.«

Vor lauter Überraschung verschlucke ich mich und pruste dabei das Mineralwasser quer über den Tisch.

»Alles in Ordnung?«, fragt eine herbeieilende Kellnerin besorgt, weil ich nun zugleich niese und huste.

»Ja, doch, alles bestens«, erwidere ich und bedanke mich zwischen zwei Hustenattacken für ihre Freundlichkeit.

»Ist das wirklich dein Ernst?« Ich kann nicht anders, ich muss mich rückversichern, dass ich nicht geträumt habe.

Mama nimmt meine Hand in ihre und hält sie so fest, dass sie ganz warm wird. »Ja, Schätzchen, das ist mein Ernst. Zugegeben nicht von Anfang an, aber seit ich dich hier erlebe, dich reden höre, sehe, wie deine Augen leuchten, wenn wir über die Insel fahren, kann ich nur sagen: Du liebst Föhr wie deine eigene Heimat. Leider habe ich aus blödem Starrsinn und Egoismus den großen Fehler begangen, dir das vorzuenthalten, was Rieke für dich bestimmt hat, genau wie für die Kinder, die du später hoffentlich haben wirst. Ich kann dir nicht versprechen, dass du hier deinen Traumjob findest oder deinen Traummann. Aber du bist jung genug, um es zu versuchen. Und jung genug, um neu anzufangen. Evangeline ist begeistert von dir, also werden es auch andere Arbeitgeber sein. Du hast Cordt verlassen, weil du ihn nicht genug liebst, um dich den Rest deines Lebens an ihn zu binden, und das war auch richtig so. Alva zieht nach London, und du hast anscheinend in Leevke eine neue, gute Freundin gefunden. Also geh deinen Weg, und lass dich nicht aufhalten. Papa und ich werden dich so gut es geht dabei unterstützen.«

Aus dem Niesen und Husten wird übergangslos ein Weinen.

Ich kann kaum glauben, dass Mama endlich, endlich versteht, was ich schon so lange denke und wie ich mich augenblicklich fühle.

»Hast du Tove geliebt?«, frage ich und setze damit alles auf eine Karte. Jetzt scheint die Stunde der Wahrheit zu sein, jetzt gibt's kein Zurück.

Mama nickt und senkt den Kopf, als hätte sie Angst vor meiner Reaktion.

»Wolltest du Papa seinetwegen verlassen?«

»Ich hätte Toves wegen deinen Vater beinahe gar nicht erst geheiratet«, erwidert sie. »Doch Rieke hat mich davon abgehalten, eine Dummheit zu begehen, die ich den Rest meines Lebens bereuen würde, wie sie sagte. Du weißt, wie energisch sie sein konnte, wenn sie sich etwas in den Kopf gesetzt hatte.«

Beinahe erst gar nicht geheiratet …

Mamas Worte perlen zunächst an mir ab wie Wassertropfen von einem imprägnierten Regenmantel. Doch dann sickern sie in mir ein wie ebendieses Wasser, wenn es auf trockenen Erdboden trifft. »Das heißt, du kanntest und mochtest Tove schon, bevor du mit Papa zusammenkamst, oder wie soll ich das verstehen?«

Auf die Idee, dass diese Liebelei lange vor Mamas *Kur* begonnen haben könnte, bin ich noch gar nicht gekommen.

»Ich kenne Tove von den Partys im *Erdbeerparadies*«, sagt Mama. »Er sah unglaublich gut aus und vollkommen verwegen, fast wie ein Pirat.« Ihr Blick hat etwas so Schwärmerisches, wie ich es noch nie an ihr gesehen habe. Gretas Wangen sind zart gerötet, und ich bekomme eine vage Ahnung von dem

Mädchen, das einst zusammen mit Tove Paulsen und Momme Ohlsen beim Tanzen und Feiern die Nacht zum Tag gemacht hat.

Greta, die barfüßige Tänzerin auf dem Vulkan.

»Ich fand es toll, dass er zur See fuhr, immer auf der Suche nach einem neuen Abenteuer. Er wollte nie sesshaft werden und seine Freiheit aufgeben. Kinder wären für ihn niemals infrage gekommen, außerdem ist er zwanzig Jahre älter als ich. Doch das alles hat mich nicht gestört, denn ich war verknallt bis über beide Ohren, was Rieke von Anfang an missfiel. Er hat mein Herz in dem Moment gekapert, als er im EP vor mir stand, meine Hand nahm und mich, ohne meine Zustimmung abzuwarten, auf die Tanzfläche geführt hat.«

»War diese …«, es fällt mir schwer, das Wort auszusprechen, »… Liebe der Grund für dein Zerwürfnis mit Oma?«

Mama nickt erneut. »Sie war schon nicht begeistert, als Tove mir zum ersten Mal Avancen machte. Aber als ich unsere Tändelei wiederaufleben ließ, während ich hier zur Kur war, sah sie komplett rot! Immerhin war ich verheiratet und hatte dich.«

Die Kellnerin serviert das Essen, doch wir sind beide viel zu beschäftigt mit der Vergangenheit, um den Leckereien gerecht zu werden. Also doch! Meine Mutter und Tove Paulsen hatten eine Affäre, während Papa und ich glaubten, sie kuriere ihre Bronchien …

»Heute verstehe ich Rieke allerdings viel besser«, sagt Mama und stochert in ihrem Salat herum. »Sie wusste von Anfang an, dass eine Verbindung mit Tove mich auf Dauer nicht glücklich gemacht hätte. Das hat sie mir von dem Tag an klargemacht, als sie mitbekam, dass ich mich Hals über Kopf in ihn verliebt hatte. Doch ich habe es nicht wahrhaben wollen, egal, wie sehr sie auf mich eingeredet und mir die Konsequenzen vor Augen geführt hat. Ich wollte einfach die Wahrheit nicht sehen, flirten, das Leben genießen, meinem Herzen folgen und Spaß haben. Dann kam dein Vater zu uns in den Laden, eine Woche nachdem Tove wieder für eine lange Zeit aufs Meer verschwunden war und mir vorher unmissverständlich klargemacht hat, dass er mich zwar ebenfalls liebt, aber Seemannsbraut nun mal die See ist, wie es so schön heißt.«

Ich sehe es beinahe bildlich vor mir: meine Mutter, damals gerade zwanzig, in einem kleinen Souvenirladen am Sandwall in Wyk, den es schon lange nicht mehr gibt.

Bitter enttäuscht von Toves Zurückweisung, hungrig nach Leben, Liebe und Abenteuer.

In genau diesem Augenblick stand auf einmal ein sympathischer, humorvoller Mann aus Bamberg namens Paul Hübner vor ihr und machte ihr schon bald Avancen. Er war insgesamt zwei Wochen auf Föhr gewesen, gemeinsam mit Freunden, allesamt sympathisch und bodenständig. Irgendwann hatte Mama meinen Vater Rieke vorgestellt, die in ihm sofort den perfekten Schwiegersohn sah. Diesen Teil der Geschichte kenne ich beinahe in- und auswendig, doch das entscheidende Puzzleteil davor fehlte mir all die Jahre.

»Ich kann verstehen, dass du genervt und verletzt davon warst, dass Rieke dich von Anfang an von deinem vermeintlichen Glück abgehalten hat«, sage ich zögerlich. Ich versuche zwar zu begreifen, was passiert ist, doch das Ganze ergibt immer noch keinen wirklichen Sinn für mich. »Aber du hast Papa dann geheiratet, ihr habt kurze Zeit später mich bekommen, wir haben viele schöne Reisen unternommen, Papa hat dich und mich verwöhnt. Also war doch alles gut?!«

»Ja, bis auf meine Unzufriedenheit und dieses bohrende

Gefühl, etwas verpasst zu haben. Ich habe es bereut, dass ich nicht mutiger gewesen bin, sondern stattdessen auf deine Oma gehört habe. Deshalb wünsche ich mir ja, dass du dein Leben so lebst, wie du es gern möchtest.«

Ich erinnere mich noch sehr gut daran, wie abwesend und genervt meine Mutter häufig war, auch wenn sie sich redlich bemühte, sich nichts anmerken zu lassen.

»Du warst unglücklich, als Papa mehr in den Außendienst gegangen ist und du meinetwegen deinen Job in der Geschenke-Boutique aufgeben musstest, nicht wahr?«

Mama schlägt beschämt die Augen nieder und legt das Besteck beiseite. Mir ist der Appetit endgültig vergangen, weil ich indirekt zu ihrem Gefühl, etwas verpasst zu haben, beigetragen habe – allein dadurch, dass es mich gibt.

Habe ich deshalb keine Geschwister?

»Schätzchen, versteh mich jetzt bitte nicht falsch«, sagt Greta, ergreift erneut meine Hand und drückt sie so fest, dass es beinahe wehtut. »Du bist das Beste und Schönste, was mir in meinem Leben passiert ist. Doch Papa hat sich im Laufe unserer Ehe sehr verändert, vor allem, als der Druck in seiner Firma zunahm. Ich saß daheim und dachte: Es macht doch keinen Unterschied, ob ein Mann mit einem Segelschiff zur See fährt oder mit dem Auto quer durch Deutschland und Europa. Ich bin so oder so dazu gezwungen, meine Träume seinen unterzuordnen.«

»Aber Papas harte Arbeit war doch keine Verwirklichung seiner persönlichen Träume, sondern eine pure Notwendigkeit, um dir all deine Wünsche zu erfüllen«, halte ich dagegen. »Das schöne Haus, der große Garten, unsere tollen Urlaube. Ich habe auch so gut wie alles bekommen, was ich mir wünschte, und hatte eine glückliche Kindheit.«

»Doch das, was du dir am allermeisten gewünscht hast, habe ich dir genommen, nämlich Riekes Haus«, sagt Mama, und nun sehe ich Tränen in ihren Augen glitzern. »Weißt du eigentlich, wie absurd das alles ist? Wäre ich mit Tove zusammengeblieben, gäbe es dich nicht und nach mir auch keine Hauserbin. Die weibliche Linie der Ingwersens wäre damit auf immer beendet, die Verbindung zu Föhr auf ewig gekappt. Doch es gibt dich, wofür ich Gott auf Knien danke, und genau deshalb werde ich jetzt alles daransetzen, meinen idiotischen, egoistischen Fehler wiedergutzumachen und zurückzuholen, was dir gehört. Papa steht da voll und ganz hinter mir und wird uns unterstützen, so gut es geht.«

Ich springe vom Stuhl auf und falle Mama um den Hals.

Dieser Moment zwischen uns beiden ist einer der intensivsten, die wir je gemeinsam erlebt haben.

Einer, an den ich mich erinnern werde, solange ich lebe.

Wow – ich kann kaum glauben, was ich da höre, und könnte in tausend Teile zerspringen.

Was Ava wohl zu alldem sagen wird?

29.

»Ist das nicht herrlich?«, sagt Leevke und strahlt mit der Sonne um die Wette. »Ich liebe Oldsum, und ich liebe diesen köstlichen Apfelkuchen, darin könnte ich mich wälzen.«

Leevke und ich sitzen am Sonntagvormittag auf der malerischen Terrasse des Cafés *Im Apfelgarten* in Süderendes Nachbardorf Oldsum.

Wir haben Mama vorhin zur Fähre gebracht und Emmi zu Moritz. Vielleicht kehrt ja nun endlich so etwas wie Ruhe ein, zumindest hoffe ich das. Denn noch geht es in meinem Kopf zu wie an einem überfüllten Frachthafen, meine Gefühle spielen gerade *Ebbe und Flut* in rasend schnellem Wechsel.

Daher tut es gut, mit Leevke zusammen zu sein und ein wenig Abstand zum Besuch meiner Mutter zu gewinnen, so schön es auch war, mit ihr über die Insel zu streifen und in Erinnerungen zu schwelgen. Doch all die Themen, mit denen sie mich konfrontiert hat, sind nicht so einfach mal eben wegzuwischen oder gar zu verdauen.

»Der Apfeltee ist aber auch megaköstlich«, sage ich schwärmerisch und schwelge im Genuss des aromatischen Heißgetränks. Lediglich schwarzen Tee mit getrockneten Äpfeln mischen, und es entsteht etwas ganz Wunderbares.

Schön, wenn die Dinge manchmal so einfach sind.

»Es war eine super Idee von dir, hierherzufahren. Aber nun

wüsste ich gern, was mit Arno ist. Wegen des Besuchs meiner Mutter konnten wir ja leider gar nicht ungestört reden.«

»Oh, Mann, ich fürchte, ich habe etwas sehr, sehr Dummes getan«, sagt Leevke und stößt einen tiefen Seufzer aus. »Ich habe mich ernsthaft in den Kerl verliebt.«

»Bist du dir sicher?« Zugegeben, diese Frage ist weder besonders empathisch noch intelligent. Doch etwas anderes fällt mir gerade leider nicht ein.

»Ich bin mir sicher. Und genauso sicher bin ich mir, dass das Ganze in einer Katastrophe enden wird. Wieso bin ich bloß an diesem Tag mit dir zum Weingut gefahren?«

»Ähm, wo genau liegt denn das Problem? Ist er verheiratet, hat er eine Bindungsphobie, will er nach Feuerland auswandern, oder mag er dich nicht?«

Oje, ich klinge wie meine Mutter, das Fragefeuerwerk.

»Weder … noch«, sagt Leevke und sieht so unglücklich aus, wie ich sie noch nie erlebt habe. »Natürlich ist es nach drei Verabredungen zu früh, um von so etwas wie einer gemeinsamen Zukunft zu sprechen, aber die Ka… äh, meine Intuition sagt mir, dass unsere Gefühle füreinander wirklich tief und wir so etwas wie Seelenverwandte sind.«

»Du hast dir die Tarotkarten gelegt, gib's zu«, entgegne ich amüsiert. »Und irgendwas wird da gewesen sein, sonst wärst du jetzt super happy, anstatt die Kassandra von Föhr zu mimen und Unheil zu wittern, wo es bestimmt weit und breit keines gibt.«

»Im Partner-Kreuz lagen die sieben Stäbe«, sagt Leevke so düster, dass ich spontan Angst bekomme, es könne ein Gewitter aufziehen.

»Die sieben Stäbe, aaaha.« Ich hätte es ja noch nachvollziehen können, wenn sie sich so etwas wie das *Gericht* oder der *Gehenkte* gelegt hätte – das waren die Karten, die mir von unserer damaligen Tarot-Orgie unschön im Gedächtnis geblieben sind. »Sieben ist doch toll, gilt sie nicht sogar als magische, heilige Zahl?«

»Aber nicht im Zusammenhang mit dem Symbol der Stäbe. Da bedeutet sie, vereinfacht gesagt, dass die Partnerbeziehung bedroht ist. Wir überstehen diese ungute Erfahrung nur, wenn wir diese Bedrohung ernst nehmen und ihr klug begegnen.« Leevke klingt, als hätte sie den Text aus dem Deutungsteil des Tarot-Sets auswendig gelernt.

»Aber worin besteht denn diese Bedrohung? Gut, ihr kennt euch noch nicht lange, aber das heißt erst mal nichts weiter, als dass es so ist, wie es ist. Es gibt Paare, die schon nach einer Woche geheiratet haben und bis an ihr Lebensende glücklich miteinander waren. Und es gibt Paare, die sich nach zwölf Jahren das Jawort gegeben haben und zwei Monate später die Scheidung einreichen mussten, weil es plötzlich nicht mehr funktioniert hat. Da steckt man nicht drin, so ist das Leben. Also, was ist wirklich los?«

Leevke senkt ihre Stimme so tief, als hätte sie Angst, dass bald ganz Oldsum Kenntnis von ihrem Liebesleben hat. »*Ich* bin das Problem. Ich kann mir nämlich nicht vorstellen, von Föhr wegzugehen. Für Arno kommt es ebenso wenig infrage, auf einer Insel zu leben, wie für mich an der Mosel. Dabei findet er Föhr toll. Habe ich dir schon erzählt, dass er einen Testlauf mit Weinanbau an Kraftorten starten will?«

Ich schüttele den Kopf. Himmel, die ist ja genauso durcheinander wie ich, wir brauchen beide dringend Struktur und Ordnung in unserem Gefühlswirrwarr.

»Apropos Kraftorte. Was hältst du davon, mir heute auch ein paar deiner Lieblingsstellen zu zeigen? Morgen reist das Team von Travel TV an, und dann habe ich wahrscheinlich keine Gelegenheit mehr dazu. Im Übrigen scheint es mir, als könnten wir gerade beide ein wenig spirituellen Beistand gebrauchen.« Ich deute mit dem Zeigefinger nach oben, und es beginnt wie auf Kommando zu tröpfeln.

Leevke grinst und zieht sich die Kapuze ihres Hoodies über den Kopf. Eben noch war der Himmel wie blank geputzt, doch nun schieben sich schwere, regennasse Wolken über den Horizont. Nicht gerade ideales Wetter, um auf Hügelgräbern herumzukraxeln und göttlichen Beistand zu erbitten, schade.

Die Gäste des Cafés kramen hektisch ihre Regenjacken und Schirme aus den Rucksäcken, auf Föhr ist man gut beraten, sich für alle Wetterlagen zu rüsten. Fasziniert schaue ich zu, wie die Tropfen in meine Tasse fallen und sich mit dem Tee vermischen.

Bei diesem Anblick kommt mir das Schild in den Sinn, das bei Momme Ohlsen in der Küche hängt: *Alles ist mit allem verbunden* – eine schöne und tröstliche Vorstellung.

Der Regen perlt an Leevkes Nase ab und landet dann als kleines Rinnsal auf ihrem Kinn. Doch das scheint sie nicht weiter zu stören, genauso wenig wie das hektische Treiben um uns herum. Einige Gäste flüchten sich ins Innere des hübschen Restaurant-Cafés, andere breiten ihre Regencapes schützend über die Kaffeetafel und bestärken sich gegenseitig gut gelaunt darin, das Wetter so zu nehmen, wie es kommt. Dafür sei man ja schließlich auf einer nordfriesischen Insel und nicht in der Karibik.

Es liegt mir auf der Zunge, mich einzumischen und zu sagen, dass es gerade in der Karibik immer wieder zu plötzlichen, schweren Regengüssen kommt, hin und wieder auch begleitet von Stromausfällen. Die gab's auf Föhr, soweit ich weiß, zuletzt, als Sturmtief Xaver 2013 die Inseln mit voller Wucht traf.

Kurz: Wir halten so lange durch, bis das Wetter es sich wieder anders überlegt und die Regenfront weiterschickt – vielleicht sogar in die Karibik.

»Dieser Wet-Look steht dir gar nicht mal so schlecht«, kichert Leevke, als wir beide versuchen, mithilfe von Tempotaschentüchern die Sättel unserer Räder trocken zu wischen. »Gut, dass es so mild ist, sonst würden wir uns sicher erkälten.«

Die Sonne kämpft sich mühsam zwischen den Wolkenbergen durch und schickt ihre Strahlen schüchtern, aber nachhaltig über Föhr-Land.

Wir treten beide energisch in die Pedale in Richtung Ziel eins unserer Kraftort-Route: zwei sich gegenüberliegende Hügel mit dem Namen *Thinhugh* zwischen Nieblum und Goting. Sie wurden in der Bronzezeit als Grabhügel angelegt und in der Eisenzeit nach altem, germanischem Recht als Thingplatz – ein Versammlungs- und Gerichtsort – genutzt.

Ich staune, wie viel Leevke über diese Dinge weiß, ich selbst höre den Begriff Thingplatz zum ersten Mal. Vielleicht hätte ich im Geschichtsunterricht besser aufpassen sollen, als wir diese Epoche durchgenommen haben?!

»Lass uns die Räder hier abstellen«, sagt Leevke und deutet auf ein Gatter in der Nähe des aufragenden Hügels, dem direkt gegenüber der zweite liegt. »Hier komme ich immer mal wieder her, um zu meditieren. Ich bin super gespannt, ob du etwas spürst und, wenn ja, was.«

Leevke braucht gar nicht so gespannt zu sein, denn ich kenne die Antwort, sie lautet: *nichts*. Das war schon früher so, wenn Rieke plötzlich irgendwo anhielt, tief ein- und ausatmete, verzückt die Augen schloss und fragte: »Spürst du sie auch, diese unglaubliche Energie? Das ist min Eilun Feer, meine wunderbare Insel.«

Wir waten durch das ungemähte Gras, in dessen Halmen die Regentropfen hängen wie Millionen schimmernder, durchsichtiger Kugeln. Einige klammern sich ans Gras, andere wiederum sind auf dem Weg, im Boden zu versickern und sich mit dem Inselinneren zu verbinden.

»Komm, dir passiert schon nichts«, ruft Leevke, die bereits den Pfad erklimmt, der zur Hügelkuppe führt. »Dieser Ort beißt nicht.«

Ich folge ihr, zugebenermaßen mit gemischten Gefühlen.

Als ich neben Leevke zum Stehen komme und meinen Blick über die Umgebung schweifen lasse, ist es genauso wie vermutet.

Ich fühle mich wie eine Touristin auf einem ausgewiesenen Aussichtspunkt, weiter nichts.

Doch kaum habe ich mich damit abgefunden, geschieht etwas Unglaubliches: Meine Beine werden schwer, meine Füße ebenfalls. Ich fühle mich, als zöge jemand von unten an mir. Erstaunlicherweise ist das aber nicht unangenehm oder gar beängstigend, sondern … verwirrt trete ich von einem Bein aufs andere.

Aus dem Augenwinkel nehme ich Levkes Blick wahr, eine Mischung aus Neugier und Belustigung. Es fällt mir schwer, zu benennen, was gerade in mir vorgeht. Doch ich bekomme eine vage Ahnung von dem Begriff *geerdet sein*.

Verbunden mit der Natur. Auf dem Boden geblieben.

Bislang habe ich immer geglaubt, beides sei ein Widerspruch in sich: Für mich schließen sich Bodenhaftung, geerdet sein und Spiritualität gegenseitig aus.

Doch: Alles ist mit allem verbunden.

Dieser Satz geht mir nicht mehr aus dem Sinn und beschreibt eigentlich am besten, was gerade in mir vorgeht. Ich bin verbunden mit der Insel meiner Mutter, meiner Großmutter und all der Generationen davor. Es ist, als hätten sie gemeinsam ihre Energie gebündelt, um mir ein letztes Mal zu beweisen, dass ich hierhergehöre. Dass ich mit Föhr verwurzelt bin und es immer bleiben werde, egal, was auch geschieht.

»Und?« Leevke schaut mich gespannt an.

»Ich geb's nur ungern zu«, murmele ich, vollkommen überwältigt von diesem Erlebnis. »Aber ich spüre so etwas wie Bodenhaftung. Kann das wirklich sein?«

Leevke stößt einen kleinen Juchzer aus und fällt mir spontan um den Hals. Dann nimmt sie meine Hände und tanzt mit mir im Kreis. Hilfe! Ist das ein Aufnahmeritual für einen geheimen Hexenzirkel oder etwas in dieser Art? Sie jubelt: »Ich wusste es, ich wusste es«, und ich tanze einfach mit, so abgedreht ich die Situation auch finde. »Du trägst weit mehr spirituelle Energie in dir, als du es dir selbst eingestehst. Deshalb liebst du Föhr auch so sehr. Los, lass uns auf den anderen Hügel klettern, mal schauen, was da passiert.«

Ich verlasse den Kraftort nur ungern, denn ich habe dort den Eindruck, alles ein bisschen klarer zu sehen als noch bis eben. Dieses Gefühl ähnelt dem, das ich beim Schwimmen im Meer empfinde. Je weiter ich mich vom Ufer entferne, desto eher werde ich mir der Tatsache bewusst, dass ich nur ein winziges Sandkorn in dieser Zauberwelt namens Erde bin.

»Und was ist hier?« Leevke beobachtet mich wie ihr persönliches Versuchskaninchen.

Ich spüre nach und horche in mich hinein, versenke mich so tief in meinem Inneren wie möglich und fühle: nichts!

Hm, was mache ich falsch? Bei Hügel Nummer eins war die energetische Wirkung des Kraftorts doch mehr als eindeutig.

»Ist es schlimm, wenn da nix ist?« Tatsächlich empfinde ich so etwas wie Schuldbewusstsein.

Leevke stößt ein empörtes »Pah!« aus und zieht eine Schnute. »Echt nicht? Das kann nicht sein! Schließ die Augen, öffne die Arme, versuch den Himmel zu umarmen, und verbinde dich tief mit deinem inneren Selbst.«

Ich spüre, ich umarme, ich versenke mich wie verrückt, doch es klappt nicht. Resigniert schüttle ich den Kopf.

»Mein Herz-Chakra ist hier so dermaßen weit und offen wie kaum an einem anderen Ort«, ruft Leevke, vollkommen beseelt. Shame on me! Ich sehe förmlich, wie Rieke aus dem Himmel auf mich herabschaut und traurig den Kopf schüttelt.

Minnie Hübner trägt das spirituelle Gen doch nicht in sich. Schade eigentlich!

»Komm, versuch's ein letztes Mal«, ermuntert Leevke mich wie ein guter Trainer sein lahmes Pferd.

Ich gebe mein Bestes, ehrlich! Doch auch diesmal wieder ohne Erfolg.

Nach fünf weiteren qualvollen Minuten bricht Leevke in schallendes Gelächter aus. »Entspann dich wieder, Minnie, alles gut. Ich habe dich nur auf den Arm genommen. Dieser Hügel ist kein Kraftort, er ist einfach nur ein Hügel, weiter nichts. Tut mir leid, dass du dich umsonst angestrengt hast. Aber es war rührend, mit anzusehen, wie sehr du dich bemüht hast.«

30.

Zurück von unserem spirituellen Kurztrip schaue ich erst mal nach Emmi, die an Moritz' Bauch gekuschelt eingeschlafen ist, ein herzerwärmendes, zuckersüßes Bild.

Für den späten Nachmittag hat der Schäfer seinen Besuch angekündigt, gemeinsam mit dem Tierarzt. Beide wollen sich Emmi anschauen, um zu beratschlagen, was aus ihr wird, wenn ich nicht mehr auf Föhr bin.

»Gesund und munter, die Kleine«, sagt Dr. Stein, nachdem er Emmi untersucht hat. »Kompliment, das haben Sie toll hingekriegt.«

Auch Jörg Rolffs ist begeistert. »Wollen wir nächste Woche mal versuchen, sie mit der Herde bekannt zu machen?«

In meinem Innersten krampft sich alles zusammen, doch das darf ich auf gar keinen Fall zeigen.

»Hast du nicht gesagt, dass das Wiedereingliedern quasi aussichtslos ist?«, fragt Leevke ihn und krault das Köpfchen von Emmi, die sich mal wieder auf meinem Schoß zusammengerollt hat.

Jörg kratzt sich verlegen am Kopf, Dr. Stein schaut von einem zum anderen. »Jo, das hab ich gesagt, aber mal im Ernst. Was habt ihr denn mit Emmi vor? Soll sie auf Dauer bei dir im Garten bleiben, Leevke?«

»Was spricht denn dagegen?« Meine Stimme zittert, ich kann mir überhaupt nicht vorstellen, mich jemals wieder von diesem süßen Tier zu trennen. Und wer garantiert mir, dass es nicht irgendwann doch mal …? Nein, ich darf diesen Gedanken auf gar keinen Fall zu Ende denken, sonst schnappe ich mir Emmi und flüchte mit ihr ans andere Ende der Welt, wo keiner uns findet.

»Also, ich habe kein Problem damit«, sagt Leevke. »Ich werde wohl den Zaun erhöhen müssen, damit sie nicht ausbüxen kann, aber sonst … ich besorge und tue alles, was Emmi braucht, um hier glücklich zu sein. Moritz und sie verstehen sich bestens. Es würde dem Kaninchen das Herz brechen, wenn seine neue kleine Freundin so plötzlich verschwinden würde wie die verstorbene Motte.«

Der Schäfer grinst, schiebt seinen Hut ein Stück aus dem Gesicht und sagt: »Na gut, Mädels, dann mal bitte mitschreiben, was Emmi in Zukunft alles so braucht. Also: ein größeres Gehege, eine Futterkrippe, eine Heuraufe, einen Salzleckstein. Das Gehege muss auf alle Fälle ausbruchsicher sein, denn die Lütten können ganz schön hoch springen, wenn sie wollen. Am besten schafft ihr euch ein Knotengitter an. Das muss in der Höhe von ungefähr vierzig Zentimeter eine Stromlitze haben, sonst ist Emmi schneller weg, als ihr kieken könnt.«

»Das klingt machbar«, sagt Leevke, wohingegen ich mich bei dem Gedanken daran ertappe, Riekes Garten in ein kleines Schafsparadies zu verwandeln. Der Makler wollte sich heute bei Mama melden, und ich hoffe sehr, dass er gute Nachrichten für uns hat.

»Das, was ich aufgezählt habe, ist aber nur die Sommervariante«, fährt Jörg fort. »In der feuchten und kalten Jahreszeit brauchen Schafe unbedingt einen Stall, damit ihre Klauen nicht feucht werden, sonst droht Moderhinke. Und glaub mir, das möchtest du nicht haben.«

»Weshalb ich Emmis Klauen auch gleich noch behandeln werde«, sagt der Tierarzt. »Wir sind eh viel zu spät dran mit der Schafspediküre.«

Als verstünde Emmi, dass es um sie geht, presst sie ihr Köpfchen ganz dicht an meine Schultern. Ihr Atem geht schneller, sie stößt einen wimmernden Laut aus – wie manche Menschen, wenn sie zum Zahnarzt müssen.

»Und das Scheren müsst ihr beiden Hübschen dann wohl auch noch lernen, sonst wird's Emmi im Sommer mächtig heiß unterm Pelz.«

»Ach, kein Problem, das schaffen wir schon«, erwidert Leevke im Brustton der Überzeugung. »Alles in allem erscheint mir nichts davon wie Hexenwerk und auch noch nicht mal besonders teuer.«

»Wo wir gerade bei den Kosten sind«, spreche ich das Thema an, das in der Luft liegt, seit ich Emmis Adoptivmama bin. »Wie viel bekommen Sie für Ihre Arbeit, die Medikamente und die Zeit, in der Emmi bei Ihnen in der Praxis war? Und Sie, Jörg? Emmi ist immerhin ein Schaf aus Ihrer Herde.«

»Ach was«, erwidern beide im Chor, und Jörg fügt noch ein »So weit kommt's noch« hinzu. »Ich bin froh, dass Sie die Kleine gerettet haben und sie sich hier so wohlfühlt. Schade, dass Sie nicht auf Föhr wohnen, Emmi wird Sie sicher sehr vermissen.«

»Wenn alles klappt, bleibe ich hier«, platzt es aus mir heraus. Leevke, Dr. Stein und der Schäfer schauen mich an, als hätte ich gerade verkündet, dass ich einen Wanderzirkus aufmache. »Meiner Familie gehört ein Haus in Süderende, und wir versuchen gerade es zurückzukaufen, wenn wir es uns leisten können.«

»Deine Mutter hat echt zugestimmt? Davon hast du mir ja gar nichts erzählt«, sagt Leevke vollkommen verzückt.

»Wieso zurückkaufen? Ich denke, es gehört euch schon.« Jörg reißt erstaunt seine Augen auf.

Durch dieses *euch* entsteht auf einmal eine Atmosphäre und ein derartiges *Wirgefühl*, als gehörte ich dazu.

Als sei ich, Minnie Hübner aus Bamberg, ebenfalls Insulanerin. »Also, das ist so …« Ich hole tief Luft und erkläre, was es mit Omas Riekes Haus und meinem Plan, auf Föhr zu bleiben, auf sich hat. Ich schließe mit den Worten: »Dann könnte ich für Emmi im Garten einen Stall und ein Gehege bauen. Da ist mehr als genug Platz, gegebenenfalls auch für mehrere Schafe, sollte Emmi sich allein fühlen.« Den Gedanken daran, wie wir dann das Einsamkeitsproblem von Kaninchen Moritz lösen, schiebe ich zunächst beiseite. Auch dafür findet sich bestimmt eine Lösung. »Jetzt bleibt nur zu hoffen, dass meine Mutter Ingo Martensen nicht verprellt hat und wir uns den Rückkauf auch leisten können.«

»Ingo Martensen hat das Objekt am Start?« Jörg grinst von einem Ohr zum anderen. Dabei wird rechts oben eine Zahnlücke sichtbar, die mir bislang noch gar nicht aufgefallen ist. »Mit dem hab ich schon als Kind zusammen Krabben gepult. Das ist ein Guter, im Gegensatz zu einigen anderen, die hier die Häuser verhökern, als gäb's kein Morgen mehr. Ingo verkauft bevorzugt an Insulaner und versucht damit den Spekulanten und Investoren einen Riegel vorzuschieben. Der ist einer von uns, wenn du so willst. Weiß er denn, dass Rieke Ingwersen deine Oma war?«

Ich schüttle den Kopf. Das hatten Mama und ich ja aus strategischen Gründen für uns behalten.

»Na denn aber man to«, sagt Jörg. »Soll ich ihn mal eben anrufen?«

Leevke strahlt und gibt ihm einen liebevollen Klaps auf den Arm. »Ja, mach mal. Wir wollen, dass Minnie auf Föhr bleibt.«

»Das wäre wirklich super. Danke!«, antworte ich und versuche das wilde Herumhüpfen meines Herzens unter Kontrolle zu bekommen. Ich mag diese eingeschworene Gemeinschaft und auch, wie sehr alle vertrauensvoll gemeinsam an einem Strang ziehen, wenn es nötig ist.

Gebannt verfolgen Leevke und ich das Telefonat.

Der Tierarzt ist mittlerweile gegangen, weil er zu einem Notfall gerufen wurde. Emmis Klauenpflege ist somit auf morgen vertagt.

»Moin, Ingo. Hü gung't?« Ah, die beiden sprechen Fering miteinander. Das macht es natürlich schwer, dem Verlauf des Gesprächs zu folgen, um nicht zu sagen vollkommen unmöglich.

Also muss ich meine Ungeduld im Zaun halten, bis sich Jörg mit den Worten »Föl toonk!«, also vielen Dank, verabschiedet.

»Deine Mutter scheint ja ein echter Drachen zu sein«, sagt Jörg schließlich. »Und knallhart, wenn's ums Verhandeln geht. Die hat Ingo mächtig Respekt eingejagt. Bist du sicher, dass du ihre Tochter bist und nicht bei der Geburt vertauscht wurdest?«

»Sie ist normalerweise nicht so«, beeile ich mich, Gretas Verhalten zu rechtfertigen. »Das war alles nur Taktik, um den Verkaufspreis runterzuhandeln. Durch die Preissteigerung müssen wir jetzt fast vierzig Prozent mehr zahlen, als meine Mutter damals beim Verkauf bekommen hat – und das ist 'ne Menge Geld. Was anderes ist ihr leider nicht eingefallen.«

»Ingo hat's überlebt«, erwidert Jörg schmunzelnd. »Aber hätte ich ihn nicht angerufen und ihm erzählt, was da bei euch Sache ist, hätte er deiner Mutter morgen eine Abfuhr vom Feinsten erteilt. Zumal zwei Interessenten überhaupt kein Problem mit der Finanzierung haben. Aber die stammen beide nicht von Föhr. Lass mich mal 'n büschen nachdenken und heute Abend mit Ingo beim Bier schnacken. Dann schauen wir weiter, ja? Ich tue auf alle Fälle, was ich kann.«

»Danke«, murmelt Leevke, die sich während des Telefonats an meinem Unterarm festgekrallt hat. Meine Haut ist an dieser Stelle ganz weiß, obwohl sie im Laufe der letzten Tage durchaus Sonnenbräune abbekommen hat.

Kaum ist Jörg Rolffs weg, kommt wieder Leben in Emmi.

Sie macht sich von mir los und läuft in Richtung Patchouli, die in der durchs Fenster scheinenden Sonne döst.

Das Schäflein stupst die schlafende Katze mit der Nase an, doch Patchouli ignoriert dies. Gewohnt, von Moritz weit mehr Aufmerksamkeit zu bekommen, ist Emmi jedoch offenbar fest entschlossen, die Katze zu einer Reaktion zu bewegen.

Sie schleckt ihr quer übers Gesicht und stupst dann mit dem ganzen Kopf gegen den Kopf von Patchouli, eine Art tierische Kopfnuss.

»Emmi, übertreib's nicht, sonst fängst du dir eine«, ruft Leevke, springt vom Sofa und packt das Lamm am Schlafittchen. »Komm lieber mit zu Moritz nach draußen, anstatt hier den Rammbock zu mimen. Denk daran, du bist ein Schafsmädchen und kein Junge.«

Kaum sind Leevke und Emmi weg, öffnet Patchouli die Augen, reckt sich und maunzt, was in meinen Ohren wie ein Jubel über ihren Sieg klingt.

Keine Frage, die Katze ist kein besonders großer Fan von Emmi, ein Grund mehr, ein eigenes Zuhause für das Schäflein und mich zu finden.

»Bist du schon aufgeregt wegen morgen?«, fragt Leevke, als sie wieder zurück in der Wohnung ist. »Und was sagt eigentlich die Wetterprognose?«

Ich checke sicherheitshalber noch mal die Wetter-App,

meine Hauptbeschäftigung seit gestern. »Morgen Vormittag bedeckt bei böigem Wind, am Nachmittag lockert es dann auf. Für die Anreise des Teams perfekt. Sorgen bereitet mir eher, dass wir in den nächsten Tagen Sturm kriegen sollen. Für den Dreh ist starke Sonne zwar auch nicht optimal, doch schwieriger wird es, gute Tonaufnahmen zu machen, wenn der Wind ständig ins Mikro pustet. Aber ich kann es jetzt nicht ändern, die Dinge sind nun mal so, wie sie sind, und es kommt eh alles so, wie es kommen soll.«

Genau diesen Satz versuche ich mir zur Beruhigung als Mantra vorzubeten, während meine Gedanken nochmals zu Riekes Haus schweifen, als ich am späten Abend im Bett liege.

Ava hat mit drei »Daumen hoch«, einer Sektflasche und zehn Glücksklee-Symbolen auf meine WhatsApp geantwortet, offenbar ist sie sehr beschäftigt mit der Planung ihres neuen Jobs in London und der Wohnungssuche.

Emmi *übernachtet* heute zum ersten Mal bei Moritz im Gehege, mit einem Mal ist es eigenartig leer und still in Leevkes Gästezimmer. Hoffentlich hat der Schäfer Erfolg und kann Ingo Martensen überreden, zu einem fairen Preis an Mama zu verkaufen.

Dass ihre Bedingung war, im Haus ein eigenes Zimmer für sie frei zu halten, freut mich sehr. Das zeigt doch, dass sie bereit ist, sich wieder mit Oma und der Insel zu versöhnen …

31.

Der Montagmorgen präsentiert sich deutlich düsterer und grimmiger als prognostiziert.

Dunkle Wolken schieben sich über den Inselhimmel, besorgt checke ich die Vorhersage für die kommenden Tage: Kühle zwölf Grad Höchsttemperatur, ein Mix aus Sonne und Wolken.

Zum Glück kein Regen, denn der wäre bei den Dreharbeiten wirklich hinderlich.

Als ich nach Emmi und Moritz schaue, finde ich die beiden eng aneinandergekuschelt im Gehege vor, die Tiere blinzeln mich verschlafen an. Emmis rotes Deckchen ist ihr über den Kopf gerutscht, sie sieht aus wie eine verwegene Piratenbraut mit Augenklappe.

»Guten Morgen, meine Kleine. Wenn alles okay ist, lasse ich dich erst mal bei Moritz«, begrüße ich sie mit leiser Stimme.

Sofort kommt Leben in das Schäflein. Es steht auf, schüttelt sich und stupst mit seinem Köpfchen gegen meine Beine. Das ist wohl seine Art, *Moin* zu sagen.

Ich kraule Emmi hinter dem Ohr, was sie besonders gern mag, und atme den wollig weichen Duft ein, den sie verströmt. »Heute und in den nächsten Tagen habe ich leider nicht so viel Zeit für dich«, flüstere ich, um Moritz, der beschlossen hat, weiterzuschlafen, nicht zu wecken. »Gleich kommt meine Chefin mit dem Film-Team, und die brauchen mich. Aber Leevke kümmert sich um dich und gibt dir auch die Flasche. Tu mir den Gefallen, und lass dich von ihr füttern, ja?«

Dieser Punkt bereitet mir am meisten Sorge: Emmi mag Leevke, lässt sich von ihr streicheln und auf den Schoß nehmen. Doch die Flasche nimmt sie bisher nur von mir an.

»Wenn der Dreh vorbei ist, versuche ich, auf Föhr zu bleiben, damit wir uns nicht trennen müssen. Was sagst du dazu?«

Emmi macht *Mäh* und legt ihr Köpfchen schief. Die Ringzeichnung um ihre Augen wird allmählich heller. Leevke würde sagen, sie braucht wohl doch keine Brille.

Ich schmuse noch eine kleine Weile mit ihr, vergewissere mich, dass im Gehege genug Wasser und Futter für Moritz bereitstehen, dann schließe ich das Gatter und gehe zurück ins Haus.

Ein letzter Check-up, bevor das Team ankommt.

Am späten Nachmittag rollen ein Kleinbus und das Auto von Evangeline von Bord der Fähre, auf beiden Fahrzeugen steht deutlich lesbar die Aufschrift *Travel TV*.

Leevkes Bulli parkt an der Hafenmauer, denn ich werde den Lotsen für das Team spielen und alle zu einer Ferienwohnung am Fehrstieg, in der Nähe des Flugplatzes, bringen.

Evangeline und Laura sind im *Duus-Hotel* untergebracht.

Wieso Laura mit von der Partie ist, ist mir ein Rätsel, aber ich habe es längst aufgegeben, Evangelines Gedankengänge oder Entscheidungen zu hinterfragen.

»Das ist ja genauso hässlich hier wie befürchtet«, ruft Evangeline durch den Spalt des heruntergekurbelten Fensters. Laura sitzt am Steuer und sieht ebenfalls aus, als müsste man sie fesseln und knebeln, bevor sie bereit ist, einen Fuß auf die Insel zu setzen. »Ich hoffe, ich wohne nicht in einem dieser furchtbaren hohen Dinger am Strand.«

Auch schön, dich zu sehen, Evangeline, danke der Nachfrage, mir geht's so weit gut und dir?

»Hallo, Evangeline, hallo, Laura. Keine Sorge wegen der Unterkunft. Ihr wohnt in einem hübschen kleinen Hotel gleich um die Ecke in der Hafenstraße. Mein Auto steht da hinten, ihr könnt also im Konvoi hinter mir herfahren.«

Mit ausladender Bewegung deute ich auf den bunt bemalten Bulli, der deutlich aus dem Meer der anderen parkenden Wagen hervorsticht.

»Das ist ja eine Hippie-Schüssel, wie furchtbar«, sagt Evangeline und verzieht angewidert das Gesicht. Man sieht ihr die Spuren der Krankheit noch an, sie hat dunkle Schatten unter den Augen und ist ziemlich blass. »Aber was soll's? Kann ja nicht jeder Geschmack haben.«

Nachdem wir erst das Dreh-Team, bestehend aus Tom, dem Aufnahmeleiter, Tontechnikerin Judith und Kameramann Claas, zur Ferienwohnung gebracht haben, geht es zum *Duus*. Dort muss Laura erst einmal klären, wo sie parken kann, denn das Hotel befindet sich in der Altstadt, man kann also lediglich vor dem Eingang halten, um ein- oder auszuladen. Alle Insulaner und Urlauber stellen ihr Autos auf dem 300 Meter entfernten *Inselparkplatz* ab, für Evangeline eine absolute Zumutung, wie sie Laura unmissverständlich klarmacht.

»Ich muss mich erst mal frisch machen und einen Augenblick hinlegen, bevor wir mit dem Meeting starten«, sagt Evangeline dann. »Wo, sagtest du noch mal, treffen wir uns später?«

»Im Restaurant *Zum glücklichen Matthias*«, erwidert Laura. »Ist achtzehn Uhr okay, oder soll ich die Reservierung um eine Stunde verschieben?«

Nachdem wir uns darauf geeinigt haben, dass alles so bleibt wie geplant, bin ich erst mal entlassen und beschließe, zum Strand zu gehen. Ich muss dringend meinen Kopf auslüften, denn allein diese kurze Zeitspanne mit Evangeline hat schon genügt, um mich aus der Bahn zu werfen. Wie habe ich dieses überdrehte, künstliche Gehabe bislang bloß ausgehalten?

Beinahe betäubt spaziere ich in Richtung Seglerbrücke, über mir dichte Wolken, die den Sand heute schmutzig grau wirken lassen. An diesem Strandabschnitt stehen viele Strandkörbe; je weiter es in Richtung *Pitschi's* geht, desto weniger werden es allerdings, noch ist keine Hochsaison. Trotz der kühlen Temperaturen sitzen viele Urlauber eingemummelt in den windgeschützten Körben und trinken heißen Tee aus einer mitgebrachten Thermoskanne oder Coffee to go aus einem der zahllosen Cafés am Sandwall. Auch ich würde mich gern einfach so treiben lassen, verträumt und mit Muße auf die Nordsee schauen und Föhr in vollen Zügen genießen, aber das geht jetzt gerade nicht.

Seeschwalben fliegen dicht über meinem Kopf, oje, kündigen sie etwa Regen an? Prompt beginnt es zu tröpfeln. Leise und behutsam, aber anhaltend, wenn ich mir die graue Wolkenwand ansehe, die über der Nordsee thront wie eine zornige Königin. Der einzige Farbtupfer auf dem Meer ist die *Ankerherz*, deren blau-roter Anstrich einladend leuchtet.

Ob Mama sich irgendwann mal mit Tove Paulsen trifft, wenn es uns gelungen ist, das Haus in Süderende zurückzukaufen, und sie mich besucht?

Meine Augen folgen dem Schiff des alten Kapitäns, geradezu majestätisch pflügt es sich durch die immer höher werdenden, grau schäumenden Wellen in Richtung Halligen. Im Hintergrund schiebt sich eine Fähre ins Bild, momentan noch ein winzig kleiner Punkt am Horizont.

Wieso hat Tove sich ausgerechnet diesen Tag für eine Tour ausgesucht, anstatt geschützt vor dem Regen im *Kehrwieder* zu sitzen und gemütlich sein Feierabendbier oder einen Pharisäer zu genießen?

Kopfschüttelnd gehe ich weiter und ziehe mir die Kapuze des Parkas tief ins Gesicht. Regenschirme sind vollkommen sinnlos, es sei denn, man hat Spaß daran, sich mehrmals wöchentlich neue zu kaufen, weil der jeweilige Vorgänger von einer Windböe zerknickt wurde.

Ich laufe am Olhörner Leuchtturm vorbei und an dem steinernen Denkmal, das an die Grote Mandränke, eine verheerende Sturmflut, erinnert. Sie brach 1362 zwei Meter über der Deichkrone über die nordfriesischen Inseln herein und kostete viele Menschen das Leben.

Willst du dich wirklich solchen Wetterverhältnissen und möglichen Gefahren aussetzen?, meldet sich eine Stimme in mir, die ich bislang versucht habe zu ignorieren. Natürlich wird viel für den Küstenschutz getan, und zum Glück ist schon lange keine solche Katastrophe mehr passiert. Doch die Natur hat ihre eigenen Gesetze, der Mensch kann sich ihnen nur demütig fügen.

Immer wenn die mahnende Stimme mir Begriffe wie *kalte, einsame Winter* zuraunt oder *Arbeitslosigkeit*, drohe ich zu Boden zu gehen wie Seegras, das der Sturm binnen Sekunden in die Knie zwingt. Auf einer solchen Insel herrscht nicht immer eitel Sonnenschein, nicht alle Menschen sind so freundlich wie der Kreis um Leevke.

Nicht jeder wird begeistert davon sein, wenn eine Zugezogene sich auf der Insel um eine der kostbaren Arbeitsstellen bemüht.

Auch wenn Oma eine gebürtige Föhrerin ist, ich bin es nicht.

Das spielt bei einem kurzen Aufenthalt zwar keine Rolle, bei meinen Zukunftsplänen jedoch eine gewaltige.

Ein Blick auf die Uhr sagt mir, dass ich bald wieder umkehren muss, damit ich pünktlich im Restaurant bin.

Kurz bevor ich links zum *Glücklichen Matthias* in Richtung Mühlenpark abbiegen muss, erblicke ich am Sandwall aufgeschichtete Gesteinshaufen, die mit einem Gitternetz versehen sind. An den Gitterstäben hängen bunte Schlösser mit Initialen oder Sinnsprüchen von Liebenden, die es nach Föhr verschlagen hat, oder von Insulanern, die auf diesem Weg ihre Liebe für alle sichtbar besiegeln wollen. Die Steine dienen dem Küstenschutz, die Schlösser dem Schutz der Liebenden.

Nur Mut, es gibt für alles eine Lösung, erhebt sich nun eine andere Stimme in mir: Das Seegras schwankt nur bei Sturm, es knickt nicht. Lerne, den Widrigkeiten zu trotzen, indem du ihnen tapfer die Stirn bietest. Auch wenn du in Bamberg geboren wurdest, fließt in deinen Adern jede Menge nordfriesisches Blut. Und Nordfriesen lassen sich niemals unterkriegen!

Ich straffe die Schultern, recke das Kinn und atme einige Male tief ein und aus. Dann öffne ich die Tür zum wohl beliebtesten Restaurant der Insel.

Schon im Flur schlagen mir Wärme und köstliche Küchendüfte entgegen, der *Matthias* genießt völlig zu Recht einen ausgezeichneten Ruf. Ich will gerade an der Kommode vorbei in den Gastraum gehen, da fällt mein Blick auf die Titelseite des *Insel-Boten*, der dort ausliegt.

`Kehrwieder vor dem Aus`

steht da in großen Lettern. Ich nehme mir die Zeitung und überfliege den Artikel, womöglich ist diese Info wichtig für unseren TV-Beitrag.

Eine Investorengruppe vom Festland plant den Abriss der bei Insulanern und Urlaubern gleichermaßen beliebten Traditionskneipe Kehrwieder. An der prominenten Stelle am Hafen wird künftig ein Arkadenbau stehen, in dem Shops, ein Café und eine Bar untergebracht sind. Mit den Abrissarbeiten soll nach dem Ende der Saison, also spätestens im Oktober nach dem Föhrer Jahrmarkt, begonnen werden.

Erschüttert lasse ich die Zeitung sinken.

Von drinnen ertönt Gelächter, der Duft von Knoblauch, Muscheln und gebratenem Fisch kitzelt meine Nase. Doch mir ist jeglicher Appetit vergangen, denn mit der Schließung des *Kehrwieder* geht ein weiteres Stück Inselgeschichte unwiederbringlich verloren.

Ist Tove deshalb bei diesem Wetter aufs Meer gefahren? Immerhin ist die Kneipe so etwas wie sein zweites Zuhause.

»Ach, da bist du ja endlich, Evangeline hat mich gebeten, zu schauen, wo du bleibst.« Laura steht vor mir und mustert mich derart vorwurfsvoll, als sei ich seit zwei Wochen unauffindbar verschollen. »Kommst du?«

Ich nicke und folge ihr in den Gastraum, der so voll ist, dass die Scheiben von innen beschlagen. Irgendjemand müsste mal ein Fenster kippen, hier drinnen ist es stickig, beinahe schwül.

Laura stöckelt auf ultrahohen Pumps vor mir her, sie trägt einen Bleistiftrock in Dunkelblau und eine blau-weiß gestreifte Bluse, ganz maritim.

Das Team von *Travel TV* sitzt im hinteren Raum des Restaurants, nahe der Küche, und lauscht andächtig den Worten von Evangeline, die gerade über irgendetwas doziert. Judith, Claas und Tom stecken die Köpfe zusammen, gleich werde auch ich mich dazugesellen.

Doch im Gegensatz zu früheren Drehs empfinde ich keine Vorfreude, habe kein fröhliches Herzklopfen, freue mich nicht über die Zugehörigkeit. Ganz im Gegenteil: Ich habe mich noch nie so sehr als Außenstehende, beinahe als Fremdkörper gefühlt wie gerade in diesem Moment.

Am liebsten würde ich jetzt kehrtmachen, zu Leevke fahren und gemeinsam mit ihr und Momme eine *Rettet das Kehrwieder-Kampagne* starten.

Doch stattdessen lächle ich tapfer in die Runde und sage: »Na, was habe ich verpasst?«

32.

»Emmi, lass mich, ich bin sooo müde.«

Doch das Schäflein denkt gar nicht daran, mir diesen Gefallen zu tun. Es ist putzmunter, möchte schmusen und sicher bald frühstücken.

»Noch fünf Minuten, okay?«, murmele ich schlaftrunken und versuche zu ignorieren, wie schwer Emmi mittlerweile ist. Außerdem tut es meiner Bauchdecke gar nicht gut, wenn sie darauf herumhopst. »Hättest du letzte Nacht in den Mai getanzt, wärst du jetzt auch kaputt. Los, ab mit dir, geh woanders spielen.«

Emmi begreift zum Glück, dass mit mir gerade nichts los ist. Sie springt vom Bett und schlüpft durch die angelehnte Zimmertür. Ich kann nur hoffen, dass Leevke entweder bei Arno in der Pension schläft oder ihre Tür geschlossen hat, sonst ist ihr keine ruhige Minute mehr vergönnt.

Dabei ist doch heute Feiertag.

Allerdings nicht für mich, denn gleich geht's zum Dreh beim traditionellen Maibaumfest in Oevenum.

Meine Gedanken schweifen zur vergangenen Nacht, die das Team von Travel TV weitgehend in Oldsum verbracht hat, wo die frisch konfirmierte Landjugend in einem alten Gasthof gefeiert wurde. Vor der Eröffnung der Tanzparty zum ersten Mai trat der Männergesangsverein von Föhr auf, danach führte die Theatergruppe aus Nieblum ein Stück auf Fering vor. Zum

Glück hatte es eine so überschaubare, amüsante Handlung, dass auch ich ihr weitgehend folgen konnte.

»Das ist ja hier alles so was von *authentisch*. Genau das, was unsere Zuschauer sehen wollen«, jubelte Evangeline und mischte sich gut gelaunt unters Volk, um Interviews zu führen. Lauras Gesichtsausdruck ließ hingegen keinerlei Zweifel daran, dass *Föhr-Land* vollkommen unter ihrem Niveau war – für mich ein weiterer Minuspunkt auf Lauras Beliebtheitsskala.

»Wollen wir nicht langsam zurück ins Hotel? Du musst dich noch schonen, meine Liebe«, sagte Laura schließlich zu Evangeline.

Meine Liebe?! Ui, die beiden sind ja wirklich dicke miteinander.

»Los, Minnie, unter die Dusche«, feuere ich mich selbst an. Ich habe keine Zeit, in Erinnerungen zu baden, schließlich gibt es heute viel zu tun.

Eine Stunde später habe ich Emmi versorgt und zu Moritz ins Gehege gebracht. Nun bin ich startklar für das, was uns im Friesental in Oevenum erwartet, wo das legendäre Maibaumfest stattfindet.

»Steht der Interviewtermin mit der Vorsitzenden des Trachtenvereins?«, fragt Laura, die mich gemeinsam mit Evangeline abholt. Meine Chefin sitzt auf dem Beifahrersitz, eine Schlafmaske auf dem Gesicht. Ob sie wirklich schläft oder sich nur konzentriert, weiß ich nicht.

»Moin Ellen«, begrüße ich Evangelines persönliche Stylistin, die erst am Dienstagmorgen auf die Insel gekommen ist und seitdem alle Hände voll damit zu tun hat, meine Chefin aufzuhübschen und ihre vom Nordseewind zerzausten Haare in Ordnung zu bringen.

»Na klar steht der Termin, Laura. Aber erst nach dem

Auftritt der Trachtengruppe, wie vereinbart. Vorher sind die alle viel zu nervös.«

Der Auftritt des Vereins ist eine riesengroße Sache, wie ich von Leevke weiß. Die Choreografie der Tänze ist mindestens so aufwendig wie die Kleidung, aber vor allem die hoch komplizierte Steckfrisur, eine Wissenschaft für sich und uralte Tradition.

Wir parken in Oevenum nahe dem kleinen Museum der freiwilligen Feuerwehr. Tom filmt hie und da Hintergrundbilder, wie er es auch in den anderen Orten der Insel getan hat. Judith fängt O-Töne wie Vogelgezwitscher mit dem Mikro ein.

Schon von Weitem höre ich die Klänge der Föhrer Musikkapelle, die das Fest musikalisch untermalt.

»Hach, das ist ja so was von putzig«, ruft Evangeline, mittlerweile ohne Schlafmaske, und deutet auf eine lange Rutsche, die von hier oben direkt auf den Festplatz im Tal führt. »Die muss ich mal ausprobieren.«

Bevor Laura »Halt! Stopp!« rufen kann, geht's auch schon ab die Post. Verdattert schauen Ellen, Laura und ich dabei zu, wie Evangeline auf dem Hosenboden ihrer Jeans (Selbstverständlich Haute Couture!) nach unten schlittert.

»Los, kommt, das ist super!« Evangelines kirschrot lackierte Gel-Nägel leuchten signalfarben, als sie uns winkt, genau wie ihr Lippenstift. »Was ist los mit euch? Habt ihr etwa Angst?«

»Das nicht, aber mein Kostüm …« Laura blickt zweifelnd an ihrem hellblauen Rock mit weißem Muschelmuster hinunter.

Der könnte in der Tat ein bisschen dreckig werden.

Ellen hingegen zögert nicht lange, und schwupps, ist auch sie unten angekommen.

»Wir nehmen mal besser die Treppe«, sagt Tom. Claas und Judith nicken. »Die Technik und so …«

Laura tippelt den beiden auf High Heels hinterher.

Ich denke: *Was soll's? Das habe ich schon ewig nicht mehr gemacht,* und sause ebenfalls ins Tal. Doch, das macht wirklich Spaß. Sollte ich öfter mal tun, genau wie Schaukeln.

»Na, dann sind wir ja komplett«, sagt Evangeline zufrieden, als wir alle beisammenstehen und die nächsten Schritte besprechen. Ellen säubert erst die verstaubte Kehrseite meiner Chefin und ordnet dann ihre Haare, besprüht sie mit einer Extraportion Lack und pudert schließlich Evangelines Gesicht nach.

»Ich bin schon sehr gespannt, was der alte Herr Kapellmeister zu erzählen hat«, sagt Evangeline und zückt ihr Diktiergerät. »Sind diese roten Uniformen des Orchesters nicht zauberhaft? Und diese Mützen! Damit sehen alle aus wie Kapitäne oder Marineoffiziere.«

Mir liegt auf der Zunge, »Die Jacken passen farblich gut zu deinen Nägeln« zu sagen, doch ich bekomme gerade noch rechtzeitig die Kurve.

Nun kommt Evangeline so richtig in Fahrt. »Aber bevor ich mit dem Maestro spreche, brauche ich hiervon Bilder. Tom? Fragst du mal eben, ob wir da drehen dürfen?«

Da ist der Stand einer Künstlerin, die sich auf handgetöpferte Keramik mit Katzenmotiven spezialisiert hat. Auf einem Teller, der so hübsch ist, dass ich ihn selbst zum Essen benutzen würde, steht *Alles meins*.

Ich muss sofort an Patchouli denken, vor allem daran, wenn sie vor Hunger zum Raubtier wird, und beschließe spontan, Leevke einen der Teller zu schenken.

»Laura, holst du uns in der Zwischenzeit Waffeln? Wie ich sehe, kommt der Verkaufserlös einem guten Zweck zugute. Kauf gleich zwei für jeden oder am besten drei, und gib noch ordentlich Geld in die Kaffeekasse dazu, ja?«

Huch, was haben sie der denn heute Morgen in den Tee getan?

Eine Extraportion Föhrer Friesenglück?

Prüfend schaut Evangeline sich auf dem Gelände um und runzelt dann die Stirn. »Der Maibaum sieht aber ziemlich mickerig aus, findet ihr nicht?«, fragt sie, und ich schicke ein Dankgebet zum Himmel. Da ist sie ja wieder, die alte Meckertante, die wir so gut kennen – es besteht also kein Grund, sich Sorgen zu machen. »Sag mal, Tom, können wir da nachträglich etwas mithilfe der Bildbearbeitung pimpen? Ich finde ja auch die Bäume, die dahinter zu sehen sind, ein bisschen kahl, wenn ihr mich fragt. Wieso sind die anderen auf der Insel schon so viel weiter? Wir brauchen dringend einen Farbfilter, sonst sieht das Ganze aus wie tote Hose.«

»Mal schauen, was sich machen lässt, ich finde sicher eine Lösung«, murmelt Tom. Es braucht manchmal viel Langmut und eine gute Portion Mir-doch-egal-Haltung, um diese Art von Spleens und Ignoranz zu ertragen.

Laura ist diesbezüglich allerdings noch blutjunge Anfängerin. Voller Feuereifer notiert sie *Maibaum! Bäume! Deko!* in der Notizfunktion ihres Smartphones. Erst dann geht sie zum Stand mit den Waffeln.

Bin ich froh, dass keiner von uns zum Festkomitee geschickt wird, mit der Anweisung, den Maibaum nach Evangelines Vorstellungen umzudekorieren und die Zweige der anderen Bäume mit Stoffblüten zu bekleben.

Ich erinnere mich mit Schaudern daran, dass Evangeline unbedingt in Dörte Nielsens Pension eine Teezeremonie filmen lassen wollte, die dem englischen Afternoon-Tea ähnelt. Es hat gefühlt Wochen gedauert, bis ich sie davon überzeugen konnte, dass die Föhrer mit den Briten so wenig zu tun haben wie Österreicher mit Mexikanern. Und dass Scones in der Backtradition der Insulaner schlicht nicht vorkommen.

Auch in Sachen Maibaum bin ich völlig anderer Meinung, denn ich finde ihn toll und absolut passend zur Umgebung: Den dunkelgrünen Kranz schmücken rot-weiße Bänder, die Knospen der Bäume, die noch nicht in voller Blüte stehen, verheißen baldiges Frühlingserwachen.

Ebenso wunderschön anzusehen sind die Kleider und die Frisuren der Mitglieder des Trachtenvereins, die gerade Einzug auf dem Festplatz halten. Staunend beäugt von den vielen Besuchern des Maibaumfestes, die teils in Gruppen auf den roten Bierbänken sitzen, an einem der Verkaufsstände herumstöbern oder Getränke im Getränkezelt holen. Bodenlange Röcke, mit und ohne weiße Festtagsschürze, verschiedenfarbige Kopftücher und Silberschmuck sagen viel über den Status der Trägerin und deren finanzielle Verhältnisse aus.

Auch die silbernen Ketten, Kugeln und Broschen zeigen deutlich, wie viel Geld die Familie besitzt. Mich freut besonders zu sehen, dass auch junge Mädchen mit von der Partie sind, zeigt es doch, dass auch die Jugend Interesse an der Bewahrung dieser nordfriesischen Tradition hat.

Ich bin lediglich irritiert, weil Kerstin eine von ihnen ist, was sofort einen kleinen Stich in meiner Magengegend verursacht. Die Tracht und die Frisur stehen ihr ganz wunderbar, sie ist zweifellos eine echte Schönheit.

»Minnie, holst du mir eine Erfrischung vom Getränkestand? Ich möchte die Maibowle kosten«, sagt Evangeline, weil Laura gerade noch einige Schausteller und Gäste des Festes interviewt. »Ach was, bring uns allen eine mit, schließlich sind wir für heute so gut wie fertig, das sollte gefeiert werden.«

Gut, dass wir mit allem durch sind, denke ich mit Blick zum Himmel. Über unseren Köpfen braut sich etwas zusammen.

Oje, kommt jetzt etwa der angekündigte Sturm?

Der Wind, der bislang stillgehalten hat, fährt nun voller Wucht durch die Blätter der Bäume des Friesentals. Er kriecht unter die Zeltplanen, die Plastiktischtücher auf den langen Tischen und rüttelt an den Verkaufsständen. Noch stört das allerdings niemanden, die Insulaner sind froh, sich zu diesem Anlass zu treffen und mal nicht arbeiten zu müssen. Die Eltern mit Kleinkindern sind ohnehin längst wieder daheim.

Und das Wetter ist nun mal, wie es ist.

»Sechsmal Maibowle bitte«, sage ich zu dem jungen Mann, der gerade Dienst am Getränkestand hat, während der Wind das Werbeschild am Stand zum Wackeln bringt, an den Brettern rüttelt und kräftig in meinen Ohren saust.

»Na, da hat aber jemand ordentlich Durst. Sind die Dreharbeiten wirklich so anstrengend? Sah von Weitem gar nicht danach aus.«

»Oh, hallo Hark«, erwidere ich, leicht überrumpelt. »Schön, dich zu sehen. Was machst du denn hier?« Jetzt erst entdecke ich Aiko, der mich freudig begrüßt.

»Wie, was ich hier mache?«, fragt Hark amüsiert, während ich das glänzende Fell des Hundes streichle. »Ich wollte dich sehen, bevor wir morgen mit dem Dreh starten. Einen Termin bei dir zu bekommen ist ja ähnlich schwer wie bei der Queen. Entweder du bist mit deinem Job beschäftigt, musst dich um Emmi kümmern oder bekommst Besuch von deiner Mutter. Ach ja, wie lief das denn überhaupt?«

Ich will gerade antworten, als es zeitgleich donnert und blitzt. Dicke Regentropfen fallen schwer in die randvoll gefüllten Bowlegläser, in denen Blätter von Waldmeister schwimmen wie grüne Sterne.

»Ein Gewitter, los, weg hier«, kreischt Evangeline, deren Frisur sich aufzulösen beginnt, obwohl Laura fürsorglich einen Regenschirm über sie spannt. Doch der wird prompt Opfer einer starken Windböe und fliegt einmal quer übers Friesental, während die beiden in Richtung Auto sprinten.

Tom, Judith und Claas schützen das technische Equipment mit einer Plane und flüchten dann zusammen mit Ellen, ohne sich auch nur eine Sekunde darum zu kümmern, wo ich bleibe.

»Ich weiß gar nicht, was die alle haben. Was für eine Hektik!«, sagt Hark schmunzelnd, schnappt sich eins der Bowlegläser und reicht mir das andere. »Was meinst du, Minnie? Schaffen wir alle sechs? Sünjhaid!«

33.

Na, feiert ihr, dass Minnies Familie bald das Haus in Süderende gehört?«, fragt Ingo Martensen, der plötzlich neben mir steht und breit lächelt.

Ich hätte den Makler beinahe nicht erkannt. Drei Maibowlen auf ex haben mir die Sinne vernebelt. Die vom strömenden Regen durchnässten Haare und das Fehlen des Anzugs verwandeln Ingo in einen völlig anderen Menschen.

Plötzlich sieht er beinahe jungenhaft frech aus.

»Äh, wie jetzt?«, frage ich, ziemlich angeschickert. »Ist das dein, äh, pardon, Ihr Ernst? Bekommen wir wirklich Oma Riekes Haus?«

Die Markise über unseren Köpfen ist schon schwer vom Regenwasser und biegt sich durch – in meinem Inneren herrschen gerade ähnliches Wirrwarr und Überflutung.

Heieiei, das ist alles ein bisschen viel auf einmal.

»Jo, wenn deine Mutter jetzt nicht noch nachverhandelt, geht alles klar«, erwidert Ingo grinsend und nimmt einen großen Schluck aus seiner Bierflasche, während der Regen an seinem Parka herabrinnt. »Jetzt, wo ich weiß, dass du die Enkelin von Rieke Ingwersen bist, bin ich natürlich auf eurer Seite. Außerdem würde ich alles tun, um zu verhindern, dass irgendjemand in Süderende einen Mini-Supermarkt aufmacht. So weit kommt's noch!«

»Aber … aber …« Wie durch eine Dunstglocke nehme ich

wahr, dass Hark sein Glas erhebt und mir zuprostet. »... was sagen denn die Verkäufer dazu? Ich meine, die wollen doch Prof...«

»Das lass man meine Sorge sein«, sagt Ingo so trocken, wie ich es gerade gern wäre. »Schließlich hat deine Mutter mir genau die richtigen Argumente geliefert, um ihnen klarzumachen, dass aus dem Objekt nicht ganz so viel herauszuholen ist, wie sie dachten. Tja, hätten die geizigen Stuttgarter mal lieber 'n büschen was investiert und den Garten am Leben erhalten. Selbst schuld, würde ich sagen.«

Das Gras ist mittlerweile pitschnass, der Regen sickert durch meine Sneakers, auch der Rand der Hosenbeine meiner Jeans saugt sich allmählich voll.

Doch das ist mir egal! Wir bekommen Omas Haus!

»Also, Minnie, hartelk welkimen üüb feer!«

Ich erwidere: »Föl toonk!«, zu mehr bin ich nicht in der Lage. Der Kranz dreht sich so schnell um den Maibaum wie die Gondeln eines Kettenkarussells, meine Knie sind weich wie Schlagsahne, das Blut saust in meinen Ohren.

Vielleicht hätte ich heute mehr essen sollen als nur eine Waffel!

Irgendwas Hartes trifft mich mit voller Wucht am Kopf, dann an den Beinen, und dann schwappt eine Welle über mich.

Aua!

Hui, das ist aber nass hier. Und wieso kann ich gar nichts mehr sehen?

»Minnie? Alles in Ordnung mit dir?«, höre ich Hark wie aus weiter Ferne rufen. Aiko bellt. »Kann mir mal jemand helfen, die Markise und den ganzen Mist hier wegzuräumen?«

Ah, jetzt kann ich wieder was sehen – sehr schön.

»Geht's dir gut, kannst du mich hören?« Hark wirkt äußerst besorgt, irgendjemand fummelt an meinen Beinen herum.

»Wer hat denn bitte diesen Stand verbockt, Gonne?«, ruft Ingo und klingt ziemlich sauer. »Ist das wieder irgend so ein mülliger Schrott aus dem Internet? Wie oft soll ich dir noch sagen, dass dieser Billigkram aus dem Netz totaler Schiet ist? Der hätte Minnie beinahe den Kopf gekostet. Was für eine Sauerei.«

»Minnie, nun sag doch was«, ruft Hark und rüttelt an meiner Schulter.

Ich bin nicht in der Lage zu antworten. Bitte nicht so doll rütteln, es schaukelt eh alles schon so furchtbar.

»Nun steh hier nicht so rum, Gonne, sondern hol den Krankenwagen«, ruft Hark. »Dein maroder Stand ist über Minnie zusammengebrochen, also halt hier keine Maulaffen feil, sondern tu was. Na los, sonst mache ich dir Beine.«

Endlich kommt Leben in Gonne, den jungen Mann, der mir die Maibowle ausgeschenkt hat. Er kramt nach seinem Handy, und ich kämpfe gegen einen Würgereiz an. War das wirklich nur Bowle oder eine Föhrer Version von K.-o.-Tropfen?

»Alles in Ordnung, mir ist nur ein bisschen schwindelig«, murmele ich und versuche mich aufzusetzen.

Eigentlich müsste ich »kotzübel« sagen, doch das erscheint mir gerade wenig ladylike.

»Bleib mal lieber liegen, bis der Arzt kommt«, sagt Hark. »Und trink bitte ein bisschen Wasser, wenn du kannst.«

Ingo kniet sich neben mich und reicht mir eine Flasche mit Strohhalm. Hm … gar nicht so einfach, zu liegen und gleichzeitig zu trinken, ohne dass was danebengeht.

»Was ist denn eigentlich passiert?«, nuschle ich zwischen zwei Zügen. Mein Kopf dröhnt, mir ist gar nicht gut.

»Der Wind hat die Vorderseite des Getränkestands abgerissen, und ein Teil davon, samt Markise, hat dich leider getroffen«, erklärt Hark und schickt Gonne einen Blick, der hundert Leute töten könnte. Aiko bellt und knurrt, als wolle er Gonne ebenfalls gern eine verpassen.

So elend ich mich auch fühle, die Situation hat auch etwas Rührendes. Ganz egal kann ich Hark nicht sein, so besorgt und wütend, wie er gerade ist.

»Ich habe schlechte Nachrichten«, sagt Gonne, nachdem er das Telefonat beendet hat, und kratzt sich am Kinn. »Wegen des Sturms sind alle Kräfte im Einsatz, auch die Ärzte. Sogar Dr. Stein ist los, um sich um einen Mann zu kümmern, dem im Wald ein Baumstamm auf den Fuß gefallen ist.«

Inzwischen hat der Sturm sich allerdings gelegt. Die Sonne lugt keck zwischen den Wolkenbergen hervor, der Regen lässt nach, die Vögel zwitschern wieder.

»Also gut, dann bringe ich Minnie zu mir«, sagt Hark. »Helft ihr mir, sie nach oben zu tragen?«

Ich wiege doch nicht so viel, dass mich drei Mann tragen müssen! Was für eine Frechheit!

Aber zu Hark nach Hause?! Hach, wie romantisch.

»Gonne, hast du irgendwas in deiner Bruchbude, worauf wir Minnie legen könnten? Ein breiteres Brett oder so? Muss aber länger sein.«

Länger? Ich bin doch nur 1,60 groß – aber ich habe natürlich riesige Füße …

Gonne kramt hektisch in den Trümmern seines Standes, auch Ingo sieht sich nach etwas Geeignetem um.

»Ha, ich hab's!«, ruft er schließlich triumphierend. »Wir nehmen einfach eine der Bierbänke.«

Und schwupps befinde ich mich in einer Position, die ich mir niemals hätte träumen lassen, seit Rieke mir *Schneewittchen* vorgelesen hat: Ich liege – halbwegs weich gebettet auf Harks nasser Jacke, Ingos ebenso nassen Parka als Kissen unter dem Kopf – auf einer Bierbank und werde von drei Männern aus dem Friesental hinauf ins Ortszentrum von Oevenum getragen.

Mein persönlicher Apfel-Super-GAU ist in diesem Fall die Maibowle, aber ich schwebe trotz allem auf Wolke sieben.

Wenn Hark mich jetzt noch wach küsst, bin ich die glücklichste verletzte Betrunkene auf Erden.

»Danke, Jungs, ich glaube, wir kommen jetzt auch so klar«, sagt Hark, als wir in einem wunderhübschen Friesenhäuschen in einer kleinen Seitenstraße angelangt sind. »Legt Minnie bitte aufs Sofa, ich koche inzwischen Tee und suche trockene Sachen raus. Ingo, versuch du es währenddessen weiter bei den Ärzten. Und du, Gonne, regelst das mit deinem Stand. Räum auf und gib acht, dass keiner was mitkriegt. Wenn Minnie dich nicht anzeigt, halten wir auch die Füße still. Aber nur unter der Voraussetzung, dass du dir künftig eine wetterfeste Bude zimmern lässt. Haben wir uns verstanden?«

Gonne murmelt kleinlaut: »Jo«, sagt: »Entschuldigung, Minnie«, und ist dann auch schon ab durch die Mitte, genau wie Ingo, der mir verspricht, sich gleich noch um die Sache mit Riekes Haus zu kümmern. Immerhin wissen meine Eltern noch nicht, dass sie bald einen ganzen Batzen Geld von der Bank holen und für den Kauf von Riekes Haus auf den Tisch legen müssen.

»So, hier habe ich eine Jogginghose, ein T-Shirt, Socken und einen Pullover. Alles drei Nummern zu groß, aber trocken«, sagt Hark und stellt eine Tasse dampfend heißen Tee auf den Tisch neben dem Sofa. »Ich bringe dir gleich noch zwei Handtücher und einen Föhn, und dann lasse ich dich allein, damit du dich umziehen kannst. Brauchst du sonst noch was?«

Außer einem langen, heißen Kuss?!

Ich schüttle den Kopf und sage: »Nein, danke, alles bestens. Vielleicht mache ich einen kleinen Moment die Augen zu, wenn das okay ist. Danach rufe ich Leevke an, damit sie mich abholt. Du hast ja heute sicher Besseres vor, als Krankenpfleger zu spielen.«

Darauf erhalte ich keine Antwort, dafür aber wenig später frische Handtücher. »Ruh dich aus, und lass dir Zeit. Und melde dich, wenn du etwas brauchst, ich bin nebenan im Arbeitszimmer«, sagt Hark und schließt dann die Tür hinter sich.

Nachdem ich halbwegs trocken hinter den Ohren bin, lasse ich meinen Blick durch das Wohnzimmer schweifen: Es ist supergemütlich eingerichtet, die Mischung aus antiken Bauernmöbeln und modernen Details wie einem Designersessel ist absolut gelungen und geschmackvoll.

Außerdem scheint Hark gern zu lesen. Die rechte Wandseite des Zimmers ist ein einziges Bücherregal. Sobald ich aufstehen kann, muss ich mir das alles näher anschauen.

Doch außer Büchern kann ich auf Anhieb nichts wirklich Persönliches entdecken. Keine Fotos, keine Bilder, die etwas über Hark aussagen.

»Der Arzt ist da«, ist das Nächste, was ich höre, als ich aus meinem Dämmerschlaf erwache. Mir ist zum Glück nicht mehr übel, aber mein Kopf und die Beine tun höllisch weh.

»Moin, ich bin Dr. Claafs«, stellt der ältere Herr sich vor. »Dann lassen Sie mich mal bitte in Ihre schönen Augen sehen.« Während er meine Pupillen mithilfe einer Stablampe untersucht, bemerke ich, wie Hark in gebührendem Abstand zum Sofa steht und mich anschaut.

Nach einigen weiteren Untersuchungen steckt Dr. Claafs Stethoskop und Co. zurück in seine Arzttasche und holt ein

Fläschchen, eine Salbe sowie Tabletten heraus. »Zum Glück können wir eine Gehirnerschütterung ausschließen. Der Franzbranntwein und die Arnikasalbe sind gegen die Prellungen«, erklärt er. »Und die Tabletten gegen die Schmerzen. In ein paar Tagen müssten Sie sich deutlich besser fühlen. Bis dahin rate ich Ihnen dringend, sich zu schonen.« Dann zückt er einen Block mit gelben Blättern. »Da Sie beruflich auf Föhr sind, wie ich erfahren habe, schreibe ich Sie bis zum Ende der Woche krank. Gibt es jemanden, der sich um Sie kümmern kann?«

»Das übernehme ich«, sagt Hark schneller, als ich »Leevke Hennings aus Nieblum« sagen kann, und mein Herz macht einen Hüpfer.

»Dann sind Sie ja in allerbesten Händen«, sagt Dr. Claafs und geht zur Tür. »Melden Sie sich, wenn sich etwas verändert oder die Schmerzen anhalten. Gute Besserung.«

Ich sage: »Danke, Ihnen auch.«

Hark grinst. »Das ist aber nett von dir, was fehlt dem Doktor denn? Er sah doch eigentlich ganz munter aus.«

»Oje, die Maibowle hat mir den letzten Funken Verstand geraubt«, erwidere ich und schlucke die erste Tablette mit dem Rest kalten Tee. »Wie spät ist es eigentlich?«

Der Akku meines Handys ist leer. Ich hoffe, ich habe ein Ladekabel in der Tasche.

»Kurz nach acht«, erwidert Hark. »Soll ich uns was zu essen machen?«

Ah, da ist ja das Kabel, wie schön. »Zu essen? Also ich weiß nicht. Ich halte dich doch eh schon zu sehr auf. Ich rufe Leevke an und bitte sie, mich abzuholen.«

»Du hältst mich nicht auf. Ich freue mich, wenn wir ein bisschen reden können. Es sei denn, du möchtest nichts essen, weil dir noch übel von der Maibowle ist. Tut mir wirklich leid, dass ich dich dazu angestiftet habe, in kurzer Zeit gleich drei Gläser davon zu trinken. Keine Ahnung, was ich mir dabei gedacht habe.«

Hark sieht so zerknirscht aus, dass er mir glatt leidtut.

»Mach dir keinen Kopf, ich hätte ja auch Nein sagen können. Hätte ich allerdings gewusst, dass das ein ähnliches Teufelszeug ist wie Manhattan, hätte ich ganz bestimmt die Finger davon gelassen. Was hat dieser Gonne denn da reingetan? Achtzigprozentigen Alkohol statt Wein oder Sekt?«

»Tja, das weiß man bei Gonne leider nie so genau«, erwidert Hark seufzend. »Er ist manchmal ein wenig ... eigenwillig. Aber ein lieber Kerl, der keiner Fliege etwas zuleide tut.«

»Es sei denn, er lässt seine Bretterbude ausgerechnet auf einen Gast krachen«, sage ich und muss lachen. So was kann auch nur mir passieren. »Sorry, ich muss erst mal kurz meine Nachrichten checken und mich bei Evangeline und Leevke melden, dann können wir weiterreden.«

»Alles klar, mach ganz in Ruhe, ich koche währenddessen schon mal was Heißes. Magst du Tomatensuppe? Zusammen mit Chili und frischem Ingwer ist sie ein echt guter Kater-Killer.«

Ich murmele: »Klingt gut«, und sehe mit Schrecken die vielen Nachrichten auf meinem Handy.

Es wird Stunden dauern, die Mailbox abzuhören.

Nummer eins, zwei und drei sind von meiner Mutter – man könnte sagen, sie ist ganz aus dem Häuschen wegen des Häuschens und freut sich riesig. Der geforderte Betrag steht in ein paar Tagen zur Verfügung. Ingo und sie regeln alles.

Bald werde ich ein Haus in Süderende mein Eigen nennen, da Papa zugesagt hat, einen Teil seines Ersparten dazuzugeben, wie ich Mamas Nachricht auf der Mailbox entnehmen konnte.

Alle weiteren sind von Travel TV, einige von Laura, eine von Evangeline. Keine von beiden macht sich Sorgen über meinen Verbleib oder darum, ob es mir gut geht. Nur darüber, ob für den morgigen Drehtermin vormittags im Wald bei Hark und am Nachmittag auf der *Ankerherz* alles startklar ist.

Ich überlege einen Moment und spiele unschlüssig mit meiner Krankschreibung.

Soll ich mich wirklich an die Anweisung von Dr. Claafs halten, oder ist seine Vorsicht übertrieben?

Momentan habe ich kaum noch Schmerzen, auch die Wirkung des Alkohols ist zum Glück verflogen. Da ich Evangeline telefonisch nicht erreichen kann, versuche ich es bei Laura, die auch sofort am Handy ist. »Na endlich, Minnie, wo steckst du? Wir versuchen seit Stunden, dich zu erreichen.«

Ich lasse ihr aufgeregtes, vorwurfsvolles Geschnatter an mir vorüberziehen, und mich überfällt mit einem Schlag wieder bleierne Müdigkeit. Die Zeit auf Föhr ohne Travel TV war so wunderbar, so entspannt.

Vielleicht ist es wirklich an der Zeit, den großen Sprung zu wagen und alles auf die Föhr-Karte zu setzen. »Weißt du, wo ich Evangeline erreichen kann?«, höre ich mich wie durch einen Nebelschleier sagen. »Ich muss sie dringend sprechen.«

34.

»Du hast wirklich gekündigt?«

Hark ist völlig fassungslos, als ich ihm sage, dass er leider morgen allein mit Evangeline und Laura klarkommen muss. Und das nicht nur wegen meiner Krankschreibung.

»Ja, habe ich, trotz der Tatsache, dass Evangeline mich zur Redakteurin befördern wollte, weil ich den Föhr-Beitrag so toll konzipiert und organisiert habe. Die Suppe schmeckt übrigens köstlich.«

»Aber wieso das denn? Ich meine ... willst du wirklich auf Föhr leben und ... arbeiten?« Zum ersten Mal, seit wir uns kennen, erlebe ich Hark so gut wie sprachlos. Schön, dass ich nun nicht mehr die Einzige bin, die herumstammelt. »Bist du dir wirklich sicher, dass du das Richtige tust? Als ich von deinen Plänen hörte, dachte ich, dass ihr das Haus für die Ferien nutzen wollt oder etwas in der Art.«

Hm, wie mache ich diesem tollen Mann nur klar, dass eine Zeitspanne von wenigen Wochen und die Erlebnisse auf Föhr genügt haben, um bei mir einen Schalter umzulegen? Für einen Friesen ist so eine spontane Aktion bestimmt schockierend. Doch wenn ich es nicht versuche, kann Hark es auch nicht verstehen.

»Wie viel Zeit hast du?«, frage ich und stelle den leeren Teller in die Spüle. Harks Suppe war wirklich fantastisch, aber jetzt ist mir ehrlich gesagt mehr nach Rotwein und Kerzenschein als nach hellem Küchenlicht und Mineralwasser.

»Bis morgen früh um sieben, wenn es sein muss, denn dann habe ich ein Date mit Travel TV, wie du weißt«, erwidert Hark. »Wollen wir uns auf die Terrasse setzen? Ich habe warme Decken, Windlichter und ganz viele Pullis, wenn du möchtest.«

»Bekomme ich auch einen Schluck Rotwein?«, frage ich grinsend. Es ist mir gerade total egal, dass ich eine Schmerztablette intus habe, man muss die Feste feiern, wie sie fallen. Wer hätte gedacht, dass ich einmal hier ganz allein mit Hark sitzen und über meine Zukunft sprechen würde?! Diese Chance lasse ich mir nicht entgehen – ich bin Minnie, die Kämpferin, eine Frau, die Berge versetzen kann, wenn sie will – jawoll!

»Den habe ich auch, aber du kriegst ihn nur unter der Bedingung, dass es bei einem winzig kleinen Schluck bleibt und wir zwischendrin mal eine Runde mit Aiko drehen.«

Ich sage: »Einverstanden«, und folge Hark in Richtung Terrasse. Die Beine seiner Jogginghose habe ich mehrfach umgekrempelt, der Pullover hat ultralange Ärmel, lediglich die Socken passen hervorragend – ich lebe tatsächlich auf großem Fuß. Es dämmert zwar schon, aber ich kann trotzdem erkennen, dass sich vor der Terrasse ein entzückendes Gärtlein erstreckt, das äußerst liebevoll gepflegt zu sein scheint.

Hark reicht mir eine warme Decke, zündet Windlichter an und verschwindet dann wieder, um den Wein zu holen.

Am Himmel hängt der Mond dick und rund über dem First des gegenüberliegenden Reetdachhäuschens, es ist wunderbar kuschelig und friedlich. Meine Gedanken spazieren zu Emmi. Ich bin sehr froh, dass Leevke sie versorgt, bevor Arno zu ihr zum Essen kommt.

Seine Zeit auf Föhr ist bald zu Ende, deshalb bin ich sehr gespannt, wie es mit den beiden weitergeht. Aber ich denke, dass sie eine Chance haben.

Aber noch gespannter bin ich darauf, was mich in Zukunft alles erwartet. Denn seit heute ist es beschlossen und verkündet: Meine Zukunft liegt hier, auf Föhr.

»So, da kommen Wasser und Rotwein«, sagt Hark und schenkt uns beiden ein. Es ist schön, dabei zuzusehen, wie die blutrote Flüssigkeit an der Wand des Glases hinabrinnt.

Aiko bekommt ebenfalls etwas zu trinken. Nachdem er aus seinem Napf geschlabbert hat, macht er es sich auf meinen Füßen bequem, sehr angenehm warm und gemütlich.

»Dann also ein Hoch auf deine Kündigung, den Rückkauf des Hauses und die Beförderung, obwohl du sie ausgeschlagen hast. Glückwunsch, das läuft ja alles toll für dich.«

Das Klirren unserer Gläser hallt sanft durch die friedliche Stille der Dämmerstunde. Ansonsten ist nur Aikos Atem zu hören und der Flügelschlag eines Vogels, der gerade davonfliegt.

»Aber nun müssen wir auch auf dich und dein Wohl trinken«, sage ich und erhebe erneut das Glas. Am liebsten würde ich mich jetzt ein wenig bedüdeln, um Mut genug zu haben, nach Kerstin zu fragen. Da sie heute bei der Trachtengruppe mitgetanzt hat, vermute ich, dass Hark eher ihretwegen auf dem Maibaumfest war – und nicht, weil er mich dort treffen wollte. »Hast du auch etwas zu feiern?«

»Na klar habe ich das«, erwidert Hark. »Ich werde bald ein TV-Star, und außerdem finde ich die Vorstellung, dass du auf Föhr bleiben wirst, ganz charmant.«

Ganz charmant?!

»Aber jetzt mal im Ernst. Was genau hast du vor?«

Diese Frage ist mein Stichwort, und so erzähle ich Hark alles vom Haus meiner Oma, dem Gefühl, auf Föhr mehr zu Hause zu sein als in Bamberg, bis zu meiner großen Liebe zu Emmi, die ich auf gar keinen Fall mehr missen möchte.

»Das klingt, als hättest du dir alles gut überlegt«, sagt Hark, der meinem Monolog aufmerksam zugehört und mich kein einziges Mal mit einer Zwischenbemerkung unterbrochen hat.

Cordt war absoluter Spezialist darin, Witze einzustreuen, wenn ich mehr als vier Sätze am Stück gesagt hatte.

Wie lange ist es her, dass ich zuletzt an ihn gedacht habe?

Es scheint, als hätte die Zeit auf Föhr ihn irgendwie aus meinem Leben radiert, eigentlich ganz schön traurig.

»Gut überlegt, aber schlussendlich mit dem Herzen entschieden, ich mag diese Kombination«, fährt Hark fort und katapultiert mich mit diesem Lob wieder zurück ins Hier und Jetzt. »Soll ich mich mal in Sachen Jobs umhören? Für den Anfang wird es vermutlich nicht gleich der große Wurf in deinem Traumberuf, aber etwas zu finden, um finanziell erst mal über die Runden zu kommen, ist sicher möglich.«

Ich fühle mich geschmeichelt.

Und irgendwie geborgen.

Hier im Mondlicht gemeinsam mit Hark auf seiner Terrasse zu sitzen, eingekuschelt in seine Kleidung, Aiko zu meinen Füßen, ist einfach wunderbar. Doch ich darf mich auf gar keinen Fall irgendwelchen Fantasien hingeben, bevor ich das mit Kerstin nicht geklärt habe.

Also los, Minnie, gib dir einen Ruck!

Du musst da jetzt durch!

»Was macht denn Kerstin eigentlich beruflich?«, höre ich mich fragen und könnte mich gleichzeitig ohrfeigen.

Was für eine bekloppte Frage.

»Kerstin?!« Hark hebt fragend die Augenbrauen. »Wie kommst du denn jetzt auf die?«

»Weil, weil … ich weiß auch nicht. Ich habe sie heute in der

Trachtengruppe tanzen sehen …« Tja, weiter weiß ich jetzt nicht mehr.

»Und da hast du dich gefragt, ob man aus so etwas einen Beruf machen kann, oder wie soll ich das verstehen?« Hark wirkt äußerst amüsiert.

»Nein, natürlich nicht. Aber ich weiß von Leevke, dass sie die Schwester deiner …« Oops! Keine gute Idee.

Harks Lächeln verschwindet, und mir rutscht das Herz in die Hose. Habe ich mit dieser blöden Bemerkung den Zauber des Abends zerstört?

»Möchtest du wirklich wissen, womit Kerstin auf Föhr ihr Geld verdient, oder eher, in welchem Verhältnis wir zueinander stehen?« Harks Mundwinkel zucken. Er wirkt, als wisse er nicht, ob er lachen oder ernst sein soll.

»Nun ja … vielleicht tatsächlich eher … Letzteres.«

So, nun ist es raus.

Ganz egal, was jetzt auch passiert, das musste sein.

Nun ist Harks Lächeln wieder da, breit, liebevoll und wunderschön. »Das freut mich«, sagt er, und mein Herz springt so wild hin und her, dass ich befürchte, es nicht mehr auszuhalten. »Kerstin ist, wie du offenbar schon weißt, die kleine Schwester meiner verstorbenen Frau Simona. Sie mochte mich immer schon sehr gern, genau wie ich sie, aber leider ist daraus für sie deutlich mehr geworden …« Es folgt eine kleine Pause, beinahe so, als müsse Hark sich beim Formulieren der Sätze selbst davon überzeugen, dass er die richtigen Worte wählt. »Doch sie weiß, dass sie nie mehr für mich sein wird als Simonas Schwester oder eher die kleine Schwester, die ich nicht habe.« Wieder eine Pause. Doch eine fantastische. Zumindest für mich! Juhu, Kerstin ist aus dem Rennen!

Hark seufzt schwer. »Ich habe lange gebraucht, um Simonas

Tod zu verwinden – sofern man so etwas überhaupt jemals verwinden kann –, und die gemeinsame Trauer hat natürlich ein bisschen geholfen, die Dinge ein wenig leichter zu verkraften. Doch seit einigen Monaten spüre ich, dass es Zeit für einen neuen Abschnitt ist. Zeit, sich wieder dem Leben und den Menschen zuzuwenden.«

Und einer Frau wie mir, denke ich.

Mein Herz schlägt Purzelbäume, meine Zehen kribbeln, ich platze gleich vor Spannung.

Los, nun sag schon, dass du mich auch magst, Hark.

Und wenn's nur ein klitzekleines bisschen ist – das wäre immerhin ein Anfang.

»Das klingt nach einem guten Plan«, murmele ich.

Ein guter Plan?! Oje, was rede ich denn da bloß?

Hark schenkt mir einen tiefen Blick, der nun auch meine Beine in Wackelpudding verwandelt – wohingegen er die Ruhe in Person ist. Ist das derselbe Mann, der vorhin Gonne angebrüllt hat, als ich unter den Trümmern seines Stands lag?!

»Freut mich, dass du das auch so siehst.« Liegt es am Mondschein, oder schimmern Harks Augen tatsächlich wie diese grünen Edelsteine, deren Name mir partout nicht mehr einfällt? »Wärst du auch damit einverstanden, wenn wir jetzt eine Runde um den Block gehen? Aiko wird schon ganz unruhig.«

Das ist zwar nicht ganz das, was ich gern hören wollte – aber Versprechen muss man halten. Und fürs Erste bin ich ganz zufrieden. »Na klar. Ein bisschen Bewegung tut uns allen sicher gut. Ich hoffe nur, dass meine Sneakers inzwischen trocken sind, oder hast du Schuhe für mich? Ich trage ja tatsächlich Größe 41.«

»Ich habe Größe 42, aber mit einem zusätzlichen Paar dicker Socken müsste es eigentlich gehen«, erwidert Hark. »Magst du

Gummistiefel? Alles andere würde vermutlich etwas seltsam aussehen.«

Und so gehe ich einige Minuten später in viel zu großen Stiefeln, einem viel zu langen Pullover, einer umgekrempelten Jogginghose und Millionen Schmetterlingen im Bauch von Oevenum aus in Richtung Marsch. Zum Glück sind die Wege auf den Föhrer Inseldörfern kaum beleuchtet, so kann mich wenigstens keiner sehen außer Oma Rieke, die vom Himmel aus beobachtet, was ihre Enkelin seit der Ankunft auf Föhr so alles treibt.

Aiko rennt fröhlich vorneweg, versichert sich aber immer wieder, dass wir beide noch da sind. Im Schein des Mondlichts blitzt mein silbernes Armkettchen mit dem Glücksanhänger auf, das Leevke mir geschenkt hat.

Seit ich es trage, ist in meinem Leben so viel Wunderschönes passiert, dass ich es kaum glauben kann.

Ich werde also wirklich bald auf Föhr leben und habe die Chance, noch einmal ganz von vorn anzufangen.

Ich kann Rieke nahe sein, mich mit Leevke treffen, ab und zu bei Dörte vorbeischauen und vielleicht sogar wieder mit ihr gemeinsam backen. Neulich hat sie mir erzählt, dass sie eine neue Gebäckspezialität hat – Föhr-Cruffins –, und lud mich ein, vorbeizukommen, um diese himmlische Mischung aus Croissants und Muffins zu probieren.

Ich kann, wann immer mir danach ist, am Strand spazieren gehen und mir den Nordseewind um die Nase wehen lassen. Emmi wird bei mir bleiben, und sie wird es schön haben in Riekes Garten. Leevke hatte angedeutet, dass sie Moritz gern ebenfalls in meine Obhut geben würde, da sie wieder reisen will und möchte, dass die beiden Tiere zusammen sein können.

Und ich habe vielleicht sogar die Chance, Hark ein wenig näherzukommen – wenn er es möchte.

In diesem Moment umfasst eine große, warme Hand die meine.

Harks Berührung fühlt sich gut, sicher, richtig und beständig an. Ich drücke seine Hand und spüre in diesem Augenblick, was es heißt, *Föhrliebt* zu sein.

Dieses Gefühl ist das allerschönste auf der Welt – und wird es immer bleiben. Das weiß ich ganz genau.

Epilog

Obwohl es dunkel und mitten in der Nacht war, radelte er in Richtung Utersum.

Der Mond und die Sterne beschienen seinen Weg, Föhr war wunderbar ruhig und von einzigartiger Schönheit. Er kannte keinen Ort auf dieser Welt, der es mit dieser Insel aufnehmen konnte, obwohl er in seinem Leben viel und weit gereist war. Sein Ziel war das ehemalige Restaurant *Nordseebrise* am Deich, das in den nächsten Tagen unter der Regie eines neuen Pächters, mit einem neuen Namen und neuer Küche mit regionalen Produkten eröffnet werden sollte.

Er trat kräftig in die Pedale, weil er wusste, dass die beiden am Fuß des Treppenaufgangs der *Nordseebrise* auf ihn warteten. Sie hatten ihn gebeten, sich zu beeilen und seinen Werkzeugkasten mitzubringen.

»Moin, da bist du ja endlich«, begrüßte ihn Röschen mit leicht vorwurfsvollem Unterton. »Hat ja ganz schön lange gedauert.«

»Nun mecker hier nicht rum, sondern sei froh, dass er uns mal wieder hilft«, hielt Trine dagegen. »Gut, dass du da bist, wir kriegen dieses blöde Schild nämlich nicht allein ab.«

Er inspizierte die Befestigung, kramte zwischen seinen Werkzeugen herum und entschied sich schließlich für den Akkubohrer. Vier Schrauben lösen – und das war's. »Wer von euch beiden will es haben?«, fragte er und betrachtete ein letztes Mal die Symbole auf dem Verbotsschild. Darauf waren ein Mann und eine Frau in Badebekleidung abgebildet, Bikini und Badehose waren durchgestrichen.

»Das nehme ich«, erwiderte Röschen und kicherte. »Endlich ist das dumme Ding weg. Nun müssen wir nicht riskieren, dass Trine aus Protest mal ganz ohne Klamotten ins Restaurant geht, weil die Badebekleidung verboten ist – denn damit hat sie mir neulich gedroht, um dagegen zu protestieren, dass es hier bislang so elitär zuging.«

»Keine Frage, das hätte ich für den guten Zweck gemacht«, stimmte Trine ihr zu. »Wer so bekloppte Schilder an den Eingang eines Strandrestaurants nagelt, ist selbst schuld. Außerdem kann ich mich trotz meines Alters immer noch sehen lassen.«

»Ich weiß, dass du toll aussiehst, meine Liebe, aber jetzt Schluss damit«, entgegnete Röschen. »Lass uns lieber schleunigst einen Schlachtplan gegen die Schließung des *Kehrwieder* entwerfen, bevor es zu spät ist. Diesmal wird's aber nicht mit weißen Lilien, Freilegungen von zugemauerten Bildern oder Spray-Aktionen getan sein – da müssen wir schon härtere Geschütze auffahren.«

Ja, die Schließung des Lokals, in dem er sich immer mit Greta getroffen hatte, musste auf alle Fälle verhindert werden. Doch ein Schritt nach dem anderen, sonst verhedderte man sich leicht. Zu schnell zu handeln war niemals eine gute Idee!

»Ich habe übrigens Rumgrog in der Thermoskanne dabei und Nussecken«, sagte Trine und riss ihn damit aus den Gedanken an seine verlorene große Liebe. »Lasst uns auf der Sonnenuntergangsbank besprechen, wie wir am besten und effektivsten vorgehen. Wäre doch gelacht, wenn wir es nicht schafften, der Schließung deiner Lieblingskneipe einen Riegel vorzuschieben, nicht wahr? Wir Föhrer halten doch zusammen, egal, was kommt.«

»Ihr beiden wieder«, erwiderte Tove Paulsen schmunzelnd. »Na klar bin ich dabei, das bin ich doch immer. Was dachtet ihr denn?«

Rezepte aus Dörte Nielsens Föhrer Küche

Dörtes legendärer Butterkuchen

Zutaten

Für den Teig:
2 Becher saure Sahne
325 g Mehl
325 g Zucker
3 Eier
2 Päckchen Backpulver
2 Päckchen Vanillezucker

Für den Belag:
125 g Butter
200 g Zucker
3 EL Milch
1 Päckchen gehobelte Mandeln

Zubereitung

Für den Teig alle Zutaten gut vermischen und auf ein mit Backpapier ausgelegtes Backblech geben.
Auf der mittleren Schiene bei 160 Grad ca. 20 Minuten vorbacken.
Währenddessen die Butter schmelzen, Zucker und Milch dazugeben und auf den halb gebackenen Kuchen geben. Zum Schluss den Kuchen mit Mandeln bestreuen und ca. 10–15 Minuten weiterbacken.

Dörtes Föhrer Friesen-Cruffins

(Croissants und Muffins in einem)

Zutaten

Blätterteig, für ein 12er-Muffin-Blech ca. 6 Rollen.
1 Eigelb
1 EL Milch

Zubereitung

Blätterteig ganz ausrollen und von der langen Seite wieder ganz eng zusammenrollen.
Teigrollen halbieren. Die Hälften der Länge nach zerteilen und für die zweite Rolle wiederholen.
Muffin-Backform einfetten.
Teigstreifen zu einer Schnecke aufrollen.
Den rohen Cruffin in die Form legen.
1 Ei aufschlagen und trennen. Eigelb mit 1 EL Milch verrühren. Cruffins damit bedecken.
Backofen vorheizen, 200 Grad Ober-/Unterhitze.
Backzeit 10–15 Minuten, eventuell länger, je nach gewünschter Bräune.

Friesen-Cruffin

(angelehnt an die typische Föhrer Friesentorte)

Grundrezept wie auf Seite 303.

Weitere Zutaten

Bioorange (Schale abreiben und zur Seite stellen)
Pflaumenmus
Schlagsahne (geschlagen, Spritzbeutel, Kühlschrank)
Zartbitterschokolade (klein hacken)
Pflaumenmus aufschlagen, in Spritzbeutel füllen
Mandeln zum Garnieren
Obst (je nach Saison zum Garnieren)
Puderzucker (Sieb)

Zubereitung

Großen Dessertteller bereitstellen.
Pflaumenmus und Sahne auf dem Teller garnieren.
Cruffin mit Pflaumenmus füllen und mittig auf den Teller setzen.
Mit Puderzucker bestäuben.
Orangenzesten und Schokostücke über den Cruffin sprenkeln.

Versunkener Cruffin auf einem Früchtespiegel mit Vanillesoße

Grundrezept wie auf Seite 303.

Weitere Zutaten

hausgemachte rote Grütze oder fertig gekaufte Vanillesoße (selbst gekocht oder fertig gekauft)
tiefer Dessertteller

Zubereitung

Rote Beerengrütze mittig in den Teller geben. Mit Vanillesoße auffüllen.
Spritzbeutel mit etwas roter Beerengrütze füllen und in den Cruffin geben.
Cruffin in die Mitte des Tellers legen. Teller mit frischen Beerenfrüchten garnieren und einen Früchtespieß dezent am Rand platzieren.
Mit Puderzucker bestäuben.

Dörtes deftige Apfel-Lauch-Quiche

Zutaten

1–2 Stangen Lauch (250–300 g)
125–150 g Schinkenspeck oder Bacon
1 EL Öl
1 Apfel
Blätterteig (aus dem Kühlregal)
1–3 EL Paniermehl
200 g Schmand (ich nehme lieber saure Sahne)
4 Eier
Salz, Pfeffer

Zubereitung

Lauch putzen, waschen und in Ringe schneiden. Öl in der Pfanne erhitzen und etwas Speck knusprig anbraten. Äpfel waschen, entkernen, schälen und in Scheiben schneiden. Speck aus der Pfanne nehmen, Lauch und Äpfel im Bratfett 3–5 Minuten andünsten.
Eine Quiche- oder Springform mit Paniermehl bestreuen und mit Blätterteig auslegen. Ofen auf 175 Grad vorheizen.
Lauch, Äpfel und Speck auf dem Teig verteilen, Ei und Schmand oder saure Sahen verquirlen. Mit Salz und Pfeffer würzen und in die Form gießen.
Im heißen Backofen auf der untersten Schiene 50–60 Minuten backen. Je nach Backofen eventuell Hitze reduzieren.
Quiche warm oder kalt servieren.

Dörtes Apfelkuchen mit Crème fraîche

Zutaten

1,5 kg säuerliche Äpfel
3 EL Zitronensaft
300 ml Apfelsaft
1 Päckchen Vanillepuddingpulver (zum Kochen)
150 g + 4 EL Zucker
100 g weiche Butter
150 g Mehl
1 TL Backpulver
2 Eier
150 g Crème fraîche

Zubereitung

26-cm-Springform fetten und mit Zucker ausstreuen.
Äpfel schälen, entkernen, vierteln und mit Zitronensaft beträufeln.
Vom Apfelsaft 5 EL abnehmen und mit dem Puddingpulver und 4 EL Zucker anrühren. Den Rest Apfelsaft aufkochen und in den kochenden Saft unterrühren, ca. 1 Minute köcheln lassen.
Apfelstücke unterheben, Topf vom Herd nehmen.
Ofen vorheizen, Umluft 175 Grad.
100 g Butter, 150 g Zucker und eine Prise Salz cremig rühren, die 2 Eier einzeln unterrühren. 150 g Mehl und Backpulver darübersieben, Crème fraîche dazugeben und alles verrühren.

Teig in die Form geben und glatt streichen. Die leicht abgekühlten Äpfel auf dem Teig verteilen.
Etwa 1 Stunde backen, variabel je nach Backofen eventuell nach 40 Minuten Hitze etwas reduzieren. Garprobe mit Holzspieß machen.
Schmeckt lecker mit Schlagsahne. Kann auch wunderbar für den nächsten Sonntagskaffee eingefroren werden.

Kartoffelwaffeln mit Räucherlachs

Zutaten

250 g Kartoffeln
3 Eier
Salz
100 g Weizenmehl
100 ml Sahne
1 Prise Muskat
etwas Butter zum Einfetten
150 g Räucherlachs
etwas Dill, gehackt

Zubereitung

Die Kartoffeln in kochendem Salzwasser 30 Minuten garen, pellen. Kurz abdampfen lassen und durch eine Kartoffelpresse drücken.
Die Eier trennen. Das Eiweiß mit einer Prise Salz steif aufschlagen.
Ein Waffeleisen vorheizen.
Das noch heiße Kartoffelpüree mit Eigelb, Mehl und Sahne verrühren, mit Salz und Muskat abschmecken. Das Eiweiß unterheben.
Das Waffeleisen mit Butter einpinseln und darin portionsweise Kartoffelwaffeln ausbacken.
Auf Teller verteilen, den Räucherlachs darauf anrichten und alles mit gehacktem Dill bestreuen.
Beilagentipp: Dazu passt ein Kräuterschmand oder Kräuterquark.

Beschwipste Waffeln

Zutaten

300 g Palmin (nichts anderes)
6 Eier
300 g Zucker
2 EL Rum
2 EL Wasser
2 Päckchen Vanillezucker
500 g Kartoffelmehl

Zubereitung

Wie Kartoffelwaffeln

Uroma Käthes Rhabarber-Schneekuchen

Zutaten

Für den Teig:
300 g Mehl
1 TL Backpulver
150 g Margarine
125 g Zucker
4 Eigelb
Zitronenschale frisch oder Päckchen

Für den Belag:
700 g Rhabarber
4 Eiweiß
125 g Zucker
1 Päckchen Vanillezucker
2 TL Mondamin

Zubereitung

Alle Teigzutaten verrühren. Teig bei 175 Grad goldgelb backen. Eiweiß und Zucker steif schlagen. Rhabarber putzen und zusammen mit dem Mondamin unterheben. Auf dem goldgelben Kuchenteig verteilen und bei 150 Grad goldgelb backen.

Nachwort und Danksagung

Nach »Sommerwind« ist dieser Roman das zweite Buch, das ich über Föhr schreiben durfte. Ich hoffe, Sie spüren in jedem Satz, wie sehr ich die *grüne Trauminsel im Wattenmeer*, wie ich Föhr nenne, liebe. Tatsächlich war es Liebe auf den ersten Blick, als ich vor einigen Jahren auf die Insel kam, um mich zu einem Romanstoff inspirieren zu lassen. Seitdem versuche ich jedes Jahr so häufig wie möglich dort zu sein. Föhr hat sich verändert, und ich beobachte jeden Schritt dieser Entwicklung, die manchmal mehr und manchmal weniger erfreulich ist. Was sich jedoch nie ändert, ist der nordfriesische Kampfgeist, der immer dafür sorgen wird, dass die Dinge in der Balance bleiben. Darauf vertraue ich genauso wie darauf, dass es immer »gute Geister« geben wird, die sich dafür einsetzen, dass Menschen und Tiere im Einklang mit sich und der Natur leben können.

Wie immer gibt es auch bei diesem Buch viele, viele wunderbare Helfer, ohne die ich diesen Roman nicht hätte schreiben können. Sollte ich dennoch Fehler gemacht haben, liegt es ganz allein an mir.

Team Föhr:

Ich danke Schäfer **Jörn Petersen** für einen netten, »familiären« Abend rund um das Thema Schaf in Wrixum. Ohne diese Infos hätte ich die Story mit Emmi nicht schreiben können. Und **Ines Hansen** von der **Inselweberei** in Nieblum fürs Vermitteln des netten Kontakts.

Förster **Ole Sieck** und Hund **Alf vom Wattenmeer,** die mich zu Hark und Aiko inspiriert haben, auch wenn Herr Sieck *nichts* mit der Romanfigur gemeinsam hat außer dem Beruf. Großartig, wie engagiert Sie sich um die Belange der Natur auf Föhr kümmern, Herr Sieck. Danke für Ihre kostbare Zeit!

Weinbauer **Christian Roeloffs** für die Besichtigung des Weinbau-Areals rund um das Château Waalem Fiin. Ich finde es äußerst beeindruckend, was Sie und Ihr Team in Sachen Weinbau auf die Beine stellen, und freue mich auf viele weitere, köstliche Jahrgänge. Sünjhaid!

Musiker und Klangkünstler **Hauke Nissen** – wie auch schon bei »Sommerwind« – für die vielen liebevollen Hintergrunddetails. (Unvergessen unser Trip, gemeinsam mit Malerin **Michelle Dubois,** zu den Kraftorten der Insel.) Föl toonk fürs Kritischsein und gnadenlos trockenen Humor. Bin sehr gespannt, wie dir der Roman gefällt. Er ist auch wieder für dich, dem Herz und der Seele Föhrs.

Kirsten & Tommy Müller-Weckenmann von der **Wyker Buchhandlung** für die grandiose Unterstützung seit Jahren, und speziell dir, liebe Kirsten, fürs akribische Vorablesen des Romans (Auweia, da wäre sonst einiges schiefgegangen!) und das tolle Quote. Ein Küsschen für eure süße Ladenhündin Bonnie.

Ellen und Krischan Buhre für tolle und »launige« Abende am Strand, ihr seid einfach großartig! Danke auch für die Hilfe und die Kontakte, so habt ihr ebenfalls dazu beigetragen, dass das Buch authentisch ist.

Korinna Neef und Edgar Schneider, den fotografischen »Augen« der Insel und zwei warmherzigen Menschen, die Föhr lieben. Freue mich auf weitere schöne Treffen am Strand von Utersum.

Der Singer-Songwriterin **NORMA** für ihre wundervolle Musik und die Inspiration, den Text des traditionellen Friesenlieds in der Fering-Version abzudrucken, weil sie es so traumschön singt. (Beachten Sie bitte hierzu die separate Seite zu Norma.)

Sonja Röhrs für die Begleitung zu Recherche-Terminen, kluge Anmerkungen und eine tolle, gemeinsame Zeit auf Föhr. Es war wieder eine große Freude, mit dir in Oldsum in den Mai zu tanzen. Auf viele weitere Tänzchen.

Güde Vöcking von der Pension **Haus Agge** in Nieblum, aka Dörte Nielsen. Ich weiß nicht, was ich ohne deine Ruhe, deinen Humor und deinen Backverstand tun würde. Danke für die vielen köstlichen Rezepte im Anhang des Romans – und für das Kreieren der Föhr-Cruffins. Doch am allermeisten für die Hühnerbrühe an einem »bestimmten Vormittag«. Du weißt schon ☺.

Von ganzem Herzen **Martha Rink & Jimmy** für die vielen, vielen Sprachnachrichten, das Anfeuern, das Motivieren, wichtige Infos – aber vor allem dafür, dass es euch gibt. Ich hab euch liiiiiiiieeeeeb.

Team München:

Meiner grandiosen neuen Lektorin **Nina Hübner,** die sich voller Feuereifer in meine Projekte geschmissen hat. Es macht riesigen Spaß mit Ihnen!

Sylvie Kuttny-Walser fürs erste Lesen und große Begeisterung sowie ein tolles Meeting in München. Auf den nächsten Roman.

Birgit Förster fürs last minute Ins-kalte-Wasser-Springen und die äußerst angenehme Zusammenarbeit im Lektorat. Dass sie so unkompliziert war, war mir eine riesige Hilfe.

Dem Team des Knaur Verlags, allen voran Dr. Doris Janhsen, Steffen Haselbach, Jochen Kunstmann, Patricia Keßler, Katharina Ilgen, Hanna Pfaffenwimmer, Hannah Paxian, Markus Röleke, Dennis Woischneck und den vielen, vielen tollen Mitarbeitern, die meine Romane nun schon seit vielen Jahren schön gestalten, wunderbar verpacken, in den Markt bringen – und damit alle Voraussetzungen für den Erfolg schaffen. In heutigen Zeiten ein echtes Kunststück.

Team Hamburg:

Fotograf **Thomas Duffé** und Visagistin **Carola Krogmann** für ein wunderbar entspanntes Foto-Shooting mit Schäfchen »Amy« und kreative Rettung in letzter Sekunde.

Carina »Padeiro« für die Unterstützung in Sachen Social Media, Fotos und »überhaupt«. Es ist schön, dass sich unsere Wege gekreuzt haben – Facebook hat auch gute Seiten. (Und es gibt keine Zufälle!) ☺

Allen meinen Lieben, Familie, Freunden, Bekannten, KollegInnen und den Menschen, die in meinem Leben sind und daran teilhaben, was um mich herum und mit mir so alles passiert. Ohne euch wäre das alles nur halb so schön.

Und wie immer – das Beste zum Schluss! – all meinen wunderbaren LeserInnen, Föhrliebenden, BuchhändlerInnen und Buchbegeisterten.

Ich hoffe, ihr habt alle Freude an diesem Roman, denn: Ich würde die Geschichte um Emmi & Co. sehr gerne weiter erzählen …

Eure Gabriella

Gul, Ruad, Blä

Die Hymne der Friesen

Das alte friesische Lied »Gul, Ruad, Blä«, das Oma Rieke beim Stricken singt, können Sie auf dem Album »Rückenwind« der Föhrer Sängerin Norma hören.

Wenn Sie die CD mit friesischen, plattdeutschen und hochdeutschen Liedern auf normamusik.de bestellen und dabei den Gutschein-Code »Schäfchenwolkenhimmel« eingeben, bekommen Sie 20 Prozent Ermäßigung.

Wellen, Sonne, Sand und Wind –
ein Roman wie ein Urlaub auf Föhr

Gabriella Engelmann

Sommerwind

»Geliebter Zugvogel«, so beginnen jene geheimnisvollen Liebesbriefe, unterzeichnet mit dem Initial A., die die Hamburgerin Felicitas auf dem Dachboden findet. Alle Briefe wurden auf Föhr geschrieben, wohin Felicitas nur wenig später beruflich reisen muss. Die Sehnsucht, die in jeder Zeile der Briefe steckt, berührt sie tief, obwohl sie nach einer großen Enttäuschung in Sachen Liebe ein gebranntes Kind ist. Als sie auf der Nordseeinsel die Brüder Niklas und Frederick kennenlernt, bekommt die Frage, ob sie selbst je wieder lieben kann, eine neue Dringlichkeit.

»Gabriella Engelmann:
Expertin für kluge Romanzen«
Für Sie

KNAUR